AF304333

C. F. Schreder ist das Pseudonym von Christina Fuchs. Sie wurde 1992 in einem kleinen Tiroler Städtchen geboren, studierte Psychologie und Wirtschaftswissenschaften, lebte ein Jahr lang in Hong Kong und arbeitete anschließend als Personalmanagerin. Vor allem während ihrer Reisen und Auslandsaufenthalte sammelte sie Inspirationen für ihre Geschichten. Heute lebt und schreibt sie in Salzburg.

C. F. Schreder

Wohin die
Liebe
uns trägt

Überarbeitete Neuausgabe Februar 2024

Copyright © 2024 dp Verlag, ein Imprint der
dp DIGITAL PUBLISHERS GmbH
Made in Stuttgart with ♥
Alle Rechte vorbehalten

WOHIN DIE LIEBE UNS TRÄGT

ISBN 978-3-98778-832-1
E-Book-ISBN 978-3-98778-859-8

Copyright © 2020, dp Verlag, ein Imprint der
dp DIGITAL PUBLISHERS GmbH
Dies ist eine überarbeitete Neuausgabe des bereits 2020 bei
dp Verlag, ein Imprint der dp DIGITAL PUBLISHERS GmbH erschie-
nenen Titels Der Klang meiner Träume (ISBN: 978-3-96817-006-0).

Covergestaltung: Dream Design – Cover and Art
Umschlaggestaltung: ART.Core Design
Unter Verwendung von Abbildungen von
shutterstock.com: © Dirima, © Mike Pellinni,
© Creative Travel Projects, © Maxim Studio
stock.adobe.com: © olegganko, © D85studio
Lektorat: Janina Klinck
Satz: dp DIGITAL PUBLISHERS GmbH
Druck und Bindung: Books on Demand GmbH, Norderstedt

Vorwort der Autorin

Liebe Leserinnen und Leser,
Musik transportiert Emotionen und Erinnerungen. Wer kennt es nicht: Man hört einen Song und fühlt sich sofort in den Moment zurückversetzt, der von eben diesem Lied begleitet wurde. Für Marie, die Protagonistin dieser Geschichte, ist die Musik jedoch nicht nur Träger von Gefühlen, sondern Erzählinstrument. Seit ihrer Kindheit hat sie mit ihrer »gläsernen Mauer« zu kämpfen, die sich in den unpassendsten Momenten um ihre Stimme legt und es ihr unmöglich macht, laut zu sprechen. Wenn ihr die Worte fehlen, werden Töne und Melodien zu ihrer Sprache – und ebendiese Sprache der Musik begleitet sie im Verlauf der Geschichte, führt sie zurück in die Vergangenheit und zeigt ihr den Weg in ein ungewisse Zukunft.
Maries Geschichte ist für mich eine ganz besondere, zumal sie das erste Buch ist, unter das ich das Wort Ende gesetzt habe. So finden sich auch viele meiner eigenen Erlebnisse und Erfahrungen in Maries Reise wieder: Die Ruhe auf den verschneiten Gipfeln der Nordkette, die Musik, die einem sonnigen Herbstnachmittag in In-

nsbruck innewohnt, laute Abende im Irish Pub, vielstimmiges Geplauder mit guten Freunden im Café und das Gefühl, das alles möglich wäre, wen man sich nur entscheiden könnte, wohin der Weg in Zukunft führen soll ... all diese Geräusche waren der Soundtrack sowohl von meiner als auch von Maries Zeit in Innsbruck.

Ich hoffe, dass ihr zwischen den Zeilen dieses Buchs Melodien findet, die euch träumen lassen und auf eine imaginäre Reise in die Berge, das Regenwald-Café, die Innsbrucker Innenstadt, auf eine ganze besondere Schaukel unter einem Apfelbaum und an Dutzende weitere Orte mitnehmen.

Viel Spaß beim Lesen!

Eure Christina

Für meine Großeltern
Maria und Josef & Josef und Maria
♥

PROLOG

18 Jahre zuvor

Das neue Mädchen jagte Louisa Angst ein. Es sprach nie, lachte nie, weinte nicht einmal, wenn es traurig war. Selbst seine Schritte waren lautlos. Es war, als ob das Mädchen nicht aus Fleisch und Blut bestünde, so wie andere Kinder, sondern aus purer, körperloser Luft, und manchmal fragte sich Louisa, ob sie sich die Existenz des Mädchens einbildete.

Louisa duckte sich hinter die Kiste mit Holzspielsachen und tat so, als würde sie nach einem bestimmten Bauklotz suchen, während sie Marie beobachtete. Das war der Name des lautlosen Mädchens. Marie. Gerade saß es an einem Tisch und malte, was es fast wie ein echtes Kind aussehen ließ. Louisa hatte jedoch ihre Zweifel.

»Und du glaubst echt, dass sie ein Geist ist?«, fragte Nicklas, ihr bester Freund, flüsternd.

Louisa nickte.

»Meine Mama sagt, Geister gibt es nicht.«

»Im Fernsehen habe ich aber einen Film über Geister gesehen«, entgegnete Louisa, und das sollte doch Beweis genug sein, dass es Geister sehr wohl gab.

»Meine Mama hat auch gesagt, wir sollen nett zu Marie sein, weil ihr etwas Schlimmes passiert ist.«

»Echt?«

»Ja«, sagte Nicklas.

»Was ist ihr denn passiert?«

»Weiß ich nicht. Aber Mama hat gesagt, ihr muss was Schlimmes passiert sein und von dem Schlimmen hat sie jetzt …«, er überlegte, »einen Trauma, ja, das hat Mama gesagt. Sie hat einen Trauma und wegen dem Trauma redet sie nicht.«

»Einen Traum«, korrigierte Louisa ihn augenrollend. »Ich hatte gestern auch einen schlimmen Traum. In dem Traum waren riesige Spinnen und eine Wespe und ich rede trotzdem.«

»Hmm«, machte Nicklas.

»Ich glaube, deine Mama weiß gar nicht, was Marie geträumt hat.«

Nicklas machte einen Schmollmund. »Vielleicht ist sie doch ein Geist«, gab er dann zu.

Natürlich. Louisa hatte wie immer recht gehabt. »Schau«, sagte sie und zog einen Zettel aus der Bauchtasche ihrer Latzhose. Es war ihre Geister-entdeck-Liste, vollgekritzelt mit kleinen Bildern und Symbolen. Zu den Bildern zählten ein Apfel, denn Geister essen bekanntlich nicht, ein Mond, weil Geister die Nacht lieben, und ein weißes Viereck, das ganz offensichtlich ein Bettlaken darstellte.

Marie trug kein Bettlaken, sondern ein hellgrünes Kleid, und durchsichtig war sie auch nicht. Das konnte Louisa von ihrem Beobachtungspunkt aus genau sehen. Aber das war kein Beweis. Geister waren gut darin, ihre wahre Gestalt zu verbergen. Das wusste Louisa mit Bestimmtheit, weil sie nämlich auch eine Lupe auf ihren Merkzettel gezeichnet hatte. Doch das würde Marie nichts nützen, denn Louisa hatte sich den ultimativen Geister-Test ausgedacht.

Sie schloss ihre Hand so fest um einen roten Bauklotz, dass es wehtat. Es war an der Zeit, die Wahrheit herauszufinden. Nicklas duckte sich noch tiefer hinter seinen Stapel aus Bauklötzen, während Louisa langsam und mit einer Trinkpackung Orangensaft bewaffnet auf das Mädchen zuschlich. Leise, jedoch nicht leise genug. Es kam ihr so vor, als müsste sie genauso lautlos sein wie Marie, um ihr Vorhaben erfolgreich durchzuführen, aber so sehr sie es versuchte, ihre Schritte waren viel zu laut.

Als sie vor dem Maltisch stand, räusperte sie sich, wie es die wichtigen Leute im Fernsehen immer machten. »Hallo.«

Es vergingen ein paar mit Herzklopfen gefüllte Sekunden, in denen nichts passierte. Dann, endlich, hob das Mädchen den Kopf und sah Louisa direkt an. Der gelbe Malstift, den es bis eben gehalten hatte, fiel ihm aus der Hand und landete mit einem leisen *Klock* auf der Tischplatte. Es war das erste Mal, dass Louisa das Mädchen ein Geräusch hatte verursachen hören. Aber der Gedanke erlosch in dem Moment, als sie das Bild sah, das Marie gezeichnet hatte.

Zwei kleine Mädchen, die Hand in Hand auf einer Blumenwiese standen. Eine mit braunen Zöpfen und einem grünen Kleid, so wie Marie, die andere mit langen blonden Haaren. Louisa hatte lange blonde Haare. Das war ein schlechtes Zeichen!

Am liebsten wäre Louisa zurück zu Nicklas und zu ihren Bauklötzen geschlichen, aber ein wahrer Geisterjäger war mutig, und wer mutig war, gab nicht so einfach auf.

»Möchtest du einen Saft?«, brachte Louisa mit viel zu hoher Stimme heraus.

Langsam ging sie noch einen Schritt näher. Es war ganz einfach. Sie musste nur *aus Versehen* ein bisschen Saft auf Marie verschütten, denn Geister konnten nicht nass werden. Das hatte ihre große Schwester ihr erzählt, und die wusste alles.

»Ich will ihn!«, rief da ein Junge und schnappte sich die Saftpackung aus Louisas Hand. Jonas, der idiotischste Junge im ganzen Kindergarten.

»Das ist nicht für dich!«

»Die da trinkt es sowieso nicht. Und wenn, dann sagt sie nicht einmal Danke. Weil sie nämlich nicht sprechen kann«, rief er und zog eine Grimasse in Richtung Marie. »Die ist nämlich zu dumm, um was zu sagen!«

Plötzlich überkam Louisa das merkwürdige Bedürfnis, das stumme Mädchen zu verteidigen. Wenn Jonas wüsste, dass Marie nicht dumm war, sondern vermutlich ein Geist, wäre er gleich ganz kleinlaut. Doch ehe sie etwas sagen konnte, beugte der sich nach vorn und riss Maries Zeichnung an sich. Die zuckte zusammen, ihre Lippen so fest aufeinandergepresst, dass sie zitterten. Fast schien es, als wollte sie etwas sagen, aber sie blieb still.

»Hey!«, rief Louisa. »Lass das!« Jonas ignorierte sie. Stattdessen lachte er gehässig in Maries Richtung. »Was ist denn? Willst du's wiederhaben? Dann frag mich doch! Ach, warte, das kannst du ja nicht. Dann hol's dir!«

Damit rannte er davon. Marie sprang von ihrem Stuhl auf und lief ihm hinterher. Louisa sah ganz genau, wie ihre Füße den Boden berührten. Das war merkwürdig, Geister können nämlich fliegen, und im nächsten Moment flog Marie tatsächlich. Allerdings auf den Boden, weil sie über ein Spielzeugauto gestolpert war, und dort blieb sie auch liegen. Sofort kam eine Kindergärtnerin angerannt.

Louisa kam langsam näher. Sie sah Jonas, der sich am anderen Ende des Raumes hinter dem Puppenhaus versteckte, die Kindergärtnerin, die Marie leise flüsternd aufhalf, und Blut, das von Maries Knie tropfte. Marie hatte den Mund schmerzhaft verzogen, eine Träne lief über ihre Wange. Ihre kleinen Schultern zitterten, doch noch immer verließ kein Laut ihre Lippen. Es hatte etwas Faszinierendes und gleichzeitig Trauriges, dieses lautlose Weinen.

Die Liste blitzte durch Louisas Gedanken, vor allem ein bestimmtes Bild: ein roter, durchgestrichener Kreis. Da begriff sie, dass Marie gar kein Geist sein konnte, denn Geister bluteten nicht. Sie war auch kein Vampir und kein Zombie oder irgendetwas anderes Übernatürliches. Wie es schien, war sie tatsächlich ein Menschenmädchen.

Und noch etwas wurde Louisa klar. Nämlich, dass Marie jemanden brauchte, der sie beschützte. Allein, ohne Stimme und ohne Geisterkräfte, kam sie gegen solche Kerle wie Jonas nicht an.

An diesem Tag beschloss Louisa, auf sie aufzupassen.

TEIL 1

VON GLÄSERNEN MAUERN

KAPITEL 1

Heute

Vor einigen Jahren erzählte mir meine beste Freundin Louisa die Geschichte eines Pantomimen, der verhungert war, nachdem er den Schlüssel zu seiner imaginären Kiste verloren hatte. Damals lachten wir. Wer starb schon in einem Fantasiegefängnis, umgeben von unsichtbaren Mauern? Was hatte ihn davon abgehalten, aufzustehen und zu gehen? Warum hatte er sich keinen imaginären Bulldozer erdacht, um die Mauern einzureißen?

Die Geschichte verliert ihren Witz, wenn man selbst an die Stelle des Pantomimen tritt. Er hat über seine Situation mit Sicherheit nicht gelacht, und auch mir verging das Lachen, nachdem ich begriff, dass ich sein Schicksal teilte. Zwar konnte ich gehen, wohin ich wollte, doch diese scheinbare Freiheit täuschte. Die unsichtbare Mauer gab es auch in meinem Leben, und obwohl andere sie als etwas belächelten, das nur in meinem Kopf existierte, fühlte sie sich schmerzhaft real an. Diese gläserne Wand, die sich um meine Stimme schloss und keinen noch so kleinen Ton passieren ließ.

Lange hatte ich geglaubt, dass sich hinter dieser gläsernen Mauer ein Geheimnis verbarg. Die Antwort darauf, warum ich mich Zeit meines Lebens so gefühlt hatte, als würde etwas Wichtiges fehlen. Doch die Mauer hatte ich mittlerweile zumindest zum Teil eingerissen – und nichts auf der anderen Seite gefunden.

Ich ließ meine Finger auf der Suche nach der richtigen Stelle über die Buchrücken gleiten. Gelesene Bücher wieder einzuordnen, zählte zu den unbeliebtesten Aufgaben meiner Kollegen in der Bibliothek. Ich machte es gerne. Zwischen den endlos langen Regalreihen, umgeben von so viel Wissen, fühlte ich mich wohl, und die Ruhe behagte mir.

»Marie! Hier steckst du!« Die Stimme meiner Kollegin riss mich aus meinen Gedanken. Es war die mit dem rotgefärbten Haar, die immer eine Schicht Make-up zu viel auftrug, unser neuestes und jüngstes Teammitglied. Elena oder Elisa? Vielleicht auch Elli. Obwohl ich versuchte, mir ihren Namen zu merken, entfiel er mir immer wieder, und da sie schon seit mehreren Wochen bei uns arbeitete, wäre ich mir komisch vorgekommen, jetzt noch danach zu fragen.

»Ich muss dich um einen Riesengefallen bitten. Na ja, eigentlich ist er gar nicht so groß. Ich muss los, um meine Schwester aus dem Krankenhaus abzuholen. Keine Ahnung, was sie wieder angestellt hat. Kannst du für mich die Bibliotheksführung übernehmen?«

»Ähm.« Ich warf einen Blick auf den kleinen Stapel noch einzuräumender Bücher, den ich kaum als Ausrede benutzen konnte.

»Ich weiß, meine Bitte kommt sehr spontan. Es ist wirklich ein Notfall.«

Die Sekunden zogen sich wie tropfender Kleister in die Länge, während ich nach einer Entschuldigung suchte.

»Ich ...« begann ich und ging in Gedanken alle möglichen Ausreden durch. Ich könnte so tun, als hätte ich Halsschmerzen. Oder sagen, dass ich in einer halben Stunde zu einem wichtigen Termin musste. Vielleicht sollte ich ihr auch einfach die Wahrheit sagen – dass ich lieber tausend Bücherstapel einräumen würde, als fünf Minuten vor einer Gruppe zu sprechen.

Doch in dem Blick meiner Kollegin lag eine unausgesprochene Dringlichkeit und schließlich war ich schon öfter bei solchen Führungen dabei gewesen und konnte den Text auswendig – nur war der Text das kleinste Problem. Wie so oft, wenn ich sie besonders brauchte, ließ mich meine Stimme im Stich. Wahrscheinlich sah ich aus wie eine Schauspielerin aus einem Stummfilm oder wie ein Fisch, der nach Luft schnappte. *Sag etwas, Marie.*

Nach weiteren, elendslangen Sekunden schaffte ich es nur, mit den Schultern zu zucken.

Elena, Elisa – oder wie auch immer sie hieß – strahlte. »Danke! Ich mache es wieder gut, versprochen!«

Na, wunderbar. Mein Magen verkrampfte sich beim Gedanken an meine bevorstehende Aufgabe. Meine Kollegin strahlte jedoch und hob die Arme, als wollte sie mich umarmen. In ebendiesem Moment war ich stolz, ihr helfen zu können. Doch dann eilte sie davon und ließ mich und meinen kleinen Bücherstapel zurück. Das Gefühl des Stolzes verschwand sofort.

Am Eingangsschalter wartete bereits eine Gruppe Studierende auf mich. Ganz vorne ein junger Mann in kariertem Hemd, der schon jetzt gähnte, obwohl die Führung noch gar nicht begonnen hatte. Der Student hinter ihm schaffte es kaum, seinen Blick von den zwei

Mädchen zu lösen, die mit ihren übergroßen Brillen und identischen Frisuren wie Zwillinge aussahen. Dahinter vier weitere Studierende, die leise miteinander tuschelten. Keiner der Teilnehmer wirkte, als wäre er sonderlich interessiert, und ich fragte mich insgeheim, warum sie sich zur Bibliotheksführung angemeldet hatten. Wenigstens würde mich keiner von ihnen zu genau beobachten oder Fragen stellen. *Hoffentlich.*

Ich schloss kurz die Augen und blendete meine Zuhörer, so gut es ging, aus.

»Hallo. Willkommen zur heutigen Bibliotheksführung«, begann ich etwas zu leise. Die Gruppe schien erst jetzt zu bemerken, dass ich vor ihnen stand. Einer nach dem anderen schaute mich an, was mir einen Schauer über den Rücken jagte. Schnell senkte ich den Blick. Sie zu lange anzusehen, war schlecht. Schon jetzt spürte ich ihre Blicke wie sengende Glimmstängel auf meiner Haut – jedes Augenpaar eine Schicht meiner unsichtbaren Mauer.

Zum Glück kannte ich ein paar Tricks. Ich stellte mir meine Gruppe als Blumenwiese vor. Klatschmohn, Sonnenblumen und Knabenkraut. Alle Studierenden wurden zu einer Blüte, die keine Fragen stellen, kein Urteil fällen würde. Ich versuchte etwas Schönes zu sehen, etwas Harmloses – Blütenblätter statt starrender Augen. Wogende Grashalme statt massiver Körper. Es war wichtig, dass ich vermied, über das Sprechen selbst nachzudenken und zu lange zu warten. Denn je mehr Zeit schweigend verstrich, desto schwieriger wurde es, überhaupt etwas zu sagen.

Heute half mir das Bild der Blumenwiese, um weiterzureden.

»Am Anfang erkläre ich euch, wie ihr ein Buch ausleihen und den Online-Katalog benutzen könnt, um einen bestimmten Titel zu finden. Danach schauen wir uns die verschiedenen Abteilungen an. Die Bibliothek ist ein Ort, an dem viele Leute lernen. Darum bitte ich euch, während des Rundgangs so leise wie möglich zu sein und höchstens zu flüstern.« Eigentlich hätte ich nun erwähnen sollen, dass ich bei Fragen jederzeit zur Verfügung stand. Den Teil ließ ich aus.

Wir marschierten los. Erst jetzt bemerkte ich, dass ich die ganze Zeit ein Buch so fest umklammert hatte, dass meine Fingerknöchel weiß hervortraten.

»Zum Ausleihen der Bücher gibt es bei uns ein elektronisches System.«

Anstatt das Prozedere zu erklären, deutete ich auf einen der Computer, die zur Ausleihe verwendet wurden, und führte die Schritte manuell vor, wobei ich es vermied, irgendjemanden direkt anzusehen.

»Bei Interesse könnt ihr euch eine Bestätigung ausdrucken lassen. Ich zeige euch nun, nach welchem System wir die Bücher und Magazine sortieren.«

Diesen Teil mochte ich wesentlich lieber. Weil ich vor der Gruppe hergehen konnte und niemanden ansehen musste und weil die langen Bücherreihen der einzige Ort der Bibliothek waren, an dem ich mir echtes Interesse meiner Zuhörer erwartete.

Wir waren in der Abteilung für Pädagogik, als die ersten Fragen gestellt wurden.

»Wie viele Bücher können wir uns auf einmal ausleihen?«, wollte eines der Mädchen wissen.

Ich holte tief Luft. *Kein Grund nervös zu werden. Du schaffst das, Marie!*

»Bis zu fünfzehn.«

Die Antworten auf die meistgestellten Fragen hatte ich ausgearbeitet und auswendig gelernt, als ich anfing, in der Bibliothek zu arbeiten.

»Wie lange dürfen wir ein Buch behalten?«

»Das hängt vom Titel ab. Normalerweise drei bis vier Wochen.«

»Was passiert, wenn wir vergessen, das Buch zurückzugeben?«

»Einen Tag vor Ablauf der Frist bekommt ihr automatisch eine E-Mail zugeschickt.«

»Und wenn wir's trotzdem vergessen?«

Dann ist eine Strafe zu bezahlen, wollte ich sagen, doch plötzlich krachte es, als ein Student zwei Meter neben mir seine Bücher zu Boden fallen ließ.

»Oh, Entschuldigung«, nuschelte er und errötete.

Ich nickte, als wäre es kein Problem. In Wahrheit war es das doch, denn in ebendiesem Moment entglitt mir die Vorstellung einer Wiese und die Blumen verwandelten sich in einen Haufen Menschen zurück, die mich fragend anschauten. Plötzlich war ich wieder die junge Schülerin, die vor der Klasse stand und kein Wort herausbrachte, obwohl sie den Text für die Präsentation in- und auswendig wusste. Ich atmete tief ein, konzentrierte mich auf das Gefühl des Sauerstoffs in meinen Lungen.

Sag es, Marie. Komm schon, sag's einfach! Dann ist eine Strafe zu bezahlen. Nur sechs kleine, einfache Worte, die sich weigerten, meinen Mund zu verlassen. Ich hob einen Zeigefinger in die Höhe, als wollte ich etwas Wichtiges erklären und müsste nur kurz darüber nachdenken.

»Oder wenn wir die Frist nicht verlängern können und das Buch trotzdem behalten?«, hakte der Student im karierten Hemd nach.

Ich spürte die Blicke förmlich auf meiner Haut, während die Sekunden verstrichen. Schon sah ich, wie das erste Gruppenmitglied die Augen verdrehte, während die anderen noch fragend oder verwirrt dreinschauten.

»Gibt es dann eine Strafzahlung?«, versuchte eines der Mädchen mit Brille mir zu helfen. Mehr als ein Nicken bekam ich als Antwort nicht zustande. Immerhin.

»Wir können die Führung auch selbst übernehmen«, meinte einer, und alle, bis auf die Studentin mit Brille, der ich offenbar leidtat, kicherten.

Mit aller Mühe brachte ich ein Lächeln zustande, bedeutete der Gruppe mit einer Handbewegung, mir zu folgen, drehte mich um und setzte den Weg zum Kopierraum fort. Während die Studierenden hinter mir herliefen, hörte ich sie leise flüstern.

»Die Arme. Hast du gesehen, wie nervös sie ist?« und »Das ist sicher ihre erste Führung, was meinst du?«

Ich zwang mich, wegzuhören. *Denk an Blumen, denk an Musik, an deinen Text, denk an irgendwas.*

Bis wir den Kopier- und Druckerraum erreichten, hatte ich es mehr schlecht als recht geschafft, meine Stimme wiederzufinden.

»Das ist der Kopierraum«, flüsterte ich und starrte auf den Boden. »Danke für eure Zeit. Ich hoffe, die Führung hat euch gefallen.«

Bevor irgendjemand etwas sagen oder weitere Fragen stellen konnte, huschte ich davon. Ich würde zurück zu meinem kleinen Bücherstapel gehen und ausgelesene Titel einräumen. Zumindest konnte ich dabei nichts falsch machen. Irgendjemand kicherte, aber ich drehte mich nicht um, um zu sehen, wer es war.

***

Als ich das erste Mal über den Begriff Mutismus stolperte, war ich elf Jahre alt. Meine neue Sprachtherapeutin erwähnte ihn, und sofort stellten sich Herzklopfen und Aufregung ein. War es möglich, dass dieses Ding, diese unsichtbare Mauer, die weder mein Kinderarzt oder meine Eltern noch ich selbst erklären konnten, plötzlich einen Namen hatte?

Zuhause saß ich den ganzen Nachmittag vor dem Computer, um alles über dieses neuartige Wort herauszufinden. Auch wenn die Quellen begrenzt waren, hatte ich die grundlegenden Begriffe bald zusammen: absoluter Mutismus, selektiver Mutismus, Sprachlosigkeit. Die Unfähigkeit, in bestimmten Situationen oder mit bestimmten Personengruppen zu sprechen, obwohl der Sprechapparat eigentlich intakt ist. Die Berichte anderer Betroffener, die von Problemen in der Schule, beim Vorstellungsgespräch oder beim wöchentlichen Einkauf handelten.

Es hätte mir Angst machen können, doch das Gegenteil war der Fall. Endlich einen Namen für meine Mauer zu haben, verlieh ihr eine völlig neue Art der Legitimation. Erstens gab es andere, die unter demselben Problem litten, sogar eine Chance auf Heilung. Die Zeit, in der ich allein mit meinem Problem dagestanden hatte, war vorbei. Zweitens, und noch viel bedeutsamer, war ich nicht länger ein personifiziertes unerklärbares Phänomen. Wenn Leute mich anstarrten, weil sie mein Schweigen irritierte, konnte ich ihnen dieses neue Wort entgegenwerfen – oder zumindest hätte ich es gekonnt, wäre ich nicht sprachlos gewesen. Mutismus: ein einfaches Wort, das alles erklärte.

Es war wie bei einem Produkt mit Markennamen. »Es ist das Label, das zählt«, lernte ich Jahre später in einem Kurs über Marketing und begriff sofort, wie viel Wahrheit hinter dieser Aussage steckte.

Es ist kein überteuertes, schwarzes Kleid – es ist *Chanel*. Es sind keine vier Jungs mit merkwürdigen Pilzfrisuren, die gerne Gitarre spielen – es sind die *Beatles*. Es ist kein dunkles Wasser mit Unmengen an Zucker – es ist *Coca Cola*.

Ich war nicht dumm, zurückgeblieben oder komisch – ich war *Mutistin*.

***

Die Mittagspause nutzte ich, um mich mit meiner besten Freundin Louisa zu treffen.

»Ich hab dir schon einen Kaffee bestellt!« Lou strahlte, was weder am Kaffee noch an meiner Anwesenheit lag, sondern daran, dass sie verliebt war.

»Danke.« Ich schlängelte mich am Nachbartisch vorbei und ließ mich auf den Stuhl ihr gegenüber sinken. Das Universitätscafé war um die Mittagszeit immer recht voll.

»Hattest du einen schönen Tag?«, fragte Lou.

»Ja.«

»Sicher?«

»Ja.«

Louisa spürte sofort, wenn es mir schlecht ging. Das mochte daran liegen, dass wir uns schon so lange kannten, vielleicht aber auch an ihrem Psychologiestudium, seit dessen Beginn sie die Menschen ihres Umfelds noch genauer beobachtete, als sie es ohnehin schon immer getan hatte.

Lou und ich waren grundverschieden. Sie, die quirlige Frau mit der blonden Lockenmähne, die kaum jemals stillsitzen geschweige denn still sein konnte, und ich, ihre schüchterne Freundin.

Lou war fast einen Kopf kleiner als ich, fiel mit ihrer bunten Hippie-Kleidung, ihrem Nasenpiercing und den unzähligen Ohrlöchern trotzdem mehr auf. Ich hingegen bevorzugte unauffällige Kleidung in Pastelltönen und trug meine braunen Haare schulterlang.

Ich war lieber zuhause bei meiner Familie oder spielte Klavier, während Lou ständig unterwegs war. Manchmal ließ ich mich von ihr mit auf eine Party schleifen. Dann hielt ich mich im Hintergrund, während sie auf der Bar tanzte und flirtete, was das Zeug hielt.

Sie hatte vor nichts Angst. Darum hatte sie mich immer beschützen können. Hinter ihr versteckte ich mich, wenn mir alles zu viel wurde, und sie fand die Worte, die mir fehlten.

»Bist du aufgeregt wegen heute Abend?«, fragte ich.

»O ja! Aber es ist eine gute Art der Aufregung. Ich hoffe so sehr, dass du ihn magst.«

»Bestimmt. Er klingt nett.«

»Wir wissen beide, dass das keine Garantie ist.«

Louisa brachte ein schiefes Grinsen zustande. Sie hatte in ihrem Leben schon einige Frösche geküsst und auch wenn sie vorsichtiger geworden war, wurde sie die Vorstellung vom Traumprinzen, der auf seinem weißen Ross angeritten kam, nicht los. Heute Abend würde ich ihren neuen Freund Alexis kennenlernen. Er war Musiker, verdiente mit seiner Band allerdings zu wenig Geld, um sich über Wasser zu halten. Deshalb arbeitete er in einer Spedition, was ihn, Lous Erzählungen zufolge, maßlos langweilte. Die beiden hatten sich vor zwei Monaten in dem Irish Pub kennengelernt, in dem Lou an den Wochenenden kellnerte. Das war alles, was ich über ihn wusste, aber Lous Gesichtsausdruck, wenn sie über ihn sprach, und die Tatsache, dass sie seit genau acht Wochen morgens eine halbe Stunde früher aufstand und leise vor sich hin sang, reichten mir, um Alexis sympathisch zu finden.

»Kannst du dir die Einkaufsliste noch mal durchlesen? Ich gehe gleich nach meiner letzten Vorlesung los und will nichts vergessen«, meinte Louisa und reichte mir die Liste, die ich gestern für sie zusammengestellt hatte. Ich hatte sie schon zweimal überprüft. Lou zuliebe las ich sie mir noch einmal durch.

»Alles drauf.«

»Okay. Danke. Tut mir leid, dass ich so anstrengend bin. Ich möchte einfach, dass alles perfekt wird.«

Wir lächelten uns an. Lou hatte Alexis in unsere Wohnung zum Abendessen eingeladen – gebratener Ananasreis und Hühnerspießchen mit Erdnusssoße. Ein mutiger Schritt, wenn man bedachte, dass ihre Kochkünste bisher im Verborgenen geschlummert hatten. Vermutlich war ihr schon im Vorhinein klar gewesen, dass ich meine Hilfe anbieten würde, sodass ihre Aufgaben am Ende nur darin bestünden, den Einkauf zu erledigen und das Gemüse zu schneiden.

»Alexis kommt um acht. Ich decke schon mal den Tisch, solange du bei der Arbeit bist. Und ich muss aufräumen. Wir wollen den armen Jungen ja nicht gleich mit meinem kreativen Chaos verschrecken!«

In dem Moment wurde der Tisch neben uns frei und zwei neue Gäste quetschten sich durch die engen Reihen. Es waren die Mädchen mit den übergroßen Brillen von der Bibliotheksführung.

Wenn ich sie nicht anschaue, bemerken sie mich vielleicht nicht. Doch gerade, als sie sich niederließen, lachte Lou über ihr kreatives Chaos und zog die Blicke der Mädchen auf sich. Natürlich erkannten sie mich sofort. Die eine lächelte – ob schüchtern oder mitleidig konnte ich nicht sagen – und zeigte auf einen Stapel Bücher, den sie sich gerade ausgeliehen hatte. Eine Sammlung an Gesetzestexten ganz oben, darunter *Einführung in die Rechtswissenschaften* und einige weitere dicke Schwarten.

Lou bemerkte meinen Blick sofort, doch sie deutete ihn falsch. »Du könntest das auch, weißt du?«

»Hm.« Ich zuckte mit den Schultern.

»Ich meine es ernst. Du würdest das Studium locker schaffen und das weißt du!«

»Vielleicht«, entgegnete ich.

»Ein bisschen mehr Begeisterung, bitte! Ich finde, du solltest dich einschreiben.«

»Ich habe einen Job, Lou.«

Sie verdrehte theatralisch die Augen. »Ja – und wenn dich nicht irgendjemand zwingt, endlich aus deiner

Komfortzone zu treten, wirst du noch in fünfzig Jahren Bücher einräumen. Du wolltest doch immer Anwältin werden. Während unserer gesamten Schulzeit hast du davon geredet. Was ist seitdem passiert?«

Ich brauchte ein paar Sekunden, bis ich mich zu einer Antwort durchrang. »Ich bin erwachsen geworden.«

»Und was soll das heißen?«

»Dass ich eingesehen habe, wozu ich in der Lage bin und wozu nicht«, sagte ich, wohl wissend, dass Lou es nicht darauf beruhen lassen würde.

»Für mich hört es sich eher so an, als hättest du eine Dosis Optimismus nötig. Du wolltest schon immer studieren, und wenn ich sehe, wie sehnsüchtig du die anderen Studenten anschaust, bin ich mir sicher, dass du es noch immer willst. Nenn mir einen guten Grund, warum du es nicht könntest.«

Ich nannte keinen. Stattdessen schaute ich Lou nur an. Sie kannte die Antwort, ohne dass ich ein Wort sagen musste. Weil es genau das war, was mich aufhielt. Ein Mangel an Worten.

»Du solltest es wenigstens versuchen.«

»Das wäre Zeitverschwendung. Ich würde es durch keine Präsentation und schon gar nicht durch eine Diskussion schaffen.«

»Das hast du in der Schule überwunden.«

»Habe ich das?«

Ich erinnerte mich noch genau daran, wie ich im Biologieunterricht das Verdauungssystem vorstellen musste und nach dem dritten Satz die Sprache verlor, als zwei meiner Mitschüler mich mit Furzgeräuschen aus dem Konzept brachten. Oder an die Gruppenpräsentation in Englisch, die ich nur überstand, indem ich mein

Gesicht hinter meinen Karteikarten versteckte. Oder auch an das eine Mal, als meine Deutschlehrerin die grandiose Idee hatte, während meiner Rede zum Thema Klimawandel das Licht auszumachen, damit ich meine Mitschüler nicht sehen und nervös werden würde. Dass ich daraufhin schweigend im dunklen Klassenzimmer stand, während alle anderen kicherten, dürfte keine große Überraschung gewesen sein. Hätten die Lehrer keine Rücksicht auf meine *besondere Situation* genommen, würde ich jetzt ohne Abschluss dastehen. Louisa wusste, dass ich recht hatte, nur war das für sie kein Grund aufzugeben.

»Du solltest es mit einer Therapie versuchen.«

Wir hatten diese Diskussion schon mehrmals geführt. Lou, die mir erklärte, dass eine Therapie die Lösung meiner Probleme wäre, und meine Antwort, dass ich als Kind schon genug davon hinter mich gebracht hatte. »Ja«, sagte sie dann jedes Mal. »Aber nur weil du damals an einen Idioten von Therapeuten geraten bist, heißt das nicht, dass du es nicht wieder versuchen solltest.«

»Damit ich dem Ursprung meiner Sprachlosigkeit auf den Grund gehe, weil es da mit Sicherheit irgendein tiefer sitzendes Problem gibt«, wiederholte ich nun, was ich schon so oft von ihr gehört hatte. Seit wir uns im Kindergarten kennengelernt hatten, vertrat sie diese fixe Idee, dass irgendetwas Traumatisches passiert sein musste, das mir meine Stimme geraubt hatte. »Und eine Gesprächstherapie wird mit Sicherheit helfen, weil ich ja so toll von meinen Problemen erzählen kann.«

Lou starrte mich einen Sekundenbruchteil verwirrt an, bevor das Lachen aus ihr herausbrach. »Respekt, Frau Wolff. So viele Worte auf einmal bin ich von Ihnen gar nicht gewohnt – und dann auch noch sarkastisch.«

Nun musste auch ich kichern.

»Bist du mir böse, dass ich die Psychologin spiele und versuche dir zu helfen?«

»Nein.« Ich schüttelte den Kopf.

»Hast du schon einmal an Hypnose gedacht?«

Diese Idee war neu.

»Es würde dir die Möglichkeit geben, einen Blick in deine Vergangenheit zu werfen; mehr über dich zu erfahren. Und du müsstest dafür nicht einmal reden, nicht aktiv zumindest. Was denkst du?«

»Ich weiß nicht.«

»Ich meine, es ist schon ungewöhnlich, dass du dich an nichts erinnerst, was vor deinem sechsten Lebensjahr passiert ist.« Ich fand das kein bisschen ungewöhnlich, schließlich konnte nicht jeder ein Elefantengedächtnis haben.

»Wenn ich einen Termin für dich organisiere, würdest du es versuchen? Rein theoretisch natürlich.«

»Ich ... ähm ... keine Ahnung. Vielleicht.«

»Ja?«

»Ja.«

Diese – wenn auch wenig begeisterte – Zusage schien genug für Lou zu sein.

»Okay! Ich sehe, wir machen Fortschritte.« Sie zwinkerte, als hätte sie einen guten Scherz gemacht. »Zeit, um zurück zu erfreulicheren Themen zu kommen. Was werden wir beide heute Abend anziehen?«

Da war es wieder: das Strahlen in Lous Gesicht. Es wurde Zeit, dass ich den Mann, der dafür verantwortlich war, endlich kennenlernte.

KAPITEL 2

An diesem Abend ging ich zu Fuß nach Hause. Es war einer der wenigen lauwarmen Spätsommerabende, die wir in Innsbruck vor Herbsteinbruch bekommen würden, und ich wollte die letzten Sonnenstrahlen des Tages auskosten. In solchen Momenten liebte ich meine Stadt und mir wurde bewusst, dass ich den perfekten Platz für mich gefunden hatte.

Unzählige Menschen spazierten durch die Stadt oder saßen im Freien vor den Kaffeehäusern und boten ein lustiges Kontrastbild. Diejenigen, die in der Sonne saßen, hatten die Jacken geöffnet oder ausgezogen und hielten ihre Nasen ins Licht, die anderen, die bloß einen Platz im Schatten ergattert hatten, waren in Decken gewickelt. Ihr Geplauder und das Spiel eines Musikers, der vor einem Kaffeehaus an seinem Klavier saß, erfüllten die Luft mit Fröhlichkeit. Und zwischen all diesen Leuten entdeckte ich ein vertrautes Gesicht. David, einer meiner besten und ältesten Freunde, saß allein an einem Tisch, vor sich zwei Tassen. Schwarzer Kaffee, nur ein kleiner Spritzer Milch, kein Zucker. Schon komisch, welche Wissensdetails man sich in einer langen Freundschaft aneignete.

David war einer derjenigen, die es sich in der Sonne bequem gemacht hatten. Seine Jacke hing lässig über der Lehne seines Stuhls, sodass er nur ein kurzärmeliges, einfarbiges Shirt trug. Seine dunklen Haare waren brav zur Seite gekämmt, mit der einen Hand schirmte er seine Augen gegen die Sonne ab, was mich zum Schmunzeln brachte. Zu Beginn des Sommers hatte er beim Bergsteigen seine Sonnenbrille verloren und es anscheinend noch immer nicht geschafft, sich eine neue zu besorgen.

Ich winkte. Erst bemerkte David mich nicht, doch dann zeichnete sich ein breites Lächeln auf seinem Gesicht ab, während er gegen die Sonne blinzelnd die Hand hob. Den Rest des Abends kaffeetrinkend in der Innenstadt zu verbringen, hatte ich zwar nicht geplant, doch für einen kurzen Schwatz mit einem meiner besten Freunde lohnte es sich, einen Zwischenstopp einzulegen.

Da schob sich ein hellroter Lockenkopf vor Davids Gesicht. Eine junge Frau ließ sich ihm gegenüber auf dem freien Platz nieder, drehte sich um und schaute genau in meine Richtung. Ich stoppte mitten im Schritt, so abrupt, dass ich beinahe über meine eigenen Füße stolperte. Wie es aussah, hatte David ein Date. Ein Date mit einer besonders hübschen jungen Dame noch dazu. Lange Locken, Stupsnase und Sommersprossen. Während sie noch zu mir herübersah, bemühte ich mich, mich so unauffällig wie möglich umzudrehen. Aus den Augenwinkeln sah ich, wie David die Augenbrauen in die Höhe zog, als wäre es ihm peinlich, dass ich ihn beinahe bei seiner Verabredung gestört hatte.

Mittlerweile stand die Sonne so niedrig, dass ihre Strahlen die Gipfel der Nordkette leuchten ließen. Sattgrüne Berghänge luden zum Wandern ein. Vielleicht noch dieses Wochenende. Ich würde Lou oder David überreden, mich zu begleiten, wobei allzu viel Überredung bei beiden nie nötig war.

Als ich kurz darauf in unserer Wohnung ankam, war das Chaos bereits in vollem Gange. Der Tisch war für drei Personen eingedeckt und mit einigen Kerzen geschmückt. Das war allerdings der einzige ordentliche Bereich der gesamten Wohnung. Mindestens sechs verschiedene Outfits lagen auf dem Boden und der Couch verstreut. Ebenfalls auf der Couch befand sich die Hälfte von Lous Einkäufen, während die zweite Hälfte zumindest den Weg in die Küche gefunden hatte. Offensichtlich hatte Lou in einem Anfall von Motivation angefangen zu kochen oder zumindest die Vorarbeiten zu leisten. Sie musste die Lust jedoch schnell wieder verloren haben. Einige Töpfe waren aus den Schränken geräumt, jedoch unbenutzt. Auf der Anrichte lagen eine halb aufgeschnittene Paprika und eine Ananas, in der ein Steakmesser steckte, als hätte jemand versucht, sie zu erdolchen. Lous Aufregung war nahezu greifbar. Selbst unser WG-Hamster Alfred Adler hatte sich davon anstecken lassen und radelte wie wild in seinem Laufrad.

»Ich bin zu Hause!«, rief ich.

Die Erleichterung war Louisa anzusehen, als sie aus ihrem Zimmer gerannt kam. Sie trug ein grünes Kleid mit weißen Punkten. »Was sagst du dazu? Zu viel? Zu viel!«

Noch ehe ich eine Antwort geben konnte, landete das Kleid auf dem Boden, und Lou lief in Unterwäsche zurück in ihr Zimmer. Wenn sie eine Verabredung hatte, war sie immer nervös, allerdings hatte ich sie selten so aufgeregt erlebt wie heute.

»Na, Kleiner, alles in Ordnung bei dir?«, fragte ich unseren Hamster und steckte ein kleines Stück Karotte durch die Gitterstäbe. Sofort sprang Alfred Adler von seinem Laufrad und stürzte sich darauf. »Lass dich von Lou nicht nervös machen. Ich tu's auch nicht.«

Schon kam sie wieder aus ihrem Zimmer gelaufen – immer noch in Unterwäsche – mit zwei Oberteilen in der Hand. »Das Weiße oder das Gemusterte?«

»Sind beide hübsch.«

»Du bist keine große Hilfe!« Sie drehte sich im Kreis, als suche sie nach einem rettenden Hinweis, und anscheinend fand sie ihn, denn sie entschied sich für das weiße Oberteil.

»Ich finde meine grauen Jeans nicht. Verdammt! Warum muss heute alle schieflaufen?«, fluchte sie und stolperte auf dem Weg zurück in ihr Zimmer beinahe über einen der Kleiderhaufen. Ich fing an, die einzelnen Kleidungsstücke aufzusammeln. Die grauen Jeans waren ebenfalls dabei.

»Ich nehme alles zurück! Du bist doch eine große Hilfe«, meinte sie, als ich ihr die Hose zuwarf.

»Ich fange schon mal in der Küche an, während du dich fertigmachst.«

Als Erstes schaffte ich etwas Ordnung und widmete mich dann der Paprika. Kurz darauf stieß Lou dazu.

»Ich habe schon mal angefangen«, meinte sie. »Gemüse geschnitten und so.«

»Und die Ananas erdolcht.« Ich grinste.

»Wir können alle froh sein, dass nur die Ananas meinem Wahnsinn zum Opfer gefallen ist. Ich verstehe selbst nicht, warum ich so nervös bin. Aber Alexis dir vorzustellen ist fast ein bisschen so, als würde er meine Eltern kennenlernen.«

»Interessante Sichtweise.«

»Merkwürdig?«, fragte sie.

»Sehr merkwürdig!«, bestätigte ich.

Nun, da die Kleiderfrage geklärt war, konzentrierten Lou und ich uns aufs Kochen. Wir waren ein beeindruckend gutes Team in der Küche. Die Zeit verging wie im Flug, während wir in der Küche werkten. Schon klingelte es an der Tür.

Und dann stand Alexis in der Wohnung. Er war ungefähr so, wie ich ihn mir vorgestellt hatte, und doch ganz anders. Er war über einen Kopf größer als Louisa, etwas blass und hatte dunkelbraune, glatte Haare, die ihm unordentlich in die Stirn fielen. Mit seinem weißen Hemd und der Anzugjacke wirkte er förmlicher als erwartet. In der Hand hielt er einen Strauß Gänseblümchen.

»Ich bin ein paar Minuten zu früh dran, ich hoffe, das ist okay.«

»Natürlich«, meinte Lou und gab ihm einen Kuss. »Das ist Marie.« Lous Nervosität war mittlerweile verflogen.

»Freut mich.« Er überreichte mir die Blumen.

»Oh ... danke.«

»Gerne. Jemand«, er warf Louisa einen verschmitzten Blick zu, »hat mir eingeschärft, dass es wichtig sei, dich zu beeindrucken.«

Sie sind ein Mann, der weiß, wie man Frauen beeindruckt, hätte ich gerne gesagt. Oder irgendetwas anderes Lustiges. Stattdessen murmelte ich nur: »Gänseblümchen.«

Ich machte Alexis mit dem dritten und mit Abstand gefräßigsten Mitglied unserer Wohngemeinschaft, Alfred Adler, bekannt, während Louisa kurz in der Küche verschwand.

»Süßer Kerl«, meinte er und zog seine Jacke aus. »Louisa hat erzählt, dass du in der Universitätsbibliothek arbeitest?«

»Oh, ja. Ich mache das gerne«, sagte ich wie zur Verteidigung.

»Schön, wenn man etwas machen kann, das einem wirklich gefällt.« Seine Worte klangen überraschend aufrichtig. »Lou meinte auch, du würdest vielleicht nicht mit mir sprechen. Dass du«, er hielt kurz inne, wie um abzuwägen, ob es ein Fehler war, fortzufahren, »Mutistin bist.«

Es war ein kleiner Schock, diesen Begriff aus Alexis' Mund zu hören, aber ich nickte.

»Ich hoffe, ich trete dir damit nicht zu nahe«, fügte er hinzu.

»Schon in Ordnung.«

Im nächsten Augenblick kam Lou mit dem angerichteten Essen zurück. »Okay, ihr zwei. Die Zeit der Völlerei ist angebrochen.«

Der Abend lief besser als erwartet. Lou plauderte über eines ihrer Seminare und über ihren Nebenjob in der Bar. Spätestens als sie bei den Anekdoten von betrunkenen Bargästen angelangte, war das Eis gebrochen. In Bezug auf seinen Job in der Spedition zuckte Alexis nur

die Schultern und meinte, irgendwo müsse das Geld ja
herkommen. Damit war das Thema Arbeit für ihn beendet. Dafür liebte er es, über seine Musik und seine
Band *The Great Anubis* zu sprechen.

»Wir sind zu viert. Chris und ich an der Gitarre, Toni,
unser Bassist, und Rich am Schlagzeug. Wir wohnen
auch zusammen.«

»Oh, wow … Das ist … ähm.«

»Sehr eng?«, fragte Alexis schmunzelnd. »Ganz ehrlich, manchmal ist es ziemlich chaotisch. Chris bringt
regelmäßig Frauenbekanntschaften mit nach Hause,
Rich benutzt unsere Wohnung am Wochenende für politische Diskussionsrunden und Toni beschließt ungefähr einmal im Monat, dass er anfangen muss, Sport zu
treiben, und turnt dann durch den Gang oder macht
Yoga im Wohnzimmer. Aber ehrlich gesagt mag ich
dieses Chaos.«

Aha. Ein Frauenheld, ein politischer Aktivist und ein
Möchtegern-Sportler. Ich hätte gerne gewusst, welche
Rolle Alexis in seiner Wohngemeinschaft übernahm,
doch da wechselte Lou bereits das Thema.

»Du solltest sie spielen hören, Marie. Sie sind richtig
gut!«

»Wir sind mittelmäßig«, winkte er ab.

»In Mittelmäßigkeit habe ich mich nicht verliebt, als
ich dich zum ersten Mal habe singen hören«, meinte
Lou und blies ihm einen Kuss zu.

Alexis schüttelte lächelnd den Kopf. »Ich sollte froh
sein, dass du keinen meiner ersten Auftritte gesehen
hast. Wer weiß, ob du dich in einen von vier Jungs verliebt hättest, die stocksteif auf der Bühne standen und
nervös in die Menge schauten.«

»Bestimmt!«

»Die Sache ist, wir covern nur Lieder anderer Bands. Darin sind wir gut, aber wenn ihr mich fragt, zeichnet sich ein richtiger Musiker vor allem durch seine eigenen Kompositionen aus, nicht dadurch, die Lieder anderer Leute zu spielen.«

»Habt ihr es schon mal versucht?«, wollte ich wissen und meinte damit, ob sie selbst schon einmal etwas komponiert hatten.

»Wir sind gerade dabei. Es läuft … okay. Meinen Eigenkompositionen fehlt leider irgendetwas. Momentan versuche ich herauszufinden, was dieses gewisse Etwas sein könnte.«

»Vielleicht könnte Marie dir beim Komponieren helfen«, schlug Louisa vor. »Sie ist eine talentierte Musikerin.«

Er zog die Augenbrauen in die Höhe. »Du spielst ein Instrument?«

»Ja, Klavier und Flöte.« Ich hatte mit acht Jahren angefangen, die Musikschule zu besuchen. Die Idee dafür war von meiner Sprachtherapeutin gekommen. Sie empfahl meinen Eltern, es mit der Flöte zu versuchen, da die speziellen Mundbewegungen und das Pusten in den Flötenhals mir helfen könnten. Früher bot die Musik mir die Möglichkeit, mich auszudrücken, wenn mir die Worte fehlten, und auch wenn ich mittlerweile weniger Zeit am Klavier verbrachte, war dieses Gefühl geblieben.

»Du solltest uns etwas vorspielen! Ich liebe es so sehr, dir beim Spielen zuzuhören. Es ist viel zu lange her, seit –« Sie wurde vom Klingeln ihres Handys unterbrochen. Sofort sprang sie auf und verschwand in die Küche. »Bin gleich zurück!«

»Da rede ich die ganze Zeit von meiner Musik und dabei sitzt die eigentliche Musikerin mir am Tisch gegenüber«, meinte Alexis schmunzelnd, und obwohl ich glaubte, dass er nur nett sein wollte, fühlte ich die Röte in meinen Wangen hochsteigen. Ich liebte meine Musik, ja wirklich, und trotzdem gehörte sie zu den Themen, über die zu reden es mir besonders schwerfiel. Mein Freund David meinte einmal, es liege daran, dass meine Musik mir zu persönlich wäre, um sie mit irgendjemandem zu teilen, und auch wenn ich damals abgewunken hatte, war das die beste Erklärung, die ich bisher gefunden hatte.

»Ich ... ähm ... ich spiele nur für mich. Also, ich bin keine Musikerin wie du. Ich meine ...«

»Macht es denn einen Unterschied, ob man für andere oder für sich selbst spielt?«, fragte Alexis.

Einen großen, hätte ich gerne geantwortet. Das eine involvierte eine Bühne und Menschen, die einen anstarrten, das andere nur mich selbst, aber wie sollte ein Mensch wie Alexis, der das Bühnenleben atmete, das verstehen? Also zuckte ich nur die Schultern.

»Als ich angefangen habe, zu spielen, habe ich mich immer in meinem Zimmer eingeschlossen. Wenn mir damals jemand erzählt hätte, dass ich irgendwann in einer Band spiele, hätte ich ihm einen Vogel gezeigt«, meinte Alexis, ganz so, als hätte er meine Gedanken gelesen. »Damals war ich dreizehn und fühlte mich mit meinem Musikgeschmack allein. Ich liebte *Pearl Jam* und *Nirvana,* meine Freunde hörten Rapmusik. Mit dreizehn fühlt man sich so, als ob einen keiner versteht. Als ob man der allererste Mensch auf der Welt wäre, der so etwas wie Verliebtsein oder Angst oder … keine Ahnung, einfach alles fühlt. Aber diese Bands, die haben mich verstanden. Und dass ich mit keinem meiner Freunde über diese Art von Musik reden konnte, war hart für mich. Das klingt wahrscheinlich melodramatisch.« Er hielt inne.

»Es klingt gar nicht melodramatisch«, schaffte ich es, zu sagen. Mittlerweile war der Knoten in meinem Hals auf die halbe Größe geschrumpft. Es fühlte sich so natürlich an, mit Alexis zu reden, als ob ich mich mit einem alten Freund unterhalten würde.

»Jedenfalls hab ich damals beschlossen, selbst Musiker zu werden. Aber wechseln wir das Thema und kommen zu der wirklich wichtigen Frage«, sagte Alexis. »Wie habe ich abgeschnitten?«

»Wie bitte?«

»Na ja, meine Mission für heute war es, dich zu beeindrucken. Oder zumindest sicherzustellen, dass du mich für keinen Vollidioten hältst. War ich erfolgreich?«

Ach, das meinte er. Ich nickte.

»Dann bin ich erleichtert. Ich meine es ernst. Normalerweise kommt es darauf an, einen guten Eindruck bei der Familie zu hinterlassen, aber ich hatte das Gefühl, dass es für Lou viel wichtiger ist, was *du* von mir denkst.«

»Wir sind schon so lange befreundet. Wir sind wie Schwestern.«

»Das merkt man.«

Ich entschuldigte mich, um ins Bad zu gehen. In Wirklichkeit schlich ich mich zu Lou in die Küche. Bestimmt konnte sie es kaum erwarten, meine Meinung über Alexis zu hören. Bevor sie den Mund aufmachen konnte, sagte ich: »Alexis hat den Test bestanden. Ich finde ihn sehr nett und ihr passt gut zusammen.«

»Ja, findest du?« Ihre Miene hellte sich augenblicklich auf. »Aber es gibt etwas anderes, worüber ich mit dir sprechen möchte. Ich habe die besten Neuigkeiten! Der Anruf von vorhin, er kam von einer Bekannten, die Hypnosetherapie macht.«

Oh nein!

»Ich habe sie angerufen und ihr von deinem Fall erzählt. Sie konnte einen Termin für dich freimachen. Er ist schon in zwei Tagen. Am Mittwoch.«

Nein, nein, nein! Warum war ich heute Nachmittag nicht vehementer gewesen? Ich hätte wissen müssen, dass Lou mein »vielleicht« als fixe Zusage interpretieren würde.

»Das ist eine richtig gute Möglichkeit, einen Schritt nach vorne zu machen. Was sagst du?«

»Lou, ich … keine Ahnung.«

»Ich habe schon zugesagt.«

»Du hättest mich vorher fragen sollen.«

»Das habe ich doch«, meinte sie irritiert.

»Und ich habe *vielleicht* gesagt.«

»Denk wenigstens darüber nach, okay? Versprichst du mir, dass du es dir durch den Kopf gehen lässt?«

»Okay«, sagte ich.

»Und versuch, offen zu sein. Ich weiß, dass du jetzt schon dein Urteil gefällt hast. Du hältst das alles für Blödsinn. Aber sieh dir die Möglichkeit ganz rational an, wäge ab.«

Ich versprach es ihr. Was hätte ich auch anderes tun sollen?

***

Die sanften Töne von Ludovico Einaudis »Oltremare« trugen meine Gedanken davon wie Herbstlaub im Wind. Während meine Finger über die Tasten glitten, fühlte es sich fast so an, als schlüge mein Herz im Takt der Musik.

Nach Lous Enthüllung war das Abendessen angespannt verlaufen. Ich hatte krampfhaft versucht, jeden Gedanken an die Hypnosetherapie aus meinem Kopf zu verbannen, weil mir bei der Vorstellung, tatsächlich dorthin zu gehen, sofort schlecht wurde. Lou stand die Enttäuschung über meine fehlende Begeisterung ins Gesicht geschrieben, und beide gaben wir uns Mühe, unsere Anspannung vor Alexis zu verbergen. Dem war seine Verwirrung anzumerken, aber er hielt sich mit Fragen zurück.

Mittlerweile waren er und Lou in ihrem Zimmer verschwunden, und ich war froh, meine Ruhe zu haben. Ich hämmerte fester in die Tasten und katapultiere mein Unbehagen mit einem lauten Crescendo hinaus. Die harten Töne vibrierten zusammen mit meiner Anspannung in meinem Magen und langsam, ganz langsam, löste sich der Knoten, der sich bis eben dort befunden hatte.

Nun ging es zurück zu den sanfteren Klängen. Meine Finger bewegten sich wie automatisch weg von den vorgegebenen Noten und hin zu einer neuen Melodie, gesponnen aus all den Bildfetzen, die sich in meinem

Kopf festgesetzt hatten. Meine Fingerkuppen pulsierten, als sie über die Tasten glitten. Beinahe konnte ich den Herzschlag des Klaviers spüren und mit jedem Pochen, mit jeder Note flossen die Bilder nach draußen, bis schließlich nur noch Ruhe blieb.

Als die letzten Töne des Liedes verklungen waren, hörte ich ein Klatschen. Ich fuhr herum. Oh Gott! Da stand Alexis und nickte mit hochgezogenen Augenbrauen. Seine Haare waren noch unordentlicher als vorhin und das Hemd falsch zugeknöpft. Vermutlich hatte ich ihn geweckt; die Zeiger der Uhr standen schon auf zwei Uhr. Ein Glück, dass unsere Nachbarn Studenten waren. Jeder andere hätte sich längst beschwert.

»Tut mir leid, ich hätte die Tür zumachen sollen.«

»Die Tür war zu. Ich wollte dich nicht erschrecken. Aber ich habe dein Spiel gehört und da musste ich reinkommen. Ich hoffe, das ist in Ordnung.«

»Habe ich euch geweckt?«

»Lou schläft.« Er machte einen Schritt in mein Zimmer, hielt inne. »Jetzt verstehe ich, wovon Lou vorhin gesprochen hat. Wenn du spielst, klingt es, als würdest du eine Geschichte erzählen. Nur weiß ich nicht, welche es ist. Hast du das selbst komponiert?«

»Ich habe nur ein bisschen geklimpert.«

»Du hast ein Talent fürs Klimpern«, meinte er lächelnd.

»Ich ... danke.« Meine Wangen fühlten sich warm an.

»Ich würde mich wirklich freuen, wenn wir irgendwann zusammen spielen würden. Ich könnte mir gut vorstellen, dass du dieses *gewisse Etwas* mitbringst, das uns fehlt, um originelle Musik zu machen. Wir sind viel zu gewöhnlich, nur eine von vielen Coverbands, aber das, was du machst, diese Art zu spielen, eine Geschichte in die Noten zu packen ... Wow.«

Die Worte, die mir auf der Zunge lagen, verpufften in heiße Luft, während ich sein Lächeln auf meinen Wangen spürte. Nach einer kurzen Pause fügte er hinzu: »Ich lasse dich in Ruhe. Viel Spaß noch und gute Nacht.«

»Schlaf gut«, murmelte ich, doch da war er bereits aus der Tür. Das Klavier gab eine Kakofonie schiefer Töne von sich, als ich meinen Kopf auf die Tasten sinken ließ. Was war nur los mit mir? Ich war doch sonst immun gegen jegliche Art von Schmeicheleien, aber Alexis' Worte hatten etwas Aufrichtiges, und die Art, wie er über Musik sprach, als sei sie eine gute Freundin, ein Gefühl oder eine Geschichte, ließ meine Finger auf den Tasten des Klaviers kribbeln.

Noch am Morgen hätte mich die Vorstellung, meine Musik zu teilen, vielleicht sogar für eine Band zu komponieren, in Panik versetzt, und an etwas Verrücktes wie eine Hypnosetherapie hätte ich im Traum nicht gedacht. Dieser Tag war eindeutig anders gelaufen, als ich es mir vorgestellt hatte.

Vielleicht aber auch besser als all die Tage zuvor.

KAPITEL 3

»Das halte ich für keine gute Idee.«

Wie immer, wenn ich Rat brauchte, hatte ich am nächsten Morgen meine Mutter angerufen. Von der Hypnosesitzung war meine Mutter noch weniger begeistert als ich. Wer hätte das für möglich gehalten?

»Hypnose – das ist doch Humbug. Was verspricht sich Lou davon?«

Ich hielt den Hörer eine halbe Armlänge von meinem Ohr entfernt. Meine Mutter hatte die Angewohnheit, beim Telefonieren in doppelter Lautstärke zu sprechen, als müsste sie die Entfernung wettmachen.

»Sie denkt, na ja, weil ich keine Erinnerung an die Zeit habe, bevor ich aufgehört habe zu sprechen ... Lou meint, es könnte in dieser Zeit etwas passiert sein, das dafür verantwortlich ist.«

»Und was wäre das? Denkst du, ich hätte es nicht mitbekommen, wenn dir irgendetwas zugestoßen wäre?«

»Das sage ich doch gar nicht«, versuchte ich, sie zu beschwichtigen.

Ohne es zu beabsichtigen, hatte ich einen wunden Punkt getroffen. Wenn das eigene Kind keinen Ton von sich gab, suchten viele die Schuld bei den Eltern. Gerüchte darüber, was mir Schreckliches zugestoßen sein musste, hatten mich während meiner gesamten Kindheit verfolgt. Ich konnte mir vorstellen, wie schwer dieses Gerede für meine Eltern gewesen sein musste.

»Du vielleicht nicht«, sagte meine Mutter.

»Und Lou genauso wenig.«

Was für eine merkwürdige Situation, in der plötzlich ich diejenige war, die Lous Hypnose-Idee verteidigte. Dabei hatte ich mich noch gar nicht entschieden, ob ich es wirklich versuchen sollte. Mein Verstand war sich mit meiner Mutter einig, dass es Humbug war, doch ein Teil von mir, der Teil, der sich noch immer fühlte, als würde irgendetwas Wichtiges in meinem Leben fehlen, wollte Lous Idee zumindest eine Chance geben.

»Ich will dich von nichts abhalten, Marie, das musst du wissen. Wenn ich glauben würde, dass dir diese Hypnose«, ihr Ton machte deutlich, wie viel sie davon hielt, »helfen könnte, wäre ich die Erste, die dich unterstützt. Aber man muss nicht jeden Schwachsinn versuchen. Es tut mir leid, aber irgendeinen Scharlatan in deinem Kopf herumgraben zu lassen, womöglich alte Wunden wieder aufzureißen ... Man kann es auch übertreiben.«

»Ich weiß, Mama.«

»Louisa ist ein liebes Mädchen und bestimmt meint sie es nur gut, aber einige ihrer Ideen sind«, sie überlegte kurz, »nur bedingt zielführend.«

»Ja ... du, ich muss los. Sonst komme ich zu spät zur Arbeit«, beeilte ich mich zu sagen, bevor sie erneut anfing, über die Hypnosetherapie zu schimpfen.

»Natürlich. Richte Louisa einen schönen Gruß aus. Kommst du dieses Wochenende? Papa und ich würden uns freuen.«

»Natürlich.« So wie jedes zweite Wochenende. »Ich möchte außerdem Oma besuchen.«

Meine Großmutter lebte im Altersheim, seit bei ihr Demenz festgestellt worden war, und wenn es einen Menschen gab, der sich noch mehr über meine Besuche freute als meine Eltern, dann war sie es. Auch wenn sie manchmal durcheinanderbrachte, wer ich war.

***

An diesem Tag hatte ich mich überhaupt nicht auf die Arbeit konzentrieren können und als ich abends nach Hause kam, war die Wohnung leer. Auf dem Küchentisch lagen eine Tafel meiner Lieblingsschokolade, eine CD-Hülle und eine Nachricht von Lou:

Bin bei Alexis! Er hat ein Geschenk für dich dagelassen. Mach dir einen schönen Abend und denk über folgende Punkte nach!

Darunter eine Auflistung von zehn Gründen, weswegen ich die Hypnosetherapie zumindest versuchen sollte.

Bevor ich mich an ihre Liste setzte, riss ich die Schokoladenpackung mit meinen Zähnen auf und drehte die CD-Hülle um. Es war ein Album von *Pearl Jam*. Die Plastikoberfläche war von feinen Kratzern durchzogen und an den Rändern leicht beschlagen, als wäre die Hülle durch viele Hände gegangen. Oder viele Male durch dasselbe Paar Hände. Ob das die CD war, die Alexis dazu inspiriert hatte, Musik zu machen? Er schien es mit dem Plan, mich zum gemeinsamen Komponieren zu überreden, ernst zu meinen.

Harte Gitarrentöne und eine dunkle Stimme umfingen mich, als ich die CD in Lous alten Rekorder legte, und sofort hatte ich ein Bild des dreizehnjährigen Alexis mit seiner Gitarre im Kopf. Ein etwas zu dünner, zu blasser Junge, dessen Gesicht im Kontrast zu seinen dunklen Haaren und seinem schwarzen Shirt leuchtete. Die Wände seines Zimmers mit Postern von *Nirvana* und anderen Bands tapeziert, die Vorhänge zugezogen und die Tür verschlossen, während er die Finger auf die Saiten legte, um die ersten, zaghaften Töne zu zupfen.

Ganz ehrlich, meinen Musikgeschmack hatte er mit dieser CD nicht getroffen, doch ich hoffte, dass mir die dunklen Klänge zumindest den Mut geben würden, meine Beine morgen bis zur Praxis der Hypnosetherapeutin zu bewegen.

Ich ließ mich tief in die Kissen unserer Couch sinken und faltete Lous Liste auf. *Zehn Gründe, warum die Hypnosetherapie toll ist*, hatte sie mit Leuchtstift an den oberen Rand gekritzelt. Die ersten acht waren Fakten über Hypnose, darunter mit Leuchtstift angestrichen:

9. Du hast nichts zu verlieren!!
10. Sei kein Angsthase. Sei ein Baum!

Ach, Lou. Ich schüttelte lachend den Kopf. Dass ich ein Baum sein sollte, sagte sie mir seit dem vorletzten Sommer, als ich mich von ihr hatte überreden lassen, einen Schauspielkurs zu besuchen.

»In eine andere Rolle zu schlüpfen, wird dir helfen, aus dir herauszukommen«, hatte sie damals gesagt. Ich sagte: »Nein!« Und zwar sehr vehement. Zwei Wochen später schrieben wir uns ein und starteten den Kurs. Während Louisa hellauf begeistert war, fragte ich mich pausenlos, wie sie es auch dieses Mal wieder geschafft hatte, mich zu überreden.

Unser Schauspiellehrer war ein ständig grinsender Herr mit spanischem Akzent und Schmalzlocke. Wir nannten ihn insgeheim Picasso. Auf dem Schauspieler-Stundenplan standen Mimik, Gestik und Körpersprache, und obwohl all dies ohne den Einsatz von Worten auskam, hatte ich meine Probleme. Meistens hielt ich mich im Hintergrund, war mehr Zuschauer oder stummes Bühnenrequisit als Schauspielerin.

Am Ende der zweiten Einheit stand unsere erste Improvisation auf dem Stundenplan. Wir mussten uns gegenseitig Rollen zuteilen, die es im Stegreif zu verkörpern galt. Wie immer war auf Louisa Verlass. Sie bestimmte, dass ich eine Ulme spielen sollte. Ein Baum also. Das war zu schaffen!

Lou hatte weniger Glück. Irgendein Spaßvogel hatte ihr die Rolle eines liebestollen und ständig singenden Kängurus zugeteilt. Während sie trällernd über die Bühne hopste, tat ich das, was man als Baum eben so tat: Ich stand bewegungslos im Hintergrund.

»Wunderbar!«, rief Picasso. »Zeigt Emotionen, traut euch! Marie, du stehst nur da. Wie fühlt sich die Ulme? Was möchte sie uns mitteilen?«

Ich war wie erstarrt. Hatte er gerade wirklich gefragt, wie sich die Ulme fühlte? Hatte er überhaupt eine Ahnung, was eine Ulme war?

Ich öffnete den Mund, obwohl ich wusste, dass es keinen Sinn hatte. Die Mauer war wieder da. Hier auf der Bühne war sie dicker denn je. In Ermangelung einer besseren Idee wedelte ich mit meinen Armen. Hoffentlich würde Picasso das als Wogen im Wind oder als emotionsgeladenen Tanz der Äste interpretieren.

»Gut, Marie! Bewegung ist ein Anfang. Aber noch einmal: Was möchtest du uns als Ulme mitteilen. Du darfst ruhig laut werden.«

»Sie ist ein Baum!«, rief Louisa.

»Sie kann ein Zauberbaum sein. Wir sind im Theater, alles ist möglich!« Mit einer übertriebenen Geste streckte Picasso beide Arme nach mir aus.

Hilfesuchend starrte ich Louisa an. Die verlautbarte: »Marie möchte die Authentizität ihrer Darstellung nicht gefährden, indem sie artfremdes Verhalten einer Ulme darstellt.«

Mit sofortiger Wirkung wanderten alle Blicke von mir zu ihr und dann zu Picasso. Es war wohl allen Kursteilnehmern ein Rätsel, woher Louisas Ausbruch an Intellektualität gekommen war, und auch, ob Picasso sie richtig verstanden hatte. Denn sein nächster Vorschlag bestand darin, dass ich den Gefühlen der Ulme auch tanzend Ausdruck verleihen konnte. Ich tat mein Bestes. Mit geschlossenen Augen, sodass ich niemanden sehen musste, hüpfte ich auf einem Bein, wedelte noch stärker mit den Armen und hoffte, meine Versuche, tiefer im Repertoire möglicher Gesichtsausdrücke zu wühlen, würde mehr als Verzweiflung oder Scham hervorbringen. Es war die mit Abstand peinlichste Viertelstunde meines bisherigen Lebens.

Picasso lobte mich jedoch über alle Maße. Er faselte irgendetwas davon, die Gefühle der Ulme selbst gespürt zu haben. Am liebsten hätte ich diese Episode nie wieder erwähnt, doch Louisa kramte sie immer dann wieder hervor, wenn sie versuchte, mich zu Dingen zu motivieren, vor denen ich mich scheute.

»Wenn du eine gefühlvolle Ulme sein kannst«, meinte sie, »kannst du alles sein!«

Von da an hieß es jedes Mal, wenn ich mich vor etwas drücken wollte: Sei ein Baum.

So auch jetzt. Alfred Adler kam gerade aus seinem Hamsterhäuschen gekrochen, wofür ich ihn mit einem getrockneten Apfelring belohnte. Er brauchte ganze fünf Sekunden, um sich das ganze Stück in die Backen zu stecken.

»Vielfraß.« Ich lächelte. »Siehst du das hier?«, fragte ich und hielt Lous Nachricht vor den Käfig. »Wir wissen beide, was das bedeutet. Sie wird nicht eher Ruhe geben, bis ich es versucht habe.«

Alfred hüpfte in sein Hamsterrad. Ich interpretierte das als Zustimmung.

***

Und dann kam der Mittwoch. Für mich bedeutete das, es war Zeit für meine Mittwochsrunde. Die anderen Mitglieder saßen bereits an unserem Stammtisch, als ich eintrudelte. Jeden Mittwochnachmittag trafen wir uns im selben Kaffeehaus, dem *Café Regenwald*, um Neuigkeiten, die Sorgen des Alltags oder die beste Sorte Eiscreme – Mango natürlich – zu diskutieren. Lou bezeichnete unsere Runde gerne als die *Anonymen Alkoholiker unter den Sprachlosen*, womit sie sogar ein kleines bisschen recht hatte. Die Mittwochsrunde war gegründet worden, damit Leute wie ich, die unter Kommunikationsproblemen litten, andere Betroffene kennenlernen und sich austauschen konnten. Allerdings war unsere Gruppe viel kleiner – gerade einmal fünf Personen, Lou nicht mitgerechnet, die hin und wieder dazustieß – und wir kannten uns gegenseitig schon so gut, dass von Anonymität keine Rede war.

»Hallo, Mäuschen! Cappuccino für dich?« Wie immer war Moritz gut gelaunt. Er war der Gründer der Mittwochsrunde und zugleich Besitzer des Cafés, in dem wir uns trafen. Wer ihn kennenlernte, konnte sich kaum vorstellen, dass er während seiner gesamten Kindheit und Jugend unter Sprachlosigkeit gelitten hatte. Moritz plauderte fast so gerne wie Louisa, und kein Kunde verließ sein Café, ohne sich wenigstens einen seiner Witze angehört zu haben. Moritz war mein Vorbild. Eines Tages, das wünschte ich mir, würde ich so offen sprechen können wie er.

Jetzt geleitete er mich an den Tisch, an dem die anderen bereits mit Kaffee und Kuchen saßen.

»Und somit wären wir vollständig«, meinte Moritz, und ich ließ mich auf einen Sessel sinken.

Da waren noch Sara und Tobias, deren sechsjährige Tochter Jana an selektivem Mutismus litt. Zuhause gab es kaum einen Moment, in dem sie still war, doch in der Schule sagte sie kein einziges Wort. Die beiden trugen farblich abgestimmte Poloshirts und ähnlich große Brillen. Ihre Kleidung passte meistens zusammen, so als müssten sie der Welt beweisen, dass sie ein Team waren.

Der fünfte in unserer Runde war mein guter Freund David, der eigentlich kein Mutist war, aber fürchterlich stotterte und aus Angst, sich zu blamieren, oft lieber gar nicht erst zu sprechen anfing. Auch heute hatte er seine Jacke lässig über die Stuhllehne gehängt. Seine dunklen Haare wurden von einem Cappy verdeckt. Dazu ein Mehr-als-drei-Tage-Bart. Wenn man ihn sah, würde man ihn kaum als den schüchternen jungen Mann einschätzen, der er war. Hätte ich es nicht besser gewusst, hätte der Anblick von ihm und seiner hübschen rothaarigen Verabredung das Klischee eines Herzensbrechers erfüllt. Dabei war er einer der ruhigsten und rücksichtsvollsten Menschen, die ich kannte.

Das war eine der guten Seiten der Sprachlosigkeit. Man sah sie einem nicht an. David arbeitete als Bäcker, was für ihn den Vorteil bereithielt, ohne besonders viel Kundenkontakt und somit ohne viele Worte auszukommen. Zur Freude aller anderen brachte er hin und wieder selbst gebackenes Brot, Törtchen oder anderes Gebäck zur Mittwochsrunde mit.

»N-Na, wie w-wa-war deine Woche?«, fragte er nun.

»Gut. Es war eine ziemlich ruhige Woche. Deine?«, antwortete ich.

»Auch g-gut. T-t-tut mir leid, d-dass wir u-u-ns am Mo-Montag nicht unterhalten konnten.«

»Schon in Ordnung. Du warst ja beschäftigt«, meinte ich, woraufhin Davids Wangen sich leicht rötlich verfärbten.

»Oho, beschäftigt? Gibt es da etwas, was wir wissen sollten?«, fragte Moritz augenzwinkernd.

»N-n-nichts Interessantes, nein«, antwortete David.

Zu schade, ich hätte gerne mehr über seine Verabredung gehört. Wer war sie? Wie war es gelaufen? Würden sie sich wiedersehen?

Schließlich wandte er sich an mich. »Ich habe am W-w-wochene-ende im I-irish P-p-pub Lou getroffen. Du-du warst n-n-ni-nicht da. Sehr schade.«

»Mir war dieses Wochenende nicht danach.«

Anstatt mich mit Louisa und David den Freuden des Feierns hinzugeben, hatte ich es mir lieber mit einem Buch und einer Tasse Tee auf der Couch gemütlich gemacht.

Mein Cappuccino wurde in einer herzförmigen Tasse serviert. Das war Teil des besonderen Charmes von Moritz' Regenwald-Café. Jede Tasse zeichnete sich durch ein anderes Design aus. Meine war rosa mit weißen Punkten, die von David durchsichtig und Sara schlürfte ihren Saft aus einem grün gefärbten Glas mit kleinen Gänseblümchen. Abgesehen davon war das Café ganz im Stil seines Namens eingerichtet. Viel helles Holz, noch mehr Grün. Die Tischdecken, die Polster auf den Stühlen, der Couchbezug, sogar die Servietten waren in verschiedenen Grüntönen gehalten. Eine Armee an Topfpflanzen besetzte jeden freien Winkel und an den Wänden hingen Bilder von Orang-Utans, bunten Vögeln und Urwaldbäumen.

»Wie geht es Jana?«, erkundigte ich mich.

Sara seufzte, während Tobias einen langen Schluck nahm. »Keine Veränderung. Zu Hause plappert sie wie ein offenes Buch, aber in der Schule? Dabei versuchen wir alles. Hast du vielleicht noch eine Idee, ich meine ...«

Plötzlich fühlte ich alle Augenpaare auf mich gerichtet. Für Sara schien ich das zu sein, was Moritz für mich war: die Erfolgsstory, die es zu wiederholen galt. Ich wünschte so sehr, ich könnte ihnen helfen, aber den geheimen Kniff, der die Stimme ihrer Tochter schlagartig zurückholen würde, gab es nicht. Das Problem war, dass ich selbst höchstens raten konnte, was es genau gewesen war, das mir geholfen hatte. War es die Musik gewesen? Die Sprachtherapie, die ich damals gemacht hatte? War es Louisa gewesen, die sich wie niemand zuvor nicht an meinem Schweigen gestört hatte? Oder vielleicht unser Familienhund Dweeny – das Wesen, an das ich nach einer gefühlten Ewigkeit des Schweigens mein allererstes Wort gerichtet hatte? Aber all das hatte ich ihnen bereits erzählt.

»Immerhin ist Jana körperlich gesund. Das ist auch viel wert«, versuchte Sara sich selbst aufzuheitern, worauf Moritz ihre Schulter tätschelte.

»Nur hilft das nicht, oder?«, sagte er.

Wir alle kannten das Spiel. Wenn man die Rationalität dem Kummer gegenüberstellte, unterlag sie immer. Tobias legte seine Hand auf die von Sara. So traurig, wie sie aussah, tat sie mir fürchterlich leid.

»Wenn ich mir vorstelle, sie würde auch uns anschweigen … Es wäre einfach schön, wenn sie außerhalb des Hauses reden könnte. Vor allem in der Schule. Sie hat kaum Freunde, weißt du? Die anderen Kinder finden sie komisch. Sie sehen nicht, was für ein tolles Mädchen unsere Jana ist.«

»Lou hat angeboten, sich mit euch und Jana zu treffen. Ihr wisst ja, dass sie mittlerweile schon Praktika bei so ziemlich jedem Therapeuten der Stadt gemacht hat – vielleicht kann sie euch an jemanden vermitteln.«

»Das wäre toll, danke.«

Kurz schwiegen alle. Sara warf Tobias einen Blick zu, den ich nicht deuten konnte, und David starrte wie gebannt auf sein Kuchenstück. Zum Glück war Moritz der selbst ernannte Bekämpfer der schlechten Stimmung. »Da wir das geregelt hätten, lasst uns zu fröhlicheren Themen übergehen!«

Mit fröhlicheren Themen meinte Moritz das einjährige Jubiläum seines Cafés. Jeden Mittwoch stellte er uns seine neuen Ideen vor. Heute: Welche Art von Musik passte am besten, und was hielten wir von seiner Idee, einen Feuerspucker und zwei Jongleure zu engagieren? Während die Meinungen zur perfekten Musik weit auseinandergingen, gab es ein einstimmiges Nein sowohl für den Feuerspucker als auch für seine jonglierenden Kollegen. Moritz erkundigte sich noch, ob man vielleicht zumindest einen der zwei Jongleure anstellen sollte. Man wollte ja nicht untertreiben, aber der Feuerspucker könnte gerne zu Hause bleiben. Weil wir wussten, dass ihn ein weiteres Nein enttäuscht hätte, nickten wir gehorsam.

Die erste Runde Cappuccinos war mittlerweile geleert, sodass Moritz uns eine zweite bestellte.

Während wir auf diese warteten, fragte Moritz mich: »Na, Mäuschen, was gibt es bei dir Neues?«

»Eigentlich nichts«, sagte ich erst und dann: »Lou möchte, dass ich eine Hypnosesitzung mache.«

Eigentlich hatte ich es für mich behalten wollen, doch ich brauchte eine neutrale Meinung. Oder auch vier.

Alle schauten mich gespannt an.

»Sie hat schon einen Termin vereinbart. Heute Abend.«

»Wow. Das ist ein mutiger Schritt«, meinte David, ganz ohne zu stottern.

»Ich bin noch unsicher, ob ich es machen werde.«

»Du solltest!«, befand Moritz begleitet von Davids vehementem Nicken. Dass die beiden auf Lous Seite stehen würden, hätte ich mir denken können.

»Oh ja, du solltest wirklich«, stimmten Sara und Tobias begeistert mit ein.

»Eigentlich wollte ich es auf keinen Fall versuchen. Gestern habe ich mit meiner Mutter telefoniert und sie hält es für eine schreckliche Idee.«

»Was natürlich dazu geführt hat, dass du es jetzt doch in Betracht ziehst. Typisch Kinder, das steht uns auch noch bevor«, schmunzelte Tobias, und zum ersten Mal an diesem Nachmittag sahen wir Sara richtig lachen. Zumindest ein Gutes hatte meine Misere also.

»Meine Mutter hält es für Humbug. Sie denkt, die Hypnosetherapie könnte alte Wunden aufreißen.«

»W-welche alten Wunden?«, fragte David.

»Das frage ich mich selbst. Und ich frage mich auch, was ich zu gewinnen habe? Wofür soll das alles gut sein? Ich bin schließlich zufrieden mit meinem Leben.«

Und wieder, wie es immer war, wenn jeder darauf wartete, dass ein anderer das aussprach, was sich alle dachten, klebten die Blicke meiner Mittwochs-Freunde geschlossen auf der Tischplatte.

»Was?«, fragte ich.

Es war keine Überraschung, dass Moritz sich als Erster zu einer Antwort durchrang: »Na ja, sagen wir so: schlimmer geht immer. Aber besser geht auch immer.«

Da war was Wahres dran. Es sah so aus, als sei ich
überstimmt. Ich hatte die Meinung meiner Mittwochs-
Gruppe gewollt und nun, da ich sie bekommen hatte,
beschloss ich, ihr zu folgen.

KAPITEL 4

Die Praxis der Hypnosetherapeutin lag im vierten Stock eines alten Jugendstilhauses. Es gab keinen Aufzug, sodass mir der lange Treppenaufstieg genügend Zeit bot, mir mögliche Negativszenarien auszumalen. Was, wenn die Hypnose tatsächlich irgendein schreckliches Trauma zutage brachte? Was, wenn das Gegenteil der Fall war? Wenn ich feststellen würde, dass da wirklich nichts Verborgenes in meiner Vergangenheit lag? Dass dieses Gefühl, etwas würde in meinem Leben fehlen, nicht erklärbar war, dass ich einfach lernen musste, damit zu leben. Der Gedanke, einfach umzudrehen und wegzulaufen, erschien mir mit jeder Stufe verlockender. Aber ich würde ein Baum sein!

Die Therapeutin, eine freundlich wirkende Dame in ihren Vierzigern, stellte sich als Karen Schein vor, und sofort schoss mir das Bild einer Wahrsagerin à la Harry Potter durch den Kopf, die mit bedeutungsschwerer Stimme flüsterte: »Der Schein trügt!« Kein guter Anfang. Wenn ich jetzt schon an Hogwarts und verrückte Zauberinnen dachte, wie sollte ich mich da geistig auf die Hypnosesitzung einlassen?

Ich setzte mich ihr am Schreibtisch gegenüber, einem alten, wuchtigen Möbelstück aus poliertem Eichenholz, das einer Armee an Grußkarten Platz bot. Etwas abseits stand eine Liege. Schon jetzt graute mir davor, mich darauf zu legen.

»Marie Wolff, richtig?«, fragte Frau Schein und ich nickte. Vor Nervosität konnte ich keinen Ton sagen.

»Das ist Ihre erste Hypnosesitzung, nehme ich an?« Erneutes Nicken.

»Ihre Freundin Louisa hat mir schon einige Hintergrundinformationen gegeben. Ich bin also über die Sprachproblematik informiert. Ich würde mich trotzdem gerne mit Ihnen unterhalten, bevor wir mit der Hypnose beginnen. Ich möchte Ihre Geschichte hören und den Grund, der Sie zu mir führt. Mit Ihren eigenen Worten.«

Der Grund ist meine viel zu neugierige Mitbewohnerin, und ehrlich gesagt würde ich gerne gehen. Natürlich sagte ich das genauso wenig wie irgendetwas anderes. Ich wünschte wie so oft, es wäre mit einem Nicken oder Kopfschütteln getan, doch Frau Schein wartete. Sie lehnte sich in ihrem Sessel zurück, lächelte. *Komm schon, Marie, sag etwas.* Ich hob meine Handflächen als Zeichen der Entschuldigung.

»Keine Sorge. Wir haben Zeit«, meinte die Hypnosetherapeutin.

Ob sie das auch gesagt hätte, wenn sie gewusst hätte, dass meine gläserne Mauer durch Zeit allein nicht verschwinden würde? Ob sie Erfahrung mit Leuten wie mir hatte und tatsächlich so lange warten würde, bis ich endlich anfing zu reden oder bis die Sitzung zu Ende war? Wobei die Wahrscheinlichkeit für Letzteres höher war.

Ich starrte auf ihre Schuhspitzen unter der Tischplatte: schwarzer Lack, vorne rund. *Konzentrier dich auf die Schuhe und sag was. Du kannst das.*

Ich konnte es nicht.

»Gut, probieren wir es anders. Ich erkläre Ihnen erst einmal, wie diese Sitzung ablaufen wird. Am Anfang werde ich Sie bitten, Atemübungen durchzuführen, damit Sie locker werden. Sie werden sich in einem Zustand tiefster Entspannung, einer Trance wiederfinden. Es ist wichtig, dass Sie zwei Dinge wissen. Erstens: Die Hypnose dient dazu, Sie in einen Geisteszustand zu versetzen, in dem ihr Bewusstsein in den Hintergrund tritt, um Platz für unbewusste Inhalte zu machen. Das bedeutet nicht, dass Sie sich in eine Traumwelt verabschieden und nichts von dem mitbekommen, was um Sie herum passiert. Die Trance ist nur eine andere Form der Wahrnehmung. Zweitens: Sie sind vollkommen sicher. Sollte ich das Gefühl haben, dass es zu viel für Sie wird, hole ich Sie sofort zurück.«

Das klang weniger beängstigend, als ich es mir vorgestellt hatte. Ich fühlte mich bereits etwas sicherer, das Kribbeln in meinem Magen hielt sich jedoch hartnäckig.

Nach einer weiteren Ewigkeit des Schweigens, die vermutlich nur ein paar Minuten lang angedauert hatte, drückte mir Frau Schein einen Notizblock und Stift in die Hand.

»Wir finden schon einen Weg, uns zu verständigen«, meinte sie.

Sie wollte wissen, wann ich aufgehört hatte zu sprechen und zu welchem Zeitpunkt meine Erinnerung einsetzte.

Mit fünf oder sechs Jahren – beides, schrieb ich.

»Gut. Wenn das so ist, werde ich Sie in diesen Zeitraum zurückversetzen.«

Ich zeigte ihr den erhobenen Daumen. Anschließend fragte sie nach meiner Familie, meiner Lebenssituation, nach meinen Vorstellungen und Zielen für die Hypnose. Ich schrieb: *Keine Ahnung.*

»Viele Leute sind ein bisschen nervös vor der ersten Sitzung. Aber machen Sie sich keine Sorgen, das ist völlig unnötig.«

Endlich bat Frau Schein mich zur Liege. Die geschriebene Fragerunde war mir dermaßen unangenehm, dass nun sogar die Aussicht, mich dorthin zu legen, für Erleichterung sorgte.

»Sobald Sie sich entspannt haben, fällt es Ihnen vielleicht leichter, zu sprechen.«

Als ob ich mich in dieser Situation entspannen könnte. Ich wünschte mich nach Hause zu meinem Hamster oder zu Lou, mit der ich bestimmt reden könnte. Ich wünschte mir mein Klavier oder einen Stapel Bücher und einen leeren Bibliotheksgang.

Wir begannen mit den Atemübungen.

»Atmen Sie durch die Nase ein und durch den Mund aus«, forderte Frau Schein mich mit ruhiger Stimme auf.

Langsam aber sicher löste sich der Knoten in meiner Brust. Ich konzentrierte mich auf das Gefühl in meinem Magen, darauf, wie sich meine Bauchdecke mit jedem Atemzug anhob und wieder senkte, während Frau Schein mit ruhiger Stimme auf mich einredete. Leicht, ganz leicht fühlte ich die Wärme in meiner Körpermitte aufsteigen. Meine Finger kribbelten. Gleich würde ich in Trance fallen.

Um eine Haaresbreite, da war ich mir sicher, wäre es passiert. Aber dieses letzte winzige bisschen fehlte.

»Keine Sorge«, meinte Frau Schein am Ende der Sitzung. »Nicht jeder fällt beim ersten Versuch in Trance, vor allem dann nicht, wenn Angst oder Nervosität eine Rolle spielen. Ich würde es jedoch gerne noch einmal versuchen.«

Wer wusste schon, ob es an den Atemübungen lag oder daran, dass die Sitzung vorbei war, doch plötzlich schaffte ich es, zumindest einen Satz zu sagen. »Ich denke, es kann nicht schaden.«

Nun, wo ich damit angefangen hatte, wollte ich die ganze Sache hinter mich bringen. *Ich bin ein Baum.* Frau Schein schien überrascht darüber, mich endlich reden zu hören. Wenigstens wusste sie jetzt aus eigener Erfahrung, dass ich nicht stumm war. Wir vereinbarten einen Termin für einen der kommenden Tage, bevor ich mich von ihr verabschiedete.

***

Am Morgen des nächsten Hypnosetermins fühlte ich mich tatsächlich wie ein Baum. Oder zumindest versuchte ich mir das einzureden, während ich mir Shampoo in die Haare rieb. Mein zweiter Hypnosetermin stand in weniger als zwei Stunden an. Sollte ich nach dem letzten Fehlschlag tatsächlich erwarten, dieses Mal in Trance zu fallen?

Mit geschlossen Augen ahmte ich unter der Dusche Frau Scheins Atemtechnik nach: ein langer Atemzug durch die Nase, kurz anhalten und die Luft langsam durch den Mund nach außen fließen lassen. Erst fühlte sich diese Art zu atmen künstlich an, gezwungen langsam, fast so, als würde ich mit jedem Atemzug die Luft anhalten. Doch nach einer Weile breitete sich Wärme in meiner Brust aus, während meine Lungen sich mit Wasserdampf füllten. Meine Haut begann unter dem heißen Wasser zu prickeln, meine Finger entspannten sich. Ich spürte das Wasser auf meine Schultern trommeln und über meinen Rücken und mein Dekolleté fließen. Wie es sich in feine Rinnsale verwandelte, die meine Arme und Beine hinabliefen. Wassertropfen sammelten sich an meinen Fingerspitzen, blieben dort eine oder zwei Sekunden lang hängen, bevor sie sich lösten und in die Duschwanne fielen.

Es klingelte und einen Moment später hörte ich Lou durch das Wohnzimmer laufen und die Wohnungstür öffnen. Diese kleine Ablenkung genügte, um meinen Atem unregelmäßig werden zu lassen. Das Bild, wie Lou und Alexis sich an der Türschwelle küssten, schob sich hinter meine geschlossenen Augenlider und sofort war jegliche Konzentration wie weggeblasen.

Ich drehte den Wasserhahn auf die kälteste Stufe und biss mir auf die Lippen, um mich für das Eiswasser zu wappnen. Was ich jetzt brauchte, war ein Kälteschock, um einen klaren Kopf zu bekommen. Wenn es so leicht war, meine Konzentration verpuffen zu lassen, wie sollte ich da jemals in Trance fallen?

Sei ein Baum, Marie. Heute wirst du es schaffen!

Mein Baum-Gefühl verpuffte ähnlich schnell wie meine Konzentration, als ich mit nassen Haaren und nur mit einem Handtuch bedeckt aus dem Bad kam. Im Wohnzimmer saß Alexis auf der Couch und hob zur Begrüßung die Hand.

»Du ... bist hier«, sagte oder besser murmelte ich, denn meine Stimme brach in der Mitte des Satzes. Ich hatte gedacht, dass Lou und er bereits gegangen wären, schließlich hatte sie mir gestern erzählt, sie wolle besonders früh los, um mit Alexis eine Bergtour zu machen. Sogar verabschiedet hatte sie sich gestern Abend schon und mir Glück für meine nächste Hypnosesitzung gewünscht.

»Lou muss noch schnell eine Hausarbeit abschicken. Die hat sie eben erst fertigbekommen. Nachtschicht«, erklärte er.

Offenbar hatte Alexis meine Gedanken gelesen. Natürlich. Wie hatte ich ernsthaft an Lous Zeitplanung glauben können?

»Aufregender Tag?«, fragte Alexis. Er saß ganz locker auf der Couch, als würde ihm gar nicht auffallen, dass ich kaum bekleidet und tropfend vor ihm stand. Ganz offensichtlich hatte *er* keine Probleme damit, ein Baum zu sein.

»Ja, ähm ... Bergtour. Aufregend.«

»Ich meinte deinen Tag. Heute steht doch die zweite Hypnosesitzung an«, meinte er.

»Das hat Lou dir erzählt?«

Lous Diskretion war offensichtlich ebenso gut ausgeprägt wie ihr Hang zur Pünktlichkeit. Wenn sie ihm davon erzählt hatte, was wusste Alexis sonst noch über mich?

»Tut mir leid. Hätte ich lieber nichts sagen sollen?«, fragte Alexis.

Ob er mir meinen Unmut im Gesicht hatte ablesen können? Ich atmete tief ein und aus, dachte an eine Blumenwiese und das Gefühl von Wassertropfen an meinen Fingerspitzen. *Ruhig, Marie, kein Grund sich aufzuregen.*

»Schon in Ordnung«, sagte ich dann. »Ich wusste nur nicht, dass Lou dir davon erzählt hat. Es ist gar keine so große Sache.«

»Ich finde es ziemlich mutig, dass du dem Ganzen eine Chance gibst.«

Mutig?

»Ich weiß von Lou, dass sie dich anfangs dazu gedrängt hat. Ich hoffe, es ist okay, dass sie mir das erzählt hat«, fuhr er fort. »Ich weiß nicht, ob ich selbst den Mut dazu gefunden hätte.«

»So furchteinflößend ist es gar nicht«, sagte ich schmunzelnd. Die Nervosität war mittlerweile von mir abgefallen.

»Na ja, man weiß nie, was bei so einer Therapie ans Tageslicht kommt, oder?«

»Bei mir wahrscheinlich gar nichts. Die letzte Sitzung ist ... ähm ... nicht ganz so gut verlaufen.«

Alexis zog die Augenbrauen in die Höhe. »Ach ja?«

»Mein Gehirn scheint nicht für Trance gemacht zu sein. Ich schaffe es einfach nicht, meine Gedanken abzuschalten.«

Alexis schien kurz zu überlegen. »Wenn ich meinen Kopf freimachen will, summe ich innerlich eine Melodie. Irgendwas Einfaches. Ein Kinderlied oder etwas, das ich im Radio gehört habe, einen Ohrwurm, und das mache ich so lange, bis das einzige, was meinen Kopf füllt, diese Melodie ist.«

»Und das klappt?«

»Meistens nicht. Ich merke schon, ich sollte besser keine Tipps mehr geben ... Fertig?«, fragte er dann, und kurz war ich irritiert. Womit sollte ich fertig sein? Da sah ich Lou aus ihrem Zimmer kommen.

»Ja, endlich. Tut mir leid, dass ich dich habe warten lassen. Dass mein Professor auch so furchtbar unflexibel mit seinen Abgabezeiten sein muss!«, fluchte sie und verdrehte theatralisch die Augen. »Oh, hi, Marie. Ich dachte, du wärst schon weg«, meinte sie dann, den Blick auf meine Haare, dann auf meine nackten Zehen gerichtet.

Dasselbe hatte ich von ihr gedacht. Doch im selben Moment wurde mir wieder bewusst, dass ich bis auf ein Handtuch vollkommen nackt war. Und dass ich mich in ebendiesem Aufzug seelenruhig mit ihrem Freund unterhalten hatte, einem Mann, den ich erst einmal im Leben getroffen hatte.

»Ich ... ähm ... ich ... muss los«, stotterte ich und beeilte mich, schnellstmöglich in meinem Zimmer zu verschwinden. Aus den Augenwinkeln sah ich Alexis mit den Schultern zucken.

Lou rief mir nach: »Viel Glück heute und vergiss nicht: Du bist ein Baum!« Aber da war meine Zimmertür schon hinter mir ins Schloss gefallen.

***

Die Nervosität des Vortermins stellte sich gar nicht erst ein, während ich das Treppenhaus zur Praxis der

Therapeutin hochstieg. Frau Schein erwartete mich bereits an der Tür.

»Auf ein Neues«, sagte sie lächelnd. Dieses Mal verzichtete sie auf ein Vorgespräch und bedeutete mir gleich, es mir auf der Liege gemütlich zu machen.

»Haben Sie noch irgendwelche ungeklärten Fragen?«

»Nein.«

Wie am Tag zuvor begannen wir mit der Atemübung. Frau Schein dirigierte meinen Atem. Es war einer dieser Momente, in denen man den Kopf freimachen sollte und einem plötzlich all die Dinge einfielen, die man noch zu erledigen hatte. In der Bibliothek wartete ein Stapel katalogisierter Bücher auf mich, in unserem Kühlschrank herrschte gähnende Leere, und hatten wir noch genug Futter für Hamster Alfred Adler zu Hause? Ich biss mir auf die Lippen. Warum musste ich ausgerechnet jetzt an Kühlschränke und Hamsterfutter denken?

Ich zwang mich, meinen Blick auf Frau Scheins Arm zu fokussieren. *Wenn ich meinen Kopf freimachen will, summe ich innerlich eine Melodie,* kamen mir Alexis' Worte in den Sinn. Einen Versuch war es wert, und so beschwor ich die erste Melodie herauf, die mir in den Sinn kam. Den Jingle aus der neuen *XXX-Lutz*-Werbung. Besser als gar nichts.

»Atmen Sie aus. Schließen Sie jetzt die Augen. Ganz langsam. Lassen Sie die Lider wie von alleine hinuntergleiten. Warten Sie einen Moment. Spüren Sie, wie entspannt die Lider sind? Atmen Sie nun tief ein.«

Mit dem Werbejingle im Hinterkopf überkam mich ein friedliches Gefühl, ganz ähnlich wie ich es beim Musizieren oft verspürte. Eine Wärme, die von meiner

Körpermitte in meine Glieder bis hinunter in meine Finger- und Zehenspitzen wanderte und langsam, ganz langsam, verstummte auch die innere Stimme, mit der ich meine Melodie gesummt hatte. Mein Körper fühlte sich zugleich schwerelos und wie ein Stein an.

»Stellen Sie sich vor, Sie liegen auf einer Wiese. Über Ihnen der blaue Himmel, die warmen Sonnenstrahlen streicheln Ihre Haut.«

Ich fühlte die Strahlen beinahe, sanft und warm. Das weit entfernte Summen einer Biene und die Farben einer Blumenwiese schoben sich über die Schwärze meiner inneren Augenlider. Frau Schein sprach von Kornblumen, von Mohn und von der Form der Wolken. Wie lange verweilte ich auf dieser Wiese? Ich hatte jegliches Gespür für die Zeit verloren, eine Sekunde wurde zu einer Ewigkeit und umgekehrt.

Da sprach Frau Schein wieder: »Denken Sie an eine Erinnerung aus Ihrer frühen Kindheit. Eine glückliche Erinnerung. Irgendetwas Schönes. Versetzen Sie sich genau in diese Situation hinein. Versuchen Sie zu sehen, was Sie damals gesehen haben, zu hören, was Sie gehört haben. Vielleicht können Sie auch etwas Bestimmtes riechen.«

Ich atmete tief ein und plötzlich war ich mittendrin. Vor mir breitete sich der Garten meiner Eltern aus, Sonnenstrahlen und Wind streichelten meine Haut und da war ein Kribbeln in meinem Magen, als wartete ich auf meinen Geburtstag und auf den Weihnachtsmann zusammen.

»Wie alt sind Sie?«, fragte die Therapeutin.

»Ich bin vier oder fünf.«

»Und wo befinden Sie sich?«

»Im Garten meiner Eltern.«
»Was sehen Sie dort?«
»Einen Baum. Eine Schaukel.«

*Ich sitze auf der Schaukel unter dem Apfelbaum. Es ist
Sommer, ein strahlend schöner Tag. Die Blätter des Apfelbaums zeichnen Schattenmuster auf mein Lieblingskleid –
das hellgrüne mit den Kleeblättern am Saum. Schaukeln
fühlt sich an wie fliegen. Ich bin eine Libelle!*
*Ich werfe meinen Kopf in den Nacken, als ich den höchsten
Punkt erreiche. Die Welt kippt – oben wird zu unten, alles
steht auf dem Kopf. Die Schuhe meines Papas tanzen am
umgedrehten Wiesenhimmel. Schon saust die Schaukel zurück. Vor Freude strample ich mit den Füßen. Höher! Immer höher! Stürmisches Lachen begleitet meinen Flug. Wo
kommt das her? Bin ich es?*
*»Du fliegst, Marie, du fliegst!« Plötzlich ist da dieses kleine
Mädchen. Es hat lange, hellblonde Haare bis zur Taille und
hüpft begeistert auf und ab, während es mich anfeuert.*

»Sie lacht. Sie ruft nach mir.«
»Wer ruft nach Ihnen?«
»Ein Mädchen.«
»Wer ist dieses Mädchen?«, wollte Frau Schein wis-
sen.
»Emma.«
»Und wer ist Emma?«
»Sie läuft weg. Emma läuft weg.«

*Das blonde Mädchen verschwindet im Haus, und sofort
verkrampfen sich meine kleinen Kinderhände um das Seil
der Schaukel. Ich will ihr nach. Ich bremse die Schaukel mit*

*den Füßen und springe herunter, noch ehe sie ganz zum
Stillstand gekommen ist.*

»Was tun Sie jetzt?«
»Ich laufe Emma nach.«
»Wo ist sie?«
»Im Haus.«

*Irgendetwas stimmt nicht. Es fühlt sich nicht wie zu Hause
an. Lange Schattenarme bedecken die Wände, die Sonne ist
verschwunden und ebenso das Kribbeln im Magen. Auf der
Suche nach Papas tanzenden Schuhen drehe ich mich im
Kreis, doch ich sehe nur Emma, die am Boden kauert und
weint. Ihr kleiner Körper bebt, so sehr schluchzt sie. Erst
weiß ich nicht, was los ist, aber dann sehe ich ihn. Da ist ein
Mann. Ein großer Mann mit Holzfällerhemd und braunen
Haaren. Er steht mit dem Rücken zu mir über Emma gebeugt und er schreit. Sein Körper bebt. Er ist viel zu laut. Ich
will, dass er still ist. Er soll aufhören! Eine Hand legt sich
auf meine Schulter.*

»Was sehen Sie?«
»Einen Mann.«
»Kennen Sie ihn?«
»Ich weiß nicht. Ich sehe ihn nur von hinten.«
»Was tut dieser Mann?«
»Er schreit so laut. Viel zu laut.«
»Ist da sonst noch jemand?«
»Ja.«
»Wer?«
»Eine Frau.«

Die Frau beugt sich so nah zu mir herab, dass unsere Nasenspitzen sich beinahe berühren. Sie hat blaue Augen genauso wie meine. Ich will einen Schritt zurück machen, aber sie hält mich fest. Wer ist sie? Ich sehe nur ihre Augen, nicht ihr Gesicht. Blaue Augen. Meine Augen. Ich kenne sie von irgendwoher.

»Schhht«, macht sie. »Du musst still sein.«

Emmas Schluchzen wird immer lauter. Ich will zu ihr und ihr helfen. Nein, viel lieber will ich mich verstecken. Aber die Frau hält mich am Arm fest.

»Sei still«, wiederholt sie und dann noch einmal, schärfer jetzt, während mein Herz mir beinahe aus der Brust springt. »Kein Wort! Du musst still sein!«

»Nein!«

»Es ist alles in Ordnung. Sie sind in Sicherheit.«

Frau Scheins Stimme klang weit entfernt. Was immer ich fühlte, Sicherheit war es nicht.

»Ich werde Sie jetzt zurückholen. Lösen Sie sich von der Erinnerung, atmen Sie tief durch. Ich werde jetzt bis drei zählen und wenn ich bei drei angekommen bin, öffnen Sie Ihre Augen. Sie werden sich voller Energie fühlen. Eins ... zwei ... drei.«

Es dauerte einen Moment, Frau Scheins ruhige Stimme zuzuordnen. Ich war wieder in ihrer Praxis. Geistig und körperlich. Mein Herz raste. Was war da gerade passiert?

»Wie fühlen Sie sich?«

Erst jetzt merkte ich, dass mir Tränen über die Wange liefen. Die Bilder, die ich eben gesehen hatte, saßen noch hinter meinen Augenlidern. Sollten das wirklich

Erinnerungen gewesen sein? Am liebsten hätte ich mich zu Hause in meinem Bett eingerollt.

»Warten Sie«, sagte Frau Schein, und ehe ich mich's versah, war sie mit einer Tasse Tee und einer Packung Taschentücher zurück. »Zur Beruhigung.«

Während sie mir irgendetwas von Entspannung und Folgeterminen erzählte, nippte ich an dem Getränk, das so heiß war, dass ich mir die Zunge verbrannte. Immer wieder wiederholte sie: »Es ist alles gut.«

Aber war es das wirklich?

Es dauerte eine halbe Stunde, bis ich mich beruhigt hatte. Frau Schein bat mich, einen weiteren Termin zu vereinbaren, um mehr herauszufinden. Wer Emma war, zum Beispiel. Oder die Frau und was ihre Worte mit meinem Schweigen zu tun hatten. Ich stimmte nickend zu, obwohl ich genau wusste, dass ich nie wiederkommen würde. Dieses eine Mal war mehr als genug gewesen.

Später, als es an der Zeit war, zu gehen, und ich mir die Jacke überstreifte, zitterten meine Hände leicht. Frau Schein sah das und begleitete mich daraufhin nach unten. Ich gab mein Bestes, gefasst zu wirken, und so ließ sie mich ziehen.

Auf meinem Weg nach Hause wurde ich das ungute Gefühl nicht los, mich an etwas Wichtiges erinnern zu müssen. Entstammten diese Bilder wirklich meiner Vergangenheit? Die Frau und ihre Worte kreisten mir im Kopf herum.

Sei still. Du musst still sein.

Aber vor allem beschäftigte mich das kleine Mädchen. Sein Lachen, seine Freude und schließlich sein vom Schluchzen geschüttelter Körper.

Wer war Emma?

KAPITEL 5

Mindestens eine Stunde lang spazierte ich ziellos durch die Innenstadt. Die Bilder der Hypnose geisterten mir durch den Kopf, und sosehr ich es versuchte, ich konnte mir keinen Reim darauf machen, was es mit Emma und den Erinnerungen von ihr und mir unter dem Apfelbaum auf sich hatte. Erst als mein Handy vibrierte und der Bildschirm eine neue Nachricht von David zeigte, schaffte ich es, meine Gedanken von den merkwürdigen Erinnerungsbildern loszureißen.

Ich habe heute viel an dich gedacht. Ich hoffe, es war alles okay bei der Hypnose. Lass mich wissen, falls du jemanden zum Reden brauchst.

Ich begann, eine Antwort zu tippen, doch ehe ich sie abschickte, erreichte mich eine zweite Nachricht von David.

Entschuldige übrigens noch mal wegen Montag. Ich hoffe, du denkst nicht, dass ich nicht mit dir reden wollte.

Im ersten Moment verwirrte mich seine Nachricht – wofür entschuldigte er sich hier? Doch dann erinnerte ich mich an unser etwas peinliches Beinahe-Aufeinandertreffen in der Innenstadt, als ich lieber den Rückzug ergriffen hatte, als sein Date zu stören. Dass David immer noch daran dachte und sich offensichtlich sorgte, er hätte mich verärgert, wunderte mich.

Schon okay. Das dachte ich nicht, ich wollte euch nur nicht bei eurem Date stören, schrieb ich und erhielt nur Sekunden später eine Antwort.

Glaub mir, mit dir als fünftes Rad am Wagen wäre die Verabredung wesentlich besser gelaufen. Nicht, dass du jemals ein fünftes Rad wärst.

Dazu schickte er ein Zwinkergesicht.

Das war eines der Dinge, die mich an David faszinierten. In Texten war er witzig und schlagfertig, doch wenn man mit ihm sprach, erlaubte ihm sein Stottern oft nicht denselben Grad an Humor.

Wieso? Sie sah nett aus, schrieb ich.

Auch dieses Mal ließ die Antwort nur wenige Sekunden auf sich warten:

Nett ja, aber auch glutenunverträglich und auf »Rohkost-Diät«.

Ein älterer Herr, der eben an mir vorbeiging, schaute auf, als ich kichern musste. Diät und Glutenunverträglichkeit auf der einen, ein Tortenbäcker auf der anderen Seite. Wahrlich keine perfekte Kombination. Schmunzelnd steckte ich das Handy zurück in meine Hosentasche.

Die restlichen Stunden des Nachmittags vertrödelte ich in der Stadt, schlenderte von Laden zu Laden, starrte in Schaufenster und zog wahllos irgendwelche T-Shirts aus den Regalen. Am Ende ging ich mit einem neuen Herbstkleid, jedoch ohne Antworten nach Hause. Lou saß im Wohnzimmer, als ich die Tür aufsperrte.

»Hey! Na, wie geht es dir?«, begrüßte sie mich, was ich nur mit einem kurzen »Hallo« beantwortete, bevor ich in meinem Zimmer verschwand. Wenn ich Glück hatte, musste Lou zu ihrer Arbeit in der Bar, bevor sie Zeit hatte, mich auszufragen. Doch natürlich hatte ich kein Glück. Schon klopfte es an meiner Zimmertür. Lou wartete gar nicht erst ab, ob ich sie hereinbitten würde. Das tat sie nie.

»Deine Mama hat angerufen, während du weg warst«, meinte sie. »Sie wollte wissen, ob du lieber Risotto oder Schnitzel essen möchtest.«

»Ich rufe später zurück.«

»Außerdem hat David angerufen. Er wollte dir viel Glück wünschen, aber da warst du schon weg. Er meinte, er kommt heute Abend wieder in die Bar. Vielleicht hast du ja auch Lust? Ich würde mich freuen.«

»Oh ... ich bin müde.«

»Klar, das verstehe ich. Muss ein anstrengender Tag gewesen sein.« Sie hielt kurz inne, als wartete sie auf eine Antwort. Als diese ausblieb, fuhr sie fort. »Außerdem soll ich dir von Alexis ausrichten, dass er sich wirklich gerne mit dir zum Musizieren treffen würde. Du bist eine sehr gefragte Person.«

»Sieht so aus. Ich treffe mich gerne mit ihm.«

»Er wird sich freuen, das zu hören. Ich schätze, das ist alles.«

»Okay, danke.«

»Kein Problem.«

Ich war Lou dankbar dafür, dass sie mich nicht ausfragte, obwohl wir beide genau wussten, wie sehr sie darauf brannte. Gleichzeitig war ich irgendwie enttäuscht. Es war komisch. Ich hatte auf keinen Fall über die Sitzung sprechen wollen, doch das Geschehene brodelte in meinem Magen wie ein Geschwür. Lou war schon fast aus der Tür, als ich es mir anders überlegte.

»Ich musste mir eine Szene aus meiner Kindheit vorstellen.«

»Was?« Sie drehte sich um.

»Bei der Hypnose. Ich habe gesehen, wie ich als kleines Mädchen im Garten gespielt habe. Auf der Schaukel unter unserem Apfelbaum.«

Schon grinste Lou. »Ich dachte schon, du würdest mir nie erzählen, was passiert ist! Du kennst mich ja. Ich hätte mich den ganzen Abend und die Nacht durch gefragt, wie es gelaufen ist, und hätte Seelenqualen gelitten, weil meine Neugier mich auffrisst. Es war also okay?«

»Ich denke schon.«

»Hat es dir denn geholfen?«, fragte sie.

»Nicht wirklich. Aber vielleicht doch.«

Ich erzählte ihr von der Schaukel, von dem kleinen Mädchen und der Frau, dir mir sagte, ich müsse still sein.

»Wow. Das klingt ganz schön furchteinflößend. Und du hast keine Idee, wer diese Emma ist? Oder der Mann, der sie angeschrien hat?«

»Ich zerbreche mir schon die ganze Zeit den Kopf darüber. Dieser Mann ... sein Gesicht lag die ganze Zeit im Schatten. Mein Vater kann es nicht gewesen sein. Er ist der ruhigste Mensch der Welt. Ich glaube kaum, dass er jemals irgendwen angeschrien hat, schon gar kein kleines Mädchen und vor allem nicht so«, ich suchte nach dem richtigen Wort, »hasserfüllt. Es war beängstigend. Und dann war da plötzlich diese Frau, die mir sagte, ich muss still sein. Ihr Gesicht geistert mir schon die ganze Zeit im Kopf herum. Ich glaube, die Frau war meine Tante Melanie, und wenn das stimmt, könnte der Mann ihr damaliger Lebensgefährte gewesen sein.«

»Deine tote Tante?«

Ich nickte. Melanie war die Schwester meines Vaters. Soweit ich wusste, hatten die beiden ein inniges Verhältnis zueinander gehabt. Sie war jedoch gestorben, als ich ein kleines Mädchen war. Bei einem Autounfall. Wir redeten nur selten über sie, weil es meinen Vater traurig machte, und so kannte ich sie nur von den unzähligen Bildern in Omas Haus, die jetzt in ihrem Zimmer im Altersheim standen.

»Wie alt warst du, als sie gestorben ist?«

»Fünf, glaube ich.«

»Also genau zu der Zeit, als du aufgehört hast, zu sprechen.« Louisa wirkte aufgeregt.

»Das ist wahrscheinlich Zufall.«

»Ganz egal, ob Zufall oder nicht, du solltest der Sache auf jeden Fall nachgehen.«

»Ich bezweifle stark, dass ich noch mal zur Hypnose gehen werde.«

»Das solltest du aber! Oder sprich wenigstens mit deinen Eltern darüber, was passiert ist.«

»Vielleicht hast du recht.«

»Ich habe ganz bestimmt recht. Oh Scheiße!« Louisas Begeisterung verflog in dem Moment, in dem ihr Blick die Uhr streifte. »Ich komme zu spät. Schon wieder. Mein Chef wird begeistert sein.«

So schnell waren wir zurück im normalen Lou-Chaos. Während sie auf der Suche nach ihrer Jacke wie ein Derwisch durch die Wohnung fegte, entschuldigte sie sich unentwegt dafür, nicht länger für mich da sein zu können. Zehn Minuten, eine Kaskade an Flüchen und drei Runden durch die gesamte Wohnung später hatte sie ihre Schlüssel gefunden.

»Vielleicht überlegst du es dir ja anders und kommst doch in die Bar. Ich würde mich freuen und David und Alexis bestimmt auch.«

»Mal sehen.«

Als die Tür hinter Lou ins Schloss fiel, kehrte wieder Ruhe ein. Das Rattern von Alfred Adlers Laufrad war das einzige Geräusch und leider war es nicht laut genug, um die Erinnerung an die wütende Stimme des Mannes in meinem Kopf zu übertönen.

***

Warum ich doch noch in die Bar ging? Vermutlich, weil mich die Bilder der Hypnose verfolgten und weder der Fernseher noch Hamster Alfred genügend Ablenkung boten. Drinnen empfing mich laute irische Musik gepaart mit dem Gejohle einer Gruppe fußballschauender Männer. Lou stand hinter der Bar. Sie war gerade dabei, die Bestellung eines turtelnden Pärchens aufzunehmen, sodass sie mich nicht bemerkte, dafür winkte

David mir von seinem Platz am Ende des Tresens enthusiastisch zu.

Mich durch die Gruppe johlender Fußballfans zu quetschen, war gar nicht so einfach, denn in diesem Moment fiel ein Tor und die gesammelte Truppe begann zu hüpfen und zu jubeln.

»Tor!«, grölte einer und riss mich in eine Umarmung, während einer seiner Kumpels seinen Bierkrug gefährlich nahe an meiner Nase vorbeischwenkte.

Ich versuchte mich aus seiner Umarmung zu winden, doch mittlerweile hatte er auch den zweiten Arm um meine Schultern gelegt und zog mich an sich.

Da kam mir David zu Hilfe. Oder versuchte es zumindest. Denn bevor er ein einziges Wort sagen konnte, hatte auch ihn ein Fußballfan an den Armen gepackt. David wurde nur so durchgeschüttelt, während sein Konterpart wild auf und ab sprang und »Olé, olé, olé, olé!« johlte.

Echte Rettung kam schließlich in Form von Lou und einem Tablett voller Getränke.

»Alles klar, Jungs, Fütterungszeit!«, rief sie, und sofort wandte sich die allgemeine Aufmerksamkeit von David und mir – ja sogar vom Fußball – ab und dem Bier zu.

Lou drückte David ein Glas in die Hand, bevor sie uns weg von den Fußballfans in Richtung Bar schob.

»Ich freue mich, dass du doch noch gekommen bist«, sagte sie und strahlte so sehr, dass ich ihr jedes Wort glaubte. »Und neue Freunde gefunden hast du auch gleich.«

»Ja«, brachte ich unter einem nicht mehr ganz so gepeinigten Lächeln heraus.

»Die haben ja ganz schön was zu feiern«, sagte David an mich gewandt, sein Mund so nahe an meinem Gesicht, dass ich den leichten Biergeruch seines Atems wahrnahm. Ich vermutete, er hatte selbst bereits mehr als eines intus, denn wenn er angetrunken war, verschwand sein Stottern wie durch Zauberhand.

Als wir an unserem Platz ankamen, sah ich, dass meine Wenigkeit höchstens der halbe Grund für Lous gute Laune war. Alexis lehnte am Tresen und unterhielt sich mit jemandem, den ich noch nie gesehen hatte. Ein etwas pummeliger, aber sonst recht gut aussehender Kerl mit Kurzhaarschnitt und übergroßer Denkerbrille. Lou drückte Alexis einen Kuss auf die Wange, als wir ankamen.

»Ich hab euch jemanden mitgebracht«, meinte sie.

»Ich hab's gesehen. Wer hätte gedacht, dass ein Sportfan in dir steckt.« Alexis grinste. Wenigstens einer schien die Situation witzig zu finden. »Oder besser gesagt in euch beiden«, meinte er mit einem Nicken in Richtung David.

Der versuchte, seine roten Wangen hinter dem Rand des Bierglases zu verstecken.

»Das ist übrigens Rich, also eigentlich Heinrich. Mein Mitbewohner.«

Alexis deutete auf seinen Freund, woraufhin der mir die Hand hinstreckte. »Schon okay, du kannst mich Rich nennen. Heinrich sagt höchstens meine Mutter. Ehrlich gesagt nicht einmal sie. Sie nennt mich Heini.« Er verzog das Gesicht. »Jedenfalls schön, dich kennenzulernen.«

Ich schüttelte seine Hand, lächelte. Dabei hätte ich am liebsten geflucht. Wieso konnte ich nicht einfach Hallo sagen wie ein normaler Mensch? Wieso musste meine Stimme sich schon wieder verabschieden?

»Und das ist Marie«, fuhr Alexis nach einer etwas zu langen Pause fort. »Sie wohnt mit Louisa zusammen.«

»Ach, die Marie, die so gut Klavier spielen kann? Alexis hat mir schon von dir erzählt.«

Er hob anerkennend den Daumen, und wäre ich in der Lage gewesen, irgendetwas zu antworten, sei es nur Danke, wäre die Situation nur halb so peinlich gewesen. Wieder einmal war Lou es, die mich rettete.

»Magst du etwas trinken?«, fragte sie und ohne meine Antwort abzuwarten: »Ich hole dir ein Glas Wein. Bin gleich zurück.« Etwas leiser, sodass nur ich es hören konnte, fügte sie hinzu: »Keine Sorge, ich habe David und Alexis gesagt, dass die Hypnosesitzung heute wieder nicht funktioniert hat und dass sie dich nicht darauf ansprechen sollen. Ich hoffe, das ist okay.«

Es war mehr als okay und Lou, die Meisterin der Notlügen, wusste das.

Ich nutzte den Moment, um mich auf die Toilette zu entschuldigen. Ein Mädchen warf mir missbilligende Blicke zu, als ich mich an ihr und den anderen Wartenden vorbei in Richtung Waschbecken drängte. Ungeachtet ihres Ärgers spritzte ich mir Wasser ins Gesicht und atmete tief ein und aus.

Denk an einen Wald, denk an Hamster Alfred, denk an die Musik. An irgendwas, das dich frei macht. Sei ein Baum. Eine tapfere Ulme. Einatmen. Ausatmen. Ein. Aus.

Schon fühlte ich, wie sich die unsichtbare Mauer auflöste. Kurz schob sich eine Szene in mein Kopfkino, die dort nichts verloren hatte. Ich unter dem Apfelbaum, das blonde Mädchen, ein Mann, der schrie.

Nein! Nicht daran denken.

Ich stellte mir vor, wie ich am Klavier saß, ganz allein, niemand der mir zuhörte. Nur ich und die Tasten, die sich unter meinen Fingern anfühlten wie zu Ebenholz gewordenes Gefühl. Ich spielte eines meiner Lieblingslieder – Yann Tiersens »Sur le fil« und all die Worte, die ich nicht sagen konnte, verwoben sich mit dem Klang der Klaviatur zur universellen Sprache der Musik.

All das passierte natürlich nur in meinem Kopf und nur bis zu dem Moment, in dem sich ein Mädchen unsanft an mir vorbei zum Waschbecken drängte und mich dabei gegen den Handtrockner schubste.

»'tschuldigung«, murmelte sie, ohne mich überhaupt anzusehen.

»Schon okay«, gab ich zurück und freute mich darüber, dass meine kleine Selbstmeditation Wirkung gezeigt hatte.

Wenn es doch immer so einfach wäre!

Als ich zurückkam, stand mein Getränk bereits da. Lou war zurück hinter der Bar, wo sie schmutzige Gläser in die Spüle räumte. Da David und Alexis gerade in ein Gespräch vertieft waren, wandte ich mich an Heinrich alias Rich.

»Du bist also Alexis' Mitbewohner.«

»Ja, die ganze Band wohnt zusammen«, meinte er nach kurzem Zögern. Ich setzte eine interessierte Miene auf. Dass die Bandmitglieder sich eine Wohnung teilten, wusste ich zwar schon von Alexis, zog es aber vor, Rich weiterreden zu lassen, statt gezwungen nach einem Gesprächsthema zu suchen.

»Da sind noch Chris, der zweite Gitarrist, und Toni, unser Bassist. Ihm gehört die Wohnung. Er hat früher mit seiner Frau dort gelebt, aber vor ein paar Jahren haben sie sich scheiden lassen. Pech für ihn, Glück für uns!« Rich strahlte, fühlte sich jedoch im nächsten Moment zu einer Erklärung genötigt. »Ich freue mich natürlich nicht über seine Scheidung. Nicht dass du das falsch verstehst. Es ist nur sehr«, er überlegte kurz, »*angenehm*, dass wir alle zusammen wohnen können. Für Toni allein wäre die Wohnung sowieso viel zu groß, also hat er uns einen besonders guten Mietpreis gemacht.«

»Spielt ihr schon lange zusammen?«, fragte ich und bereute es sofort.

»Das kommt darauf an, welches Bandmitglied dich interessiert. Toni ist erst vor zweieinhalb Jahren zu uns gestoßen, nachdem es Streit mit seinem Vorgänger gab. Keine schöne Geschichte. Alexis und ich spielen schon seit der Schulzeit zusammen.«

Dann erzählte Rich von ihrem ersten Auftritt beim Schulabschlussfest, von ihrem ersten Auftritt als Straßenmusiker, ihrem ersten Auftritt auf einer Party und allen anderen ersten Auftritten, die man sich vorstellen konnte. Es war beeindruckend, wie viel ein Mensch am Stück reden konnte. Mein Part bestand lediglich darin, zu nicken und hin und wieder einen Schluck aus meinem Glas zu nehmen. Rich schien sich nicht daran zu stören. Wahrscheinlich freute er sich, in mir eine gute Zuhörerin gefunden zu haben.

»*The Great Anubis* haben wir gegründet, als wir achtzehn waren. Alexis hatte eine Zeit lang eine Obsession für das alte Ägypten. Um ehrlich zu sein, hat er die immer noch. Er hat eine ganze Regalreihe an Ägypten-Büchern zu Hause rumstehen. Hast du schon mal sein Tattoo gesehen? Ein Anubiskopf auf der linken Brust. Oder war's die rechte? Hey, Alexis, kannst du kurz dein Shirt ausziehen?«

»Wie bitte?«, fragte der.

»Marie möchte gerne dein Tattoo sehen.«

Schon wieder schoss mir die Röte ins Gesicht.

»Ich ... Rich hat ... also ...«

»Ich glaube, Marie ist nicht so begeistert von der Vorstellung, dass ich mich hier ausziehe«, meinte Alexis grinsend. Ich fragte mich, ob er sich gerade über mich oder über Rich lustig machte. Vermutlich über uns beide.

»*Ich* wäre sehr wohl begeistert«, gab der unter Lachen zurück. »Was gibt es Schöneres als eine blanke Männerbrust in einem Nachtlokal?«

Witzbold.

Nun mischte sich David in das Gespräch ein. »Wenn das s-s-so ist, dann geben Marie und ich euch sehr g-gerne ein bisschen Zeit für Zweisamkeit. O-oder, Marie?«

»Ähm, ja«, sagte ich, und Alexis lachte laut.

»Werde ich dazu auch noch befragt?«

»Magst d-d-du einen Drink, Marie? Ich gehe mir noch was holen«, fragte David schließlich.

»Ich habe noch, danke«, meinte ich und hob zum Beweis mein fast volles Glas hoch.

»Okay. Du, Alexis?«

»Gerne.«

»Bin gleich zurück.«

»Vielen Dank, ich hätte auch gerne ein Getränk. Sehr freundlich!«, rief Rich ihm hinterher, aber da war David bereits außer Hörweite. Rich stieß ein dramatisch tiefes Seufzen aus. »Ich glaube, er mag mich nicht besonders.«

Sein Gesichtsausdruck war so herzzerreißend, dass ich am liebsten laut losgelacht hätte.

Auch Alexis schmunzelte. »Ich fürchte, du wirst dir dein Bier selbst holen müssen«, meinte er, woraufhin Rich noch theatralischer seufzte, bevor er Richtung Bar davonzog.

»Das ist also dein Mitbewohner«, stellte ich fest.

Alexis verdrehte gespielt die Augen. »Wie er leibt und lebt. Was hältst du von ihm?«

»Er ist sehr nett.«

»Und?«

»Und ... er scheint ebenso begeistert von Musik zu sein wie du.«

»Und?«

»Und er redet viel.«

Alexis lachte laut auf. »Dabei hat er gerade erst angefangen. Sei froh, dass du ihn nicht nach seinem Beruf gefragt hast.«

Ich zog fragend die Augenbrauen hoch.

»Er arbeitet in der Lokalpolitik.«

»Ist das schlecht?«

»Nein. Sofern du kein Problem damit hast, dir den Rest des Abends seine politischen Ansichten anzuhören. Und glaub mir, er hat eine Meinung zu jedem Politiker. Von jeder Partei. In so ziemlich jedem Staat unseres Planeten. Und dazu zählen Länder, von denen andere Leute noch nie gehört haben.«

Nach den paar Minuten, die ich mich mit Rich unterhalten hatte, konnte ich mir das gut vorstellen.

»Er hat übrigens eine Freundin«, fügte Alexis hinzu.

»Aha.«

»Ich wollte es dir nur sagen.«

Ich fürchte, ich wusste, worauf Alexis hinauswollte. »Dachtest du, ich flirte mit ihm?«

»David dachte es auf jeden Fall.«

»Oh.«

»Er war nicht sehr erfreut darüber. Offensichtlich.«

Bildete ich es mir ein oder war auch in Alexis' Stimme ein Funke an Ärger zu hören?

»David ist das egal. Wir sind Freunde«, erklärte ich.

»Weiß David das?«

»Natürlich weiß er das.«

Alexis hob abwehrend die Hände in die Luft, bevor er das Thema wechselte. »Steht unsere Verabredung zum Proben noch?«

Ich nickte.

»Wunderbar. Danke, Marie. Ich meine es ernst. Seit ich dich habe spielen hören, glaube ich, dass du wirklich das sein könntest, was uns bisher gefehlt hat. Wann hast du Zeit? Noch am Wochenende oder lieber unter der Woche?«

»Ab Montag bin ich frei«, antwortete ich.

»Wie wäre es mit Montagabend?«

»Perfekt.«

»Perfekt«, wiederholte Alexis lächelnd. »Zu dir oder zu mir?«

In meiner Vorstellung blitzte ein Bild von Lou und Alexis in der Fußgängerzone direkt außerhalb des Irish Pubs auf, sie in einem bunten Hippiekleid, er mit Hemd und dunkler Jeans. *Zu dir oder zu mir?* So ähnlich musste ihr erstes Date gelaufen sein. Ob er sie damals ebenfalls angeschaut hatte, ohne zu blinzeln, die Augen so dunkel, dass die Pupillen mit der Iris zu verschmelzen schienen? Und ob ihr Herz auch vor Aufregung in doppeltem Tempo geschlagen hatte? Bestimmt war sie nervös gewesen. So wie ich jetzt. Nur dass es bei mir dafür eigentlich gar keinen Grund gab. Ich zwang mich, dieses Bild aus meinen Gedanken zu schieben.

»Vielleicht wäre es besser bei uns zu Hause. Wegen dem Klavier.«

Und auch weil sich meine Motivation in Grenzen hielt, die komplette Band kennenlernen und womöglich mit allen gemeinsam spielen zu müssen.

»Klingt gut. Dann sehen wir uns also Montag. Cheers!«

Wir stießen die Gläser aneinander und im nächsten Moment waren David und Rich zurück.

»Worauf stoßen wir an?«, wollte Rich wissen. Seine aufgesetzte Traurigkeit von vorhin war verschwunden.

»Auf einen heiteren Abend. Und darauf, dass ihr zwei Jungs die besten Freunde werdet«, meinte Alexis.

Zum zweiten Mal an diesem Abend klirrten die Gläser aneinander, und tatsächlich zeigte Alexis' Trinkspruch Wirkung, denn nach einigen Anlaufschwierigkeiten entdeckten Rich und David ihr gemeinsames Interesse für Sumokämpfe. Das Gespräch, man hätte es fast als Monolog bezeichnen können, wurde zwar klar von Rich dominiert, doch David wirkte begeistert.

Bald darauf gesellte sich Lou zu unserer Runde. Nach Ende des Fußballspiels hatte sich die Bar merklich geleert, sodass sie ihre Schicht früher beenden durfte. »Ab jetzt habt ihr eure Privatkellnerin! Spezial-Preis für alle«, verkündete sie und läutete damit den heiteren Abend ein, den Alexis sich gewünscht hatte.

***

Ich saß mit einer Tasse Kaffee und einer faden Scheibe Toast am Frühstückstisch. Die letzte Nacht und ein Mangel an Schlaf saßen mir in den Knochen und mein Magen fühlte sich flau an. In zwei Stunden würde ich zu meinen Eltern aufbrechen, wo ich hoffentlich Antworten rund um die Bilder der Hypnose erhalten würde. Darauf, wer das kleine blonde Mädchen war. Ihr Gesicht und der Klang ihres Lachens wollten mir nicht aus dem Kopf gehen, und ich kam nicht umhin, mich zu fragen, ob sie es war, deren Fehlen ich zeitlebens gespürt hatte.

»Soso, du und David?«, riss Louisas Stimme mich aus meinen Gedanken. Sie und Alexis waren eben in die Küche gekommen, beide mit vom Schlaf zerzausten Haaren. Alexis setzte sich mir gegenüber an den Küchentisch, während Lou für beide Kaffee einschenkte.

»Wie bitte?«, fragte ich.

»Also, ich finde ja, dass David ein sehr netter und gut aussehender Kerl ist. Ihr würdet perfekt zusammenpassen.«

»Wie kommst du darauf?«

Was für eine Frage. Alexis musste ihr diese Idee in den Kopf gesetzt haben.

Lou meinte: »Wie sollte ich *nicht* darauf kommen? Das Prickeln war gestern fast spürbar.«

»So ein Blödsinn«, schnaubte ich.

»Alexis findet das auch.«

Hatte ich es doch gewusst!

Doch Alexis lehnte sich kopfschüttelnd vor und protestierte: »Halte mich da bitte raus.«

»Oder gefällt dir Rich besser?«, fragte Lou lachend und stellte die Kaffeetasse vor Alexis auf den Tisch. Seinen genervten Gesichtsausdruck ignorierte sie ebenso wie meinen.

»Lou!«, protestierte ich und sah aus dem Augenwinkel, wie Alexis seine Stirn in die Handfläche legte.

Sie warf lachend das Haar zurück, schnappte sich meinen Toast und nahm einen Bissen.

»Ich will dich doch nur aufziehen. Natürlich weiß ich, dass du nicht auf Rich stehst. Wenn ich mir allerdings dich und David als Paar vorstelle, frage ich mich, warum ich nicht schon früher auf den Gedanken gekommen bin.«

»Hör auf, Lou.«

»Es macht so viel Sinn! Ihr beide seid im gleichen Alter, ihr wohnt in derselben Stadt, ihr kennt euch schon ewig.«

Aha, das machte also perfekten Sinn? Ich wusste etwas, das mit Sicherheit keinen Sinn machte: mit Lou in Liebesdingen diskutieren zu wollen. Also wendete ich eine Taktik an, die sich schon oft bewährt hatte: Ich ignorierte sie und trank schweigend meinen Kaffee.

»Wir könnten auf ein Doppeldate gehen«, meinte Lou. »Und er könnte uns gratis Kuchen backen.«

»Lou, halt dich bitte zurück«, drängte Alexis sie, doch entweder war Lou taub für den Ärger in seiner Stimme oder die Aussicht, David und ich könnten ein Paar sein, war dermaßen aufregend für sie, dass es ihr egal war.

»Nachdem du gestern Abend nach Hause gegangen bist, habe ich ein bisschen nachgebohrt. David sagt, er findet dich sehr hübsch.«

Oh je.

»Lou, komm schon«, warf Alexis ein.

»Und auch sehr nett. Als ich ihn gefragt habe, ob er verliebt in dich ist, ist er ganz rot geworden.«

Ich verdrehte die Augen, als ich sagte: »Lass mich raten, er hat nicht gesagt, dass er verliebt ist.«

Natürlich nicht.

»Er hat es aber auch nicht abgestritten. Und seine roten Wangen waren eine ziemlich überzeugende Antw–«

»Lou!«, unterbrach Alexis sie, dieses Mal so genervt, dass selbst Lou seinen Unmut nicht ignorieren konnte. »Du kannst andere Leute nicht dazu zwingen, sich ineinander zu verlieben.«

»Wieso regt dich das so auf?«, fragte Lou und hob abwehrend die Arme.

Alexis nahm sich einen Moment Zeit, bevor er antwortete. »Marie kann sehr gut selbst entscheiden, was oder wen sie will, und ich glaube, dass sie seit fünf Minuten versucht, dir genau das mitzuteilen. Aber was weiß ich schon. Ich will mich auch gar nicht einmischen ... Und ich muss los.« Damit erhob er sich, nickte mir zum Abschied zu und ging in Lous Zimmer, vermutlich um sich umzuziehen.

»Was ist denn mit dem los?«, fragte Lou mich.

Eine Antwort konnte ich ihr nicht geben. Ganz ehrlich, ich fühlte mich geschmeichelt, dass er sich auf meine Seite geschlagen hatte, doch dass er, der sonst immer ruhig war, so aufbrausend auf Lous Sticheleien reagierte, war eine Überraschung. Vor allem, da es gar nicht um ihn gegangen war.

»Ich denke, ich sollte vielleicht mit ihm reden«, meinte Lou, stieß kopfschüttelnd die Luft aus und ging in Richtung Zimmer, nicht jedoch, ohne mir vorher zuzuflüstern: »Männer! Und da heißt es immer, Frauen seien sensibel.«

Ich schlürfte den Rest meines Kaffees. Die Morgenruhe war eindeutig zu Ende. Weder Alexis' Reaktion noch Lous Sticheleien gingen mir aus dem Kopf. Ob David wirklich Gefühle für mich hatte? Vor drei Jahren hatte David versucht, mich zu küssen. Auch damals war er betrunken gewesen. Im Nachhinein hatte er sich dafür geschämt und gefühlte hundertmal entschuldigt. Lou hatte ich nie davon erzählt, sonst hätte sie auch gewusst, dass er mir versichert hatte, *keine*Gefühle für mich zu hegen, und dass er sich selbst fragte, was da über ihn gekommen war. Wir hatten nie wieder darüber gesprochen, aber seitdem war eine Sache klar: Wir waren Freunde. Punkt.

Ich fragte mich, ob sich daran irgendetwas geändert hatte.

Teil 2

Emma und der Apfelbaum

Kapitel 6

Während der gesamten Zugfahrt wog ich ab, wie ich das Thema meiner Hypnosesitzung am besten ansprechen konnte. Einerseits wollte ich meine Eltern nicht beunruhigen, andererseits waren sie die Einzigen, die möglicherweise wussten, was es mit dem blonden Mädchen, dem schreienden Mann oder den Worten meiner Tante auf sich hatte. Und Antworten wollte ich unbedingt.

Die Zugfahrt war viel zu schnell vorbei. Am Bahnhof wartete bereits mein Vater mit seinem alten, roten VW.

»Hallo, Papa.« Ich drückte ihm einen Kuss auf die Wange.

»Schön, dass du da bist.«

Ohne viele Worte stiegen wir ein und er fuhr los. Die Autofahrt verbrachten wir schweigend. Es war eine angenehme Stille, keine, bei der man verzweifelt nach einem Gesprächsthema suchte oder so tat, als wäre es das Interessanteste der Welt, aus dem Fenster zu schauen. Es war eine Art der Stille, die nur zwischen zwei Leuten entstand, die sich gut kannten und die beide keine großen Redner waren.

Meine Eltern lebten in einer kleinen Ortschaft unweit von Innsbruck. Den Einfluss der Stadt spürte man hier jedoch kaum. Es war eines dieser Dörfer, in denen man sich auf der Straße noch grüßte und fast jeder den anderen kannte. Ich war bereits vor fünf Jahren von zu Hause weggezogen, trotzdem traf ich noch heute regelmäßig beim Spaziergang mit unserem Hund bekannte Gesichter. Die meisten jungen Leute trieb es nicht weit weg – und weit weg war alles, was weiter als einen Ort entfernt lag.

Schließlich bogen wir in die Einfahrt. Meine Eltern lebten in einem zweistöckigen Einfamilienhaus im typisch dörflichen Stil: hölzerner Balkon mit rosaroten und weißen Petunien, Hängegeranien, hölzerne Fensterläden mit Schnitzereien in Herzform, vor der Haustür das obligatorische Willkommens-Schild neben einem eingetopften Tannenbäumchen. Nur die hochmodernen Terrassenmöbel sprangen aus dem Bild. Meine Mutter hatte sie letzten Sommer gekauft, weil sie meinte, man müsse mit der Zeit gehen.

Ihr großer Stolz war jedoch der Garten mit den vielen Blumen, einem Gemüsebeet und, meinem Lieblingsstück, dem Apfelbaum, an dem eine Schaukel baumelte. Es war nicht derselbe Baum, den ich während meiner Hypnose gesehen hatte, denn vor Antritt meines zweiten Jahres im Kindergarten waren meine Eltern mit mir in ein größeres Haus umgezogen. Weil die Schaukel mir so ans Herz gewachsen war, hatte Papa sie mitgenommen und sie gleich wieder aufgehängt. Damit ich wusste, dass dieser Platz von nun an mein Zuhause war.

Wie immer, wenn meine Mutter Besuch erwartete, stand die Haustür weit offen. Noch mit einem Bein im Auto wurde ich von unserem Hund Dweeny begrüßt, der schwanzwedelnd auf mich zurannte.

Meine Mutter hatte den Tisch im Garten gedeckt und beide Hände voll mit einer Schüssel und Besteck, sodass unsere Begrüßung sich auf umständliche Küsschen auf die Wangen beschränkte.

»Es ist so ein schöner Tag«, meinte sie. »Da wäre es eine Schande, drinnen zu sitzen.«

Zum Mittagessen gab es Risotto mit Spargel und dazu grünen Salat.

»Wie läuft die Arbeit?«, erkundigte meine Mutter sich.

»Oh, nur das Übliche. Es gibt immer viel zu tun«, gab ich ihre eine recht vage Antwort. Die verpatzte Bibliotheksführung ließ ich absichtlich außen vor.

»Und Lou? Es ist schon so lange her, dass wir sie das letzte Mal gesehen haben. Geht es ihr gut?«

»Oh, ja. Sie hat ziemlichen Stress an der Uni, aber sie wirkt glücklich.«

»Sie hat einen neuen Freund, nicht?«, fragte Mama. Natürlich interessierte sie sich ausgerechnet dafür.

»Sein Name ist Alexis«, erklärte ich. »Er ist Musiker und wirklich sehr nett.«

»Ach ja? Besser als ihr letzter Freund?«, fragte Mama und versuchte nicht einmal, ihren sarkastischen Unterton zu verstecken.

Lous Expartner hatte sich nach zwei Monaten als völlige Niete herausgestellt, der keine Lust auf das Studium und noch weniger Lust darauf hatte, zu arbeiten, und dessen Hobbys schlafen, Bier trinken und ganze Nächte lange Videospiele spielen, umfassten. Meine Mutter war von Anfang an nicht begeistert von ihm gewesen und hatte sich ihr »Habe ich es nicht gesagt?« nach der Trennung nicht verkneifen können.

»Alexis ist ganz anders. Kein Dampfplauderer, sondern einer dieser Menschen, die einem wirklich zuhören und sich dafür interessieren, was man sagt.«

»Und er ist Musiker?«, hakte Mama nach. Wieder war
da dieser Unterton. Es sollte mich gar nicht stören,
schließlich ging es hier nicht um mich oder meinen
Freund, und doch ...

»Er ist nicht nur Musiker. Er hat einen Job. In einer
Spedition«, sagte ich defensiver, als mir lieb war. Als ob
ich ihn verteidigen müsste. »Wir spielen vielleicht bald
miteinander und versuchen ein Lied zu komponieren.
Ich meine, es wäre das erste Mal, dass ich mit jemand
anderem spiele, aber es hört sich nach einer spannenden Idee an. Er ... er ist gut für Lou«, fügte ich nach einer
kurzen Pause hinzu. Meine Wangen prickelten. Zu viel
Information. »Was gibt es Neues bei euch?«, wechselte
ich schnell das Thema.

»Nächste Woche haben wir eine Lesung im Buchladen.« Mama wirkte stolz, als sie das erzählte. Sie arbeitete in einem kleinen, privat geführten Buchladen in
der Stadt. »Das wird bestimmt ein tolles Event! Wir haben Einladungen an die Universität, die örtliche Bibliothek und an alle Schulen verschickt. Hoffentlich haben
am Ende alle Gäste in unserem Laden Platz. So groß ist
er schließlich nicht.«

»Das klingt super.«

»Und am Wochenende fahren wir für zwei Tage in die
Therme. Nach der ganzen Organisation kann ich ein
bisschen Entspannung gut vertragen!«

Meine Eltern hatten es zur Tradition gemacht, einmal
im Jahr ein Thermenwochenende zu verbringen. Mein
Vater setzte jedes Mal seine Leidensmiene auf, wenn es

soweit war, dabei war es ein offenes Geheimnis, dass er sich auf die Ausflüge mindestens so sehr freute wie meine Mutter.

»Wenn du nächstes Wochenende nichts vorhast, könntest du vielleicht auf Dweeny aufpassen«, meinte meine Mutter.

»Natürlich. Wir machen uns ein schönes Wochenende«, fuhr ich an den Hund gewandt fort. Der wedelte fröhlich mit dem Schwanz, als könnte er verstehen, was ich sagte. Manchmal bildete ich mir ein, dass er das tatsächlich tat.

Wir waren fast mit dem Essen fertig, als ich endlich den Mut fand, das Hypnose-Thema anzuschneiden. Die ganze Zeit hatte es mir im Magen gelegen, doch irgendwie hatte sich der richtige Moment nicht ergeben.

»Ich habe auch Neuigkeiten.«

»Geht es möglicherweise um einen jungen Mann?«, fiel mir meine Mutter ins Wort.

Erst Lou und nun Mama? Es war fast so, als hätte ich ein »Ich bin einsam«-Schild auf dem Rücken. Unwillkürlich schoss mir das Bild von Alexis und mir nur mit einem Handtuch bekleidet durch den Kopf. Hoffentlich glaubte Mama nicht, dass ich in Alexis verliebt war. Dieser Gedanke allein genügte, um mir die Röte in die Wangen steigen zu lassen.

»Weißt du, dieser David aus deiner Selbsthilfegruppe scheint ein sehr netter Kerl zu sein«, fügte sie hinzu.

»Ich war gestern bei der Hypnosetherapie«, sagte ich ganz schnell, bevor ich es mir anders überlegen konnte. Oder bevor meine Mutter Gelegenheit hatte, weiter über David zu sprechen.

»Oh«, war das Einzige, was meine Eltern antworteten. Selbst meiner Mutter schien es die Sprache verschlagen zu haben.

Schließlich fragte sie: »Und, ähm, wie war es?«

»Ich musste an eine Szene aus meiner Kindheit denken. Ich habe den Apfelbaum in unserem alten Haus gesehen und dich, Papa, wie du mich auf der Schaukel anschubst. Ich war so glücklich.«

»Das habt ihr immer gerne gemacht«, sagte meine Mutter und lächelte. Sie wollte noch mehr sagen, etwas länger in den alten Erinnerungen schwelgen, aber ich ließ sie nicht. Ich musste ihnen jetzt alles erzählen, bevor mich der Mut verließ.

»Und dann waren da plötzlich dieses andere Mädchen, ein Mann und Tante Melanie. Sie hat gesagt, ich müsse still sein.«

Es war, als hätte ich meinen Eltern eine Ohrfeige versetzt. Mein Vater starrte so konzentriert auf seinen Teller, als versuchte er, jedes Reiskorn einzeln zu zählen, und meine Mutter erstarrte mitten in der Bewegung, das Wasserglas eine Handbreit von ihrem Mund entfernt.

»Denkt ihr, dass das etwas mit meinem Mutismus zu tun haben könnte?«

»Der Apfelbaum?«, fragte meine Mutter.

»Nein, Melanie und ... das Mädchen. Die ganze Szene.«

Die beiden sahen sich fragend an, bevor Mama antwortete: »Nein, also, nein ... Da fällt mir wirklich nichts ein. Das klingt doch nach einem ganz normalen Nachmittag.«

»Was ist mit dem Mädchen?«, warf ich ein. Sie wussten irgendetwas, das sah ich ihren Reaktionen an.

»Vielleicht erinnert ihr euch an sie. Sie hatte langes, blondes Haar. Sie muss ungefähr in meinem Alter gewesen sein. Vier oder fünf damals. Oder vielleicht ein bisschen älter. Ihr Name ist Emma.«

Meine Eltern wirkten wie erstarrt. Das Gesicht meines Vaters war so blass, als würde er jeden Moment ohnmächtig werden, meine Mutter hatte die Lippen zu einem dünnen Strich zusammengepresst. Doch nur einen Sekundenbruchteil später stand sie auf und nahm ihren Teller in die Hand. »Der Name sagt mir nichts«, sagte sie vehement kopfschüttelnd.

»Was ist mit dir, Papa?«, fragte ich.

»Ich glaube nicht, nein.«

Bildete ich es mir ein oder vermied er es, mich anzuschauen, während er antwortete? Was war nur los? Es war eindeutig, dass die beiden mir irgendetwas verheimlichten.

»Tut nicht so, als wüsstet ihr von nichts!«

Für einen kurzen Augenblick sog meine Mutter die Luft scharf ein. Normalerweise wurde ich ihr gegenüber nie laut.

»Schatz, du bist dir hoffentlich bewusst darüber, dass ich es dir sagen würde, wenn ich wüsste, wer dieses Mädchen ist?« Sie beugte sich vor und nahm auch meinen noch halb vollen Teller. »Ich gehe das Geschirr spülen. Wollt ihr Kaffee?«

Ich hatte nicht einmal Zeit, zu nicken, schon war sie im Haus verschwunden.

»Sie macht sich nur Sorgen um dich. Das ist alles«, sagte mein Vater, während ich ihr noch perplex hinterherstarrte.

»Glaubst du, dass meine Erinnerungen falsch sind?«

Ich wünschte mir so sehr, dass er verneinen und mir den Grund dafür nennen würde, warum er und meine Mutter sich so merkwürdig verhielten. Dass er erklären würde, wer Emma war und der Mann, der sie so aggressiv angeschrien hatte. Dass er das fehlende Puzzlestückchen meines Lebens hervorzaubern und die Leere füllen würde.

Aber er sagte nur: »Hm. Was glaubst du?«

Ich war vor allem verwirrt. »Melanie hat gesagt, ich soll still sein.«

»Das klingt tatsächlich nach etwas, was meine Schwester sagen würde. Damals, meine ich. Sie war nie eine große Rednerin und auch kein Mensch, der Lärm gut ertrug.« Er erhob sich und damit war das Gespräch vorbei.

Gemeinsam trugen wir die leeren Gläser in die Küche, wo meine Mutter bereits Wasser in die Spüle laufen ließ.

»Danke, Schatz«, sagte sie, als sie mir die Gläser abnahm. »Wirst du wieder hingehen? Zur Hypnose?«

»Ich glaube nicht.«

»Gut. Es ist natürlich deine Entscheidung, aber ich frage mich ernsthaft, warum du plötzlich in der Vergangenheit wühlen musst.« Sie nahm einen Topf, tauchte die Arme tief in das mit Schaum gefüllte Wasser und begann kräftig zu schrubben.

»Ich helfe dir«, meinte ich, aber sie winkte ab. Papa sollte das machen.

»Es läuft doch alles gut und nun gehst du zu dieser Hypnose und lässt dich verrückt machen. Du erinnerst dich an eine Freundin aus dem Kindergarten und an irgendetwas, das deine Tante zu dir gesagt hat, und glaubst, dass es sich um ein großes Rätsel handelt, das du lösen musst. Was versprichst du dir davon? Ich gönne dir alles, Marie. Papa und ich, wir möchten einfach nur, dass du glücklich bist, und ich glaube, dass du das nur sein kannst, wenn du dich damit anfreundest, wer du bist.«

Die Küche fühlte sich plötzlich unglaublich klein an und ich mich wie ein Teenager, der etwas ausgefressen hatte. Ich fühlte mich gleichzeitig verraten und wie eine Verräterin. Es war offensichtlich, dass meine Eltern irgendetwas vor mir verheimlichten, aber wollte ich ihnen wirklich unterstellen, dass sie mir den Grund meiner Sprachlosigkeit verschwiegen? Warum sollten sie das wollen? Ich legte meiner Mutter eine Hand auf die Schulter. Am liebsten hätte ich sie umarmt, aber sie steckte immer noch bis zu den Ellenbogen im Spülwasser und schrubbte heftig.

»Wir machen das schon. Geh du nach draußen und genieß das Wetter«, meinte da mein Vater. »Wenn du willst, fahre ich dich zum Altersheim, sobald wir mit dem Abwasch fertig sind.«

»Danke.«

Ich ging. Aber das Gefühl, belogen worden zu sein, blieb.

***

Draußen brannte die Sonne vom Himmel. Dweeny döste gemütlich unter dem Gartentisch, nur seine Ohren zuckten. Wovon er wohl träumte? Jagte er den größten Knochen aller Zeiten? Oder hatte er eine Verabredung mit einer hübschen Hundedame? Vor mir reckte der Apfelbaum seine zahlreichen Arme von sich, als wollte er jede Wolke einzeln vom Himmel pflücken. Als Kind hatte ich ihm abends mit einem gehauchten Kuss Gute Nacht gewünscht. Schon damals hatte ich verstanden, dass der Baum nicht bloß zufällig im Zentrum unseres Gartens stand. Er war das schlagende Herz unseres Zuhauses, pumpte Lachen wie Blut durch seine Adern und umschloss uns in einer Umarmung aus Blättern und Schatten. Lächelnd ließ ich die Finger über den rauen Stamm gleiten, spürte eine Kante, wo ich versucht hatte, meinen Namen einzuritzen, und die Nadelspitze eines abgebrochenen Asts.

Um mir die Zeit zu vertreiben, und vielleicht auch in Erinnerung an das Hochgefühl, das ich während der Trance verspürt hatte, während ich mich hoch in die Luft fliegen sah, setzte ich mich auf die Schaukel unter dem Apfelbaum und ließ die Füße baumeln. Gott, wie sehr hatte ich das als Kind geliebt! Ein paar vereinzelte Sonnenstrahlen bahnten sich ihren Weg durch das Geäst. Wo sie meine nackten Arme berührten, fühlte es sich warm an. Die Baumkrone warf tanzende Schatten auf meine Haut.

»Wann bin ich endlich dran?« Das blonde Mädchen stampft trotzig mit dem Fuß auf. »Marie schaukelt schon sooo lange!« Dabei streckt sie ihre Arme zu beiden Seiten aus, soweit sie kann.

Irgendjemand lacht. Eine vertraute Stimme sagt: »Du warst doch gerade dran; jetzt ist Marie an der Reihe. Wie wäre es, wenn du sie anschubst?«

Wer sagt das? Mama? Oma? Tante Melanie?

»Naaa gut«, mault Emma und hüpft auf einem Bein hinter mich.

Sie zieht das Schaukelbrett nach hinten. »Bereit?«
Natürlich bin ich bereit!

Emma lässt am höchsten Punkt los und ich fliege! Die Wolken verschwimmen mit den Blättern des Apfelbaums zu einem blau-grün-weißen Wirbel, so schnell sause ich auf und ab. Ich lasse mit einer Hand los und winke. Dabei fühle ich mich wie eine mutige Heldin.

Irgendwer klatscht Beifall. Ich schaue in die Richtung des Klatschens, sehe aber nur Fetzen. Ein blonder Haarwirbel, ein Blumenkleid, die Wiese. Und noch etwas ist da: eine Frauenstimme. Plötzlich höre ich sie ganz deutlich. Sie summt etwas. Eine Melodie, die vor Glück prickelt, und sie vermischt sich mit unserem Lachen.

Ich schreckte hoch. Die Bilder verschwanden noch schneller, als sie gekommen waren. Was war das? Es hatte sich so real angefühlt. Als ob sich die ganze Szene in diesem Moment abspielen würde. Fast so wie während der Trance.

Dweeny schob die Nase unter dem Tisch hervor und bedachte mich mit einem trägen Blick. *Was ist denn mit dir los*, fragten seine Augen. Sonst war da niemand. Keine Emma, keine Tante Melanie, kein Lachen. Nur ich auf meiner alten Kinderschaukel.

Ich wagte es nicht, aufzustehen. Halb ängstlich, halb aufgeregt wartete ich auf eine weitere Szene aus meiner Vergangenheit.

Doch das Einzige, was passierte, war, dass mein Vater irgendwann aus dem Haus spazierte.

»Bereit?«, fragte er, woraufhin Dweeny aus seiner Trägheit erwachte und hechelnd auf ihn zurannte. Papa streichelte ihm über den Kopf. »Später«, brummte er, und wenn Dweeny hätte sprechen können, hätte er protestiert wie die kleine Emma aus meiner Erinnerung.

***

Der Motor lief brummend an. »Es wäre vielleicht gut, wenn du diese Hypnosesache Oma gegenüber für dich behalten würdest. Es würde sie nur verwirren und dann regt sie sich auf«, meinte Papa, die eine Hand am Lenkrad, die andere auf dem Gangschalter.

»Sie würde es sowieso wieder vergessen«, murmelte ich gerade laut genug, dass er es hören konnte, bereute meine Worte aber sofort.

Papa fokussierte seinen Blick auf den Rückspiegel, während er das Auto aus der viel zu engen Einfahrt manövrierte. Die Siedlung meiner Eltern lag bereits hinter uns und ich rechnete überhaupt nicht mehr mit einer Antwort, als er sagte: »Dass sie es wieder vergisst, heißt nicht, dass es egal ist, wenn sie sich aufregt.«

Dann drehte er das Radio auf, woraufhin unser Gespräch, wenn man es denn so nennen konnte, endgültig endete. Ich hätte sowieso nichts zu entgegnen gehabt. Ich wusste ja, dass Papa recht hatte.

Wahrscheinlich war es schon viel früher losgegangen, doch vor drei Jahren hatten wir die ersten Anzeichen der Demenz bei meiner Großmutter entdeckt. Anfangs waren es nur Alltäglichkeiten. Ein verlegter Schlüssel, ihre Lieblingskaffeetasse, die sie plötzlich nicht mehr fand, oder ein Name, der ihr nicht mehr einfallen wollte. Nichts Ernstes. Zumindest nicht ernst genug, um sich Sorgen zu machen.

So sei das eben, wenn man alt werde, hatte meine Mutter damals gemeint. Vermutlich hatten wir zu gerne daran glauben wollen, dass alles in Ordnung war. Eines Nachmittags, als ich bei ihr zu Besuch war, war sie in Streit mit dem Nachbarn verfallen. Sie hatte ihn beschuldigt, dass er ihre Einkaufstüten samt Lebensmittel darin gestohlen hatte. Dabei war sie gar nicht einkaufen gewesen. Das war der Tag, an dem ich begriffen hatte, dass es nicht nur das Alter war, das meine Oma ein kleines bisschen vergesslich gemacht hatte. Und dass es schon längst nicht mehr nur ein kleines bisschen gewesen war.

Meine Mutter hatte es zu diesem Zeitpunkt schon längst begriffen, mein Vater hatte noch eine Weile dafür gebraucht. Für ihn war der Tag der Erkenntnis rund einen Monat später gekommen, als die Polizei bei uns angerufen hatte. Oma hatte Tee kochen wollen, den Herd aufgedreht, es vergessen und war spazieren gegangen. Zum Glück hatte ihr Nachbar Rauch aus dem Fenster kommen sehen und die Feuerwehr verständigt.

Papas Gesichtsausdruck, als er den Anruf der Polizei entgegengenommen hatte, hatte sich so tief in mein Gedächtnis eingebrannt, dass selbst Jahrzehnte es nicht würden wegschmirgeln können. Fassungslosigkeit. Sorge. Trauer.

Ein paar Monate war es noch gutgegangen, bevor wir uns eingestehen mussten, dass Oma in einem Pflegeheim besser aufgehoben war. Anfangs war es schlimm für sie gewesen. Die neue Umgebung hatte sie verwirrt, doch mittlerweile fühlte Oma sich im Altersheim ganz wohl. Wenn die Sonne schien, saß sie draußen im Garten, und wenn es regnete, spielte sie mit den anderen Bewohnern drinnen *Mensch ärgere dich nicht*. An guten Tagen zumindest. An schlechten weinte sie, weil sie zurück nach Hause wollte. Dann warf sie meinem Vater vor, sie verstoßen zu haben, und in seinem Gesicht zeichnete sich derselbe Ausdruck ab wie damals.

An wieder anderen Tagen schien meine Großmutter vergessen zu haben, wo sie sich befand. Dann dachte sie, sie sei wieder jung, hielt mich für Tante Melanie und Papa für ihren verstorbenen Ehemann. Heute war so ein Tag.

»Hallo, Oma«, begrüßte ich sie, worauf sie ein strahlendes Lächeln zeigte.

»Melanie! Wie schön, dich zu sehen.« Sie saß gerade am Fenster, eine Illustrierte in der Hand, und machte Anstalten aufzustehen.

»Schon gut. Bleib sitzen«, meinte ich, umarmte sie und holte einen zweiten Stuhl heran. Papa war noch draußen und unterhielt sich mit der Heimleitung. Er wollte immer genau über das Fortschreiten von Omas Krankheit Bescheid wissen.

»Wie war dein Tag?«

»Oh, ganz wunderschön! Ich habe …« Ihr Blick wanderte auf der Suche nach einem Hinweis von ihrem Bett über das Nachtkästchen zum Fensterbrett und wieder zurück. Als sie die Zeitschrift in ihren Händen sah, hellte sich ihre Miene auf. »Gelesen! Ja, das habe ich.«

»Das sind schöne Blumen«, meinte ich mit Fingerzeig

auf einen Strauß frischer Veilchen, der auf dem Fensterbrett stand.

»Ja, nicht wahr?«

»Von wem hast du sie?«

Sie überlegte kurz, schaute sich wieder suchend um, sah mich und kicherte dann. »Die habe ich doch von dir bekommen, Melanie!«

»Oh, natürlich.«

»Veilchen hast du immer schon am liebsten gemocht.«

Tante Melanies Lieblingsblumen. Das war neu für mich. Es gab so vieles, was ich meine Großmutter gerne über meine Tante gefragt hätte. Wer war sie? Wie war sie? Warum hatte sie gesagt, dass ich still sein muss? Falls sie es überhaupt gesagt hatte. Ich kannte eine Handvoll Geschichten über sie, aber zu wenige, um zu wissen, wer sie wirklich gewesen war. Mein Vater erzählte nur selten von seiner kleinen Schwester, die ihn viel zu früh verlassen hatte.

»Wie war Melanie so?«, fragte ich vorsichtig.

»Wie meinst du das?«

»Ich meine: ich. Wie war ich früher so? Würdest du mir eine Geschichte von früher erzählen?«

Nun schaute meine Großmutter genauso glücklich aus wie ein kleines Kind, das vom Kuchenteig naschen durfte. Sie liebte es, alte Geschichten zu erzählen.

»Da gibt es so viel zu erzählen! Ich weiß gar nicht, wo ich anfangen soll.« Sie seufzte in Anbetracht der Fülle an Möglichkeiten. »Ganz besonders schön war unser erster Urlaub am Meer. Weißt du das noch, Melanie?«

Ich schüttelte den Kopf. »Erzähl mir davon.«

»Maximilian und du, ihr wart so fasziniert vom Meer. Als ihr es zum ersten Mal gesehen habt, da wärt ihr am liebsten stundenlang am Strand geblieben, um aufs Wasser zu schauen. Wir hätten fast das Abendessen verpasst.« Sie kicherte. »Dein Bruder wollte sofort schwimmen, aber du hattest Angst vor den Wellen. Du hast dich nur mit den Füßen ins Wasser getraut und nach Muscheln und Krebsen gesucht. Aber am letzten Tag, da hast du dich endlich getraut und dann wolltest du gar nicht mehr aus dem Wasser kommen!«

Oma hätte wohl noch ewig weiterreden können, und ich genoss es, ihre Geschichten zu hören. Aber eigentlich hatte ich etwas anderes erfahren wollen. Einem Impuls folgend fragte ich: »Hast du mir manchmal gesagt, ich müsse still sein?«

»Natürlich. Dir und deinem Bruder. Ihr wart Kinder und Kinder müssen still sein, wenn Erwachsene reden. Aber ich musste es nicht oft sagen. Ihr wart ja gute Kinder.« Schlagartig verfinsterte sich ihr Blick. »Was ist mit diesem Mann, diesem Patrick? Triffst du dich noch mit ihm?« Ihre Stimme klang nun schärfer als gewohnt.

»Nein«, beeilte ich mich zu sagen.

Patrick war der Mann meiner Tante gewesen. Mein Vater bezeichnete ihn als Arschloch, obwohl er normalerweise nie ein Schimpfwort in den Mund nahm. Von Patrick wurde noch seltener geredet als von Melanie, als ob es Unglück brächte, seinen Namen laut auszusprechen. Eines der wenigen Dinge, die ich wusste, war, dass er am Steuer gesessen hatte, als der tödliche Autounfall passiert war.

Das Bild, das sich mir dadurch von Patrick erschlossen hatte, passte gut zu einem Mann, der ein kleines Mädchen anbrüllen würde. Falls es wirklich er war, den ich während der Hypnose gesehen hatte.

»Weißt du, dass du eine Enkelin hast?«, fragte ich.

Omas verwirrter Blick schmerzte – so wie jedes Mal – und doch fragte ich immer wieder. Ich wusste ja, dass sie mich nicht absichtlich vergessen hatte. Aber trotzdem.

»Ihr Name ist Marie«, versuchte ich es noch einmal, woraufhin meine Großmutter unsicher nickte.

»Marie ist meine Enkelin?«, wiederholte sie langsam. Ihr Gesicht glich einem großen Fragezeichen.

»Oder erinnerst du dich an Emma?«

»Emma?« Oma schaute mich mit großen Augen an.

»Nein, Oma, äh, Mama.«

»Oh.«

Die schlimmsten Momente waren die, in denen sie merkte, dass sie etwas Falsches gesagt hatte. Ihre Hände zitterten nun. Sie wandte sich zum Fenster, schaute nach draußen. *Dort draußen wirst du die Antworten nicht finden,* hätte ich am liebsten gerufen. Da kam mein Vater herein.

»Manfred!« Schlagartig hellte sich ihr Blick wieder auf, jetzt, wo ihr Mann da war oder wenigstens derjenige, den sie dafür hielt. Mein Vater schlüpfte sofort in seine Rolle.

»Hallo, meine Liebe«, sagte er und drückte Oma einen Kuss auf die Stirn.

»Melanie hat mir eben erzählt, dass sie sich nicht mehr mit diesem Patrick trifft.«

»Sehr gut. Das müssen wir feiern«, schlug mein Vater vor, während auch er sich einen Stuhl ans Fenster stellte.

Und so verbrachten wir die nächste halbe Stunde damit, eine Party zur Feier der Trennung von Melanie und Patrick zu planen. Eine Feier für die Toten.

KAPITEL 7

Ich lag auf der Couch und versuchte mich auf die neueste Folge *Tatort* zu konzentrieren, doch weder die Gesellschaft von Alfred Adler noch das Fernsehprogramm konnten mich ablenken. Meine Gedanken kreisten um die Bilder der Hypnose, Emma unter dem Apfelbaum, Tante Melanies Worte und die Schreie des Mannes, der vielleicht mein Onkel war. Immer wieder dachte ich an die merkwürdige Reaktion meiner Eltern, daran, was sie vor mir verheimlichten und warum.

Seufzend erhob ich mich vom Sofa. Eiscreme würde helfen. Eiscreme half immer! Im Kühlschrank erwartete mich jedoch gähnende Leere. Keine Eiscreme, kein Pudding, nicht einmal Joghurt war da.

Eine halbe Stunde später hörte ich das Schloss unserer Haustür knacken. Lou kam herein und schleppte schnaufend eine riesige Stofftasche gefüllt mit dicken Büchern.

»Wieso dachten wir noch mal, es sei eine gute Idee, im vierten Stock zu wohnen? Ich wäre auf halbem Weg die Treppe hoch fast zusammengebrochen«, beschwerte sie sich.

»Es wird Zeit für einen Aufzug«, entgegnete ich.

»Es wird Zeit, dass ich wieder mehr Sport treibe! Ich kann mich gar nicht mehr erinnern, wann ich das letzte Mal joggen gegangen bin. Wir sollten wieder damit anfangen. Du weißt schon, die guten alten Renn-Zeiten!«

Ich verzog gequält das Gesicht. Mit den guten alten Zeiten meinte Lou das Dreivierteljahr, in dem sie mich genötigt hatte, mindestens zweimal die Woche mit ihr joggen zu gehen.

»Ich war heute eigentlich mit Alexis verabredet, aber der hat mich versetzt. Ist anscheinend viel los bei seiner Arbeit. Na ja, wenigstens habe ich jetzt Zeit, mich der nächsten Hausarbeit zu widmen«, meinte sie und klopfte auf die mit Büchern prall gefüllte Tasche, aber sie wirkte geknickt.

»Alles in Ordnung zwischen euch?«, erkundigte ich mich. Ob die kleine Auseinandersetzung am Küchentisch, als Lou Amor für mich und David spielen wollte, etwas damit zu tun hatte, dass er sie nicht sehen wollte?

Doch Lou winkte ab: »Alles gut.«

Sie lächelte, doch ich wurde das Gefühl nicht los, dass hinter ihrer lockeren Antwort mehr Enttäuschung lag, als sie zugeben wollte.

»Hattest du einen schönen Tag bei deinen Eltern?«, fragte sie dann.

»Es geht. Sie waren, sagen wir, mittelmäßig begeistert davon, dass ich die Hypnose gemacht habe.«

»Konnten sie irgendetwas mit deiner Erinnerung anfangen?«, hakte Lou nach.

»Nein. Zumindest sagen sie das. Aber ihre Reaktion war merkwürdig. Als ich Emmas Namen erwähnt habe, sind beide erstarrt, mein Vater sah aus, als würde er gleich ohnmächtig werden, und meine Mutter konnte gar nicht schnell genug in die Küche verschwinden. Später habe ich wieder Bilder aus meiner Kindheit gesehen, solche wie während der Hypnose. Dabei war ich gar nicht in Trance«, erzählte ich Lou.

»Wiederkehrende Erinnerungen?«, fragte Lou.

»Ja, nur dass es sich komplett anders anfühlte. Es war viel unkontrollierter, ohne dass mich jemand durch die Hypnose leitet. Bei der Hypnose musste ich mich entspannen, Atemübungen und so weiter machen. Aber diese Erinnerungen waren ganz abrupt da. Es war, als wäre ich mittendrin. Als würde es gerade jetzt passieren.« Lou hörte aufmerksam zu, während ich ihr die Szene beschrieb, die ich im Garten meiner Eltern gesehen hatte.

»Das, was du beschreibst, klingt nach einem Flashback«, meinte sie, nachdem ich geendet hatte. Sie zog ihr Handy aus der Hosentasche, tippte etwas. »›Ein Flashback ist das plötzliche Wiedererleben eines vergangenen Ereignisses oder vergangener Gefühlszustände. Es wird durch sogenannte Trigger oder Schlüsselreize hervorgerufen.‹«

»Zitierst du gerade Wikipedia?«

Sie verzog das Gesicht zu einem unschuldigen Lächeln. »Fast. Das Online-Lexikon. Ich könnte es dir auch mit meinen eigenen Worten erklären, aber das würde mindestens dreimal so lange dauern«, meinte sie. »Soll ich weiterlesen?«

Ich nahm mir das Handy und las selbst. »Meist taucht die Erinnerung unwillkürlich auf und ist so stark, dass die Person unfähig ist, die wiedererlebte Erfahrung als Erinnerung zu erkennen. Flashbacks treten häufig als

Reaktion nach einem Trauma auf.«* Aha.* »Ich hatte kein Trauma.«

»Keines, an das du dich erinnern kannst. Ich weiß, du magst es nicht, wenn ich so etwas sage, aber es ist durchaus möglich, dass irgendwas vorgefallen ist, als du klein warst. Etwas, das schlimm genug war, dich komplett verstummen zu lassen. Etwas, das du irgendwo ganz tief in dir drin vergraben hast, sodass du dich nicht mehr daran erinnern musst.«

Wieder so etwas, das unangenehm viel Sinn machte. Die einfachste Erklärung dafür, dass meine Mutter so vehement gegen die Hypnose war, wäre, dass sie Angst vor dem hatte, was dabei ans Tageslicht kommen könnte. Mir fiel ihr Ausspruch ein, als ich ihr das erste Mal von dieser Idee erzählt hatte. Es würde womöglich alte Wunden wieder aufreißen. Von welchen alten Wunden hatte sie gesprochen?

»Wäre es okay, wenn wir das Thema wechseln?«, fragte ich.

»Das ist gerade alles etwas viel, oder?«

»Na ja.«

»Du weißt, dass du immer mit mir reden kannst«, sagte sie. »Wenn wir nicht beide morgen früh aufstehen müssten, würde ich darauf bestehen, dass wir uns jetzt betrinken. So richtig betrinken, meine ich. Wie wäre es stattdessen mit ... Eiscreme?«

Das brachte mich so sehr zum Lachen, dass ich beinahe vom Sofa kippte. Lou sah mich an, als wäre ich verrückt. Vielleicht war ich das auch! Ich schätzte, die letzten Tage waren einfach zu viel für mich gewesen, oder vielleicht war es die Erleichterung darüber, zu wissen, dass ich, was auch immer passierte, eine beste

Freundin hatte, die mich besser kannte als jeder andere. Denn wir beide wussten: Wenn alles in Scherben lag, würde Eiscreme helfen. Eiscreme half immer!

Kapitel 8

Niemand mag Montagmorgen, besonders dann nicht, wenn man sich so fühlte wie ich, als hätte man in der Nacht zuvor keine Stunde geschlafen. Dennoch begann meine Arbeitswoche überraschend angenehm. Auf meinem Schreibtisch lag eine übergroße, vermutlich teure Schachtel Pralinen mit einer pinken Schleife. Darin steckte eine Karte.

Liebe Marie!
Vielen Dank, dass du für mich eingesprungen bist. Du hast mir quasi das Leben gerettet! Danke!
Elena.

Ich lächelte in mich hinein. Endlich kannte ich ihren Namen. Was Elena wohl sagen würde, wenn sie wüsste, welche Wellen ihre Bitte geschlagen hatte? Nur weil ich für sie eingesprungen war, hatte ich mich an jenem Tag blamiert und später in Lous Vorschlag mit der Hypnosetherapie eingewilligt. Ich schüttelte den Kopf, denn daran wollte ich jetzt nicht denken.

Der Arbeitstag verging überraschend schnell, und als ich abends nach Hause kam, wartete Alexis bereits vor der Tür. Vermutlich war er direkt von seiner Arbeit bei der Spedition gekommen, denn er trug einen dunkelblauen Anzug mit weißem Hemd. In der einen Hand hielt er zwei Schachteln Pizza, in der anderen den Gitarrenkoffer. Sofort fühlte ich ein leichtes Kribbeln in den Fingerspitzen. Ob vor Vorfreude oder Nervosität darüber, dass wir gleich gemeinsam spielen würden, war ich mir nicht sicher.

»Du siehst richtig professionell aus«, begrüßte ich ihn.

Er hob beide Hände, als wolle er sagen: *Was auch sonst? Ich sehe doch immer wie ein Profi aus.*

»Der professionellste Pizzalieferant der Welt! Ich hoffe, du hattest noch kein Abendessen.«

»Noch nicht. Tut mir leid, dass ich so spät komme.«

»Ich war zu früh da«, meinte er.

Ich schloss die Tür auf und wir gingen in unsere Wohnung.

»Danke für die Pizza«, sagte ich, als wir bereits am Küchentisch saßen.

»Nein, ich habe zu danken. Es ist wirklich toll, dass du mir beim Komponieren hilfst.«

»Das mache ich gerne.« Und das meinte ich aufrichtig. Seit ich zugesagt hatte, mit Alexis zu spielen, war ich gespannt, wie es laufen und wie sich seine Gegenwart auf meine Musik auswirken würde. Abgesehen davon bot mir das Treffen mit Alexis eine Auszeit von den Gedanken rund um Emma und meine Tante. »Ich muss zugeben, dass ich noch nie versucht habe, selbst etwas zu komponieren.«

»Wirklich? Lou sagte, du würdest deine eigenen Lieder schreiben.«

»Da hat sie übertrieben. Ich klimpere vor mich hin. Das ist alles.«

»Wenn das, was ich dich das letzte Mal habe spielen hören, deine Definition von Klimpern ist, sind wir auf einem guten Weg.«

Zum Musizieren gingen wir in mein Zimmer, wo Alexis seinen Blick bewundernd über das Klavier schweifen ließ, ein pechschwarzes Yamaha mit passendem Hocker.

»Wow. Edel.«

»Ich habe es bekommen, als ich zwölf war.«

Und seitdem war kaum ein Tag vergangen, ohne dass ich wenigstens kurz ein paar Melodien gespielt hatte.

»Dein Zimmer sieht ganz anders aus als das von Lou. Viel ...« Er überlegte.

»Weniger chaotisch?«, schlug ich vor, worauf wir beide lachten.

Mit einem Blick auf meine zwei Bilder, ein Kranich und japanische Blumen, die einzige Dekoration an meinen Wänden, fragte er: »Gibt es dazu eine besondere Geschichte? In Lous Zimmer gibt es die zu jedem Einrichtungsstück.«

»Hm. Ich fand sie hübsch. Und ich würde gerne irgendwann nach Japan reisen.« Ich wünschte, ich hätte eine interessantere Erklärung parat, so wie Lou.

»Muss schön sein dort. Darf ich?«, fragte Alexis und deutete auf mein Bett.

»Sicher. Setz dich.«

Während er die Gitarre aus dem Koffer holte, ließ ich mich auf den Klavierhocker sinken und öffnete den Deckel der Klaviatur. Ich atmete mehrmals tief durch, fühlte, wie die Luft meine Lungen füllte. *Kein Grund nervös zu sein, Marie.*

Es kam nur selten vor, dass ich Freunde in mein Zimmer einlud. Dass Alexis auf meinem Bett saß, verlieh der Situation mehr Intimität, als mir lieb war.

»Zum Auflockern könnten wir einfach irgendwas spielen, was uns in den Kopf kommt. Ich kann anfangen, wenn du möchtest«, schlug Alexis vor.

Er zupfte ein paar Seiten, sodass eine lockere Melodie entstand. Schließlich spielte er schneller, leidenschaftlicher. Ich schloss die Augen, blendete mein Zimmer, das Bett, das Klavier aus und horchte nur auf die Gitarrentöne. Die Melodie erinnerte mich an Sommer, an das Rauschen des Meeres, ein Lagerfeuer am Strand und eine Gruppe junger Freunde, die im Kreis saßen und sangen. Viel zu schnell endete sie.

»Im besten Fall setzt der andere mit ein«, sagte Alexis schmunzelnd.

»Oh, tut mir leid.« Ich war so ins Zuhören vertieft gewesen, dass ich ganz vergessen hatte, selbst zu spielen.

»Kein Problem. Wie wäre es, wenn du etwas spielst. Ich mache mit, sobald ich einen Punkt zum Einsetzen finde.«

Ich atmete durch, legte meine Finger auf die Tasten und wartete. Normalerweise kam die Musik von ganz allein und ließ meine Hände über die Klaviatur wandern, als wäre es das Natürlichste der Welt, als wären meine Finger allein dazu gemacht, über die Tasten zu springen. Normalerweise war ich allerdings auch allein und fühlte keine Augen auf mir. Jetzt spürte ich dort, wo sonst Klänge und Harmonien verborgen waren, ein Vakuum. Ich atmete noch einmal tief ein und schloss die Augen. Schließlich spielte ich doch.

Ich fing mit einer Melodie an, die mir normalerweise zum Aufwärmen diente. Eine schnelle Folge von Dreiklängen, mal hart, mal eher fröhlich. Alexis strich ein paar Mal über die Seiten, setzte jedoch noch nicht in mein Spiel ein. Also wechselte ich zu einer anderen Melodie. Der ersten, die mir in den Kopf kam, dem Lied aus meiner Erinnerung, das meine Tante unter dem Apfelbaum gesummt hatte.

Es vergingen nur ein paar Sekunden, bis Alexis einsetzte, und endlich, wer hätte das gedacht, schaffte ich es, meine Bedenken zu vergessen und mich in die Musik fallen zu lassen. Während meine Finger über die Klaviatur tanzten, fühlte ich mich schwerelos, als träumte ich, und die Melodie formte sich wie automatisch.

Ich hatte immer gedacht, es wäre schwer, mit anderen einen gemeinsamen Rhythmus zu finden. Vielleicht lag es daran, dass Alexis daran gewöhnt war, sich dem Takt seiner Bandmitglieder anzupassen. Vielleicht war es einfach die Musik, die uns verband. Jedenfalls entwickelte sich die Melodie von ganz alleine weiter. Bald spielten wir eine Harmonie, die völlig anders klang als die, mit der ich begonnen hatte, eine Mischung aus melancholischen und doch kraftvollen Anteilen. Die Zeit verflog. Als wir aufhörten zu spielen, schaute ich kurz auf meine Armbanduhr, um überrascht festzustellen, dass über eine halbe Stunde vergangen war.

»Das läuft besser als erwartet«, freute Alexis sich. »Was war das für eine Melodie am Anfang? Hast du sie dir selbst ausgedacht?«

»Ein Ohrwurm. Ich überlege allerdings noch, welches Lied es ist.«

»Interessant. Es kam mir bekannt vor. Magst du es noch einmal spielen?«

Der Aufforderung kam ich gerne nach, spielte das Lied jedoch nur kurz an. Als ich aufhörte, saß Alexis mit geschlossenen Augen und gerunzelter Stirn auf meinem Bett.

»Ich kenne das Lied irgendwoher«, stellte er fest.

»Ich auch.« Nur wo ich es zuvor gehört hatte, konnte ich nicht zuordnen.

Er packte Notenblätter und Bleistifte aus seinem Gitarrenkoffer. »Das Vergnügen haben wir hinter uns, jetzt kommt die Arbeit.«

Dieses Mal gab Alexis den Takt an und ich tat mein Bestes, eine Stelle für meinen Einsatz zu finden. Immer wieder machten wir eine Pause, Alexis notierte die Notenfolge, dann spielten wir weiter. Dieselbe Melodie in verschiedenen Variationen, mal eine Oktave höher, mal langsamer, gefühlvoller, mal mit kleinen Änderungen in der Tonfolge und das letzte Mal baute ich eine schnelle Abfolge von Trillern ein. Als wir endeten, ertönte Applaus. Ich fuhr erschrocken herum. Im Türrahmen stand Lou. Sie wirkte müde, hatte jedoch ein breites Lächeln im Gesicht.

»Ihr beiden klingt ziemlich professionell!«

»Konntest du doch früher Schluss machen?«, fragte ich.

»Von früher kann man nicht unbedingt reden«, lachte Lou. Sie deutete auf die Uhr, deren Zeiger bereits auf Mitternacht standen.

»Oh.«

»Das war richtig gut, Marie. Ich hoffe, wir können das wiederholen«, meinte Alexis.

»Aber natürlich«, antwortete ich, und Lou fügte hinzu: »Ich bin jetzt schon gespannt auf euer Meisterwerk.« Während Alexis seine Gitarre in den Koffer packte, fragte Lou: »Möchtest du hier schlafen?«

»Danke, aber ich glaube, ich gehe besser nach Hause.«

Sie wirkte enttäuscht, doch entweder entging Alexis das oder er ignorierte es absichtlich. Mit einem lauten *Zipp* schloss er den Reißverschluss seines Gitarrenkoffers. »Danke, dass du dir die Zeit genommen hast, Marie«, sagte er und umarmte mich zum Abschied. »Lässt du mich raus, Lou?«

»Sicher.«

Ich hörte die beiden noch reden, als sie das Zimmer bereits verlassen hatten.

»Und du bist dir sicher, dass du nicht hierbleiben willst?« Lous Stimme.

»Ich würde gerne, aber ich muss morgen früh raus. Da ist es besser, wenn ich nicht erst mit dem Bus nach Hause fahren muss, um das Auto zu holen.«

»Schade. Hast du morgen Abend Zeit?«

»Ich dachte, du musst lernen?«, entgegnete Alexis.

»Für dich lege ich gerne eine Lernpause ein.«

Kichern.

Was danach gesprochen wurde, war zu leise, um es zu verstehen. Ich ließ meine Finger langsam über die Tasten gleiten. Ob aus unserem Geklimper wirklich ein Lied entstehen würde? Als ich den Deckel schloss und ins Wohnzimmer ging, war Alexis bereits weg. Lou saß neben dem Hamsterkäfig und streichelte Alfred Adler mit dem kleinen Finger durchs Gitter.

»Du siehst müde aus«, sagte ich.

»Danke für die Blumen.« Kurz nahm ihr Gesicht einen beleidigten Ausdruck an, doch dann lachte sie. »Ich bin wirklich müde. Es war ein langer Tag.«

»Ja.« Ich hatte das Gefühl, ich müsste noch mehr sagen. »Triffst du dich morgen mit Alexis?«, fragte ich schließlich.

»Ich hoffe es. Alexis sagte, er muss vielleicht länger arbeiten, aber ich hoffe, er nimmt sich die Zeit trotzdem. Vielleicht gehen wir schön essen oder Cocktails trinken. Na ja, ich sollte schlafen. Gute Nacht, Alfred«, meinte sie und blies einen Kuss in Richtung Hamsterkäfig. »Und Gute Nacht, Lieblingsmitbewohnerin und Klaviervirtuosin.« Damit drückte sie mir einen Kuss auf die Wange, bevor sie im Bad verschwand.

Während sie sich bettfertig machte, räumte ich die leeren Pizzakartons weg. Dabei summte ich vor mich hin. So wie Tante Melanie in meiner Erinnerung.

KAPITEL 9

Eine Packung Milch, Naturjoghurt, Obst und ... Haselnussschokolade? Ich versuchte, die Zeichen zu entziffern, die Lou an das Ende meiner Einkaufsliste gekritzelt hatte.

Vor der Supermarktkasse wartete eine lange Schlange. Drei Reihen vor mir lud ein Herr mittleren Alters seine Einkäufe aufs Band, während sein Sohn die Hand ausstreckte, um das Süßigkeitenregal neben der Kasse zu erreichen. Sein Lächeln entblößte eine breite Lücke in der oberen Zahnreihe, als er sich eine Packung Gummibärchen schnappte und sie aufs Band legte. Sein Vater holte einen Karton Eier aus dem Einkaufswagen, platzierte ihn auf dem Band und legte die Gummibärchen wieder zurück.

Doch so einfach gab der Kleine nicht auf. Schon hatte er sich die Packung erneut geschnappt und auf den Eierkarton gelegt. Das Hin und Her ging weiter, bis die beiden zum Kassieren an der Reihe waren. Gummibärchen rauf aufs Band und sofort zurück auf die Seite. Rauf. Zur Seite. Wie ein Ritual, das sie schon öfter durchgespielt hatten.

Ob ich als Kind auch so gewesen war? Vermutlich nicht. Ich war schließlich in den meisten Dingen irgendwie anders.

Endlich war ich soweit vorgerückt, dass ich meine Einkäufe auspacken konnte. Aus den Augenwinkeln bekam ich mit, wie der Vater zahlte, während sein Sohn das Gesicht zu einer rotwangigen Grimasse verzog. Wie es aussah, hatte er den tänzerischen Kleinkrieg um die Süßigkeiten verloren und stand kurz vor einem Wutausbruch.

Als ich mit gefüllten Einkaufstaschen nach draußen trat, stach mir die Sonne in die Augen, sodass ich blinzeln musste. Das Flennen des Jungen hörte ich umso lauter. Auch seinem Vater wurde es zu viel. Er zerrte den Jungen am Arm, doch dieser weigerte sich, sich vom Fleck zu bewegen. Stattdessen wurde sein Gesicht noch röter und das Weinen immer fordernder. Die umstehenden Leute starrten schon, und ich war eine von ihnen.

»Hör endlich auf zu brüllen! Du kriegst keine Gummibärchen und basta!«, schrie der Vater. Da passierte es.

»Halte endlich deinen Mund!«, schreit eine Männerstimme. Ich stehe direkt neben Emma, die meine Hand hält, ganz fest. Ich spüre ihren Puls durch die Handfläche. Meine Augen kleben am Boden. Ich will ihn nicht sehen, nur meine Fußspitzen. Aber ich spüre den dunklen Schatten wie ein Gewicht auf meinen Schultern. Der Mann ragt groß wie ein Berg über uns auf. Ich will hier weg. Ich ziehe an Emmas Hand, damit sie mit mir kommt, aber sie bleibt stehen.

»Ich will aber nicht!«, protestiert sie.

Ich wünschte, sie würde auch still sein. Wieso kann sie sich nicht kleinmachen, so wie ich? Wieso muss sie immer laut sein?

»Hast du mich nicht verstanden?«, blafft der Mann sie an.

Mach es einfach, Emma. Sei leise. Bitte, bitte, bitte!

»Bitte«, flüstere ich, aber Emma hört nicht auf mich.

»Ich will aber nicht! Ich will nicht!«

Der Mann fährt von seinem Stuhl hoch, hebt die Hand. Es kracht so laut, dass Vibrationen durch den Boden gesendet werden. Ich spüre sie in den Fußsohlen. Mein Blick zuckt automatisch hoch zu der Faust, die sich eben von der Wand löst. Irgendjemand schluchzt im Hintergrund. Aber wer? Ich kneife die Augen fest zusammen und zähle.

Eins. Zwei. Drei.

Als ich die Augen vorsichtig öffne, hat der Mann einen Schritt zurück gemacht. Er ist nun leise. Bedrohlich leise. Sein Schatten ist wie Stein; genauso unbeweglich und genauso kalt.

Emma zieht mich mit, als sie rückwärts von ihm weggeht. Langsam, vorsichtig. Ich schaue sie an, nur sie ganz allein. Sie weint, als sie meine Hand loslässt und sich umdreht. Ihre Haarspitzen streicheln meine Wangen.

»Geht es Ihnen gut? Soll ich einen Krankenwagen rufen?«

Ich kauerte am Boden vor dem Supermarkt. Meine Einkaufstüten lagen neben mir. Eine war umgekippt, sodass eine Packung Joghurt und zwei Orangen herausgerollt waren. Meine Hände zitterten. Ach was, mein ganzer Körper zitterte.

Was war das eben?

Der schimpfende Vater und sein Sohn waren verschwunden, die Schaulustigen jedoch geblieben. Nur dass nun ich im Mittelpunkt ihres Interesses stand. In ihren Blicken las ich Verwirrung, Mitleid, Sorge. Ich schüttelte den Kopf.

»Ihnen geht es nicht gut?«

Ich antwortete mit noch vehementerem Kopfschütteln. *Nein, mir geht es gut. Nein, ich will nicht, dass Sie den Krankenwagen rufen. Nein, ich will auch nicht angestarrt werden. Ich will einfach nur nach Hause.*

Auf allen vieren sammelte ich die Orangen und den Joghurtbecher ein und packte alles zurück in die Einkaufstasche. Ich musste hier weg.

»Nun warten Sie doch«, meinte die besorgte Dame neben mir, die es wahrscheinlich gut meinte, aber gar nicht behilflich war, sondern mich nur nervös machte. Sie fasste mich am Arm, als ich taumelnd aufstand, mir meine Taschen schnappte und rückwärts davonging.

Ich lächelte – oder zumindest versuchte ich es –, winkte leicht und drehte mich um. Bloß weg. Mein Rücken brannte wie von tausend Blicken, doch ich wagte es lange nicht, mich umzudrehen, um zu sehen, ob die Schaulustigen noch da waren.

Als ich zu Hause den Schlüssel ins Schloss steckte, zitterten meine Hände immer noch. Ich schaffte es in die Küche, wo ich die Einkaufstaschen auf den Tresen stellte, bevor ich zu Boden sank. Tränen vernebelten meinen Blick.

Die Stimme des wütenden Mannes hallte laut in meinem Kopf nach. Ich fühlte die Angst, als wäre ich wieder ein kleines, hilfloses Mädchen, als würde all das, was ich gesehen hatte, genau jetzt passieren. Das Schreien, der Mann, Emma. Die Angst. Hier und jetzt.

Was war das nur? Was passierte mit mir? Wurde ich verrückt?

Ja, das war die einfachste Erklärung. Ich musste verrückt geworden sein.

***

Irgendwann hörte ich, wie die Haustür geöffnet wurde, Schritte in der Wohnung und Stimmen. Lou erzählte irgendetwas und lachte, eine tiefere Stimme antwortete. Oh nein! Sie hatte Alexis mitgebracht. Er durfte mich nicht so sehen. Weinend und aufgelöst auf dem Küchenboden.

Ich atmete erleichtert durch, als ich hörte, wie sie die Tür zu ihrem Zimmer öffneten. Sobald die beiden aus dem Wohnzimmer verschwunden waren, würde ich mich ins Bad schleichen. Da ging das Licht in der Küche an. Alexis' Augen weiteten sich, als er mich sah. In der Hand hielt er eine Schachtel Eiscreme.

»Marie! Was ist mit dir passiert?«

Sofort sank er auf die Knie. Ich hielt den Blick auf den Boden gerichtet. Ich wusste, dass es sinnlos war, aber für einen kurzen Augenblick dachte ich, Alexis würde verschwinden, wenn ich so tat, als hätte ich ihn nicht gesehen. Einfachste Kinderlogik. *Wenn ich ihn nicht sehe, sieht er mich auch nicht.*

Die Schachtel Eis drückte sich kalt gegen mein Bein, als Alexis sich neben mich sinken ließ und mein Kinn anhob, um mir ins verweinte Gesicht schauen zu können.

»Mir geht es gut«, sagte ich und war überrascht, dass ich überhaupt in der Lage war, diese Worte auszusprechen. »Was machst du in der Küche?« Mein schwacher Versuch, eine normale Unterhaltung zu starten.

»Ich wollte nur das Eis ins Gefrierfach legen«, meinte er, schüttelte im selben Augenblick aber den Kopf. Vermutlich fand er es ebenso idiotisch wie ich, jetzt über solche Banalitäten zu reden.

Alexis studierte mein Gesicht so intensiv, als suchte er darin nach einer Antwort, und ich hielt die Luft an. Nur langsam lösten sich seine Finger von meinem Kinn und als sie es taten, spürte ich den Nachhall seiner Berührung auf meiner Haut.

»Komm«, meinte er, erhob sich und streckte mir die Hand entgegen.

Ich zögerte kurz, bevor ich seine Hand nahm und mich von ihm auf die Füße ziehen ließ. »Danke«, sagte ich oder besser, wollte ich sagen, denn kaum, dass ich den Mund öffnete, war das Zittern zurück und meine Stimme brach. Ich durfte jetzt nicht weinen, nicht schon wieder, doch mit jedem Atemzug rückte die Erinnerung an Emmas zusammengekauerte Gestalt näher und ich fühlte mich, ja, wie eigentlich? Klein? Hilflos? Wie ein vierjähriges Mädchen, das sich am liebsten in seinem Schrank versteckt hätte. Was war nur los mit mir?

Im nächsten Augenblick zog Alexis mich in eine Umarmung und drückte meinen Kopf an seine Brust. »Schhhh«, hörte ich ihn murmeln, während er mir sanft über den Hinterkopf strich. Die gleiche Art, mit der Cowboys ihre Pferde beruhigten. *Ruhig, altes Mädchen.* Dieser Gedanke brachte mich zum Kichern, und mit einem Mal fiel die schlimmste Anspannung von mir ab.

Sekunden später kam Lou in die Küche. »Alexis, wollen wir ... Marie?«

Instinktiv zuckte ich zurück. Alexis' Hand, die eben noch meinen Hinterkopf gestreichelt hatte, blieb in der Luft hängen.

»Ich ... ich ...«, begann ich, ohne recht zu wissen, wie ich mich und diese Situation erklären sollte, und beeilte mich, mir die Tränen von den Wangen zu streichen.

Lou stellte keine weiteren Fragen. Sie schob sich vor Alexis und schloss mich in die Arme. »Komm, wir gehen in dein Zimmer«, sagte sie und zog mich mit sich.

Ich ließ mich auf mein Bett sinken. »Du musst nicht ... Ich meine, was ist mit Alexis?«

Lou ging gar nicht erst auf meine Frage ein. Stattdessen schaute sie mich ernst an. »Ich will, dass du mir erzählst, was passiert ist. Und wehe, du sagst, alles sei in Ordnung, denn so wie du aussiehst, würde ich dir kein Wort glauben.«

Ein schneller Blick in den Spiegel verriet mir, was sie meinte. Meine Wimperntusche war vom Weinen verwischt, meine Wangen waren viel zu blass und meine Haare standen an den Seiten weg, als seien sie elektrisch geladen. Und so hatte Alexis mich gesehen. Wie peinlich.

»Ich glaube, ich werde verrückt«, sagte ich schließlich. »Ich hatte schon wieder einen Flashback, aber dieses Mal war es viel schlimmer.«

Nachdem ich ihr alles über den Supermarkt und den schreienden Mann aus meiner Erinnerung erzählt hatte, fragte ich: »Kann ich diese Erinnerungsschübe irgendwie abschalten? Oder zumindest vermeiden?«

Lou schüttelte den Kopf. »Sie abzuschalten ist schwierig. So ziemlich alles kann ein Auslöser sein, soweit ich weiß. Vielleicht hast du ja Glück und die Bilder kommen nicht wieder.«

»Was soll ich tun?«, fragte ich Lou und hoffte so sehr, dass sie eine Antwort für mich parat hatte.

»Als Erstes solltest du mit deinen Eltern reden. Wenn es jemanden gibt, der weiß, was damals vorgefallen ist, dann sie. Lass dich nicht wieder von ihnen mit Ausreden abspeisen. Und dann solltest du wirklich noch einmal über die Hypnosetherapie nachdenken. Du hast da etwas losgetreten, und der beste Weg, damit umzugehen, ist, dich den Bildern zu stellen.«

»Okay«, schniefte ich. »Ja, du hast recht.«

Die Folgesitzung, zu der Frau Schein mich gleich nach der Hypnose überredet hatte, hatte ich noch am nächsten Tag abgesagt. Es hätte mich nicht überraschen sollen, doch Lou zog sofort ihr Handy aus der Hosentasche, um die Hypnosetherapeutin anzurufen und einen neuen Termin zu vereinbaren. Vermutlich wollte sie sichergehen, dass ich meine Meinung nicht änderte.

»Verdammt«, sagte sie, nachdem sie aufgelegt hatte. »Nur der Anrufbeantworter. Frau Scheins Praxis ist die nächsten zwei Wochen geschlossen.«

»Okay«, sagte ich, hin- und hergerissen, ob ich enttäuscht oder erleichtert darüber sein sollte, dass mir eine neue Hypnosesitzung fürs Erste erspart blieb.

»Ich schicke Alexis nach Hause und dann reden wir. Gut?«, fragte Louisa, doch ich schüttelte den Kopf.

»Du solltest den Abend mit ihm verbringen.«

»Er wird das verstehen. Bestimmt.«

Sie hatte sich so auf den Abend gefreut.

»Ich glaube, ich möchte eher alleine sein«, sagte ich.

»Sicher?«

»Ja.« Mittlerweile fühlte ich mich tatsächlich etwas besser. »Was ist mit dir? Ich will nicht mehr über mein Chaos reden. Was ist in deinem Leben so los?«

»Ach, nicht viel. Ich lerne, lerne und lerne. Ich bin froh, wenn Ende der Woche endlich die Prüfungen sind und ich wieder ins normale Leben einsteigen kann. Ich dachte daran, danach vielleicht mit meinem Bruder nach Dublin zu fahren. Nur für ein paar Tage.«

»Das klingt toll.«

»Vielleicht bleibe ich auch hier«, lenkte sie ein.

»Sagst du das, weil du mich nicht allein lassen willst?«, fragte ich.

»Nein, so ein Blödsinn.«

Lou war eine unglaublich schlechte Lügnerin, weil sie es vermied, einem ins Gesicht zu schauen, wenn sie etwas Unwahres sagte.

»Ich verspreche dir, dass ich mit meinen Eltern rede, wenn du mir versprichst, dass du nach Dublin fährst. Wie klingt das?«

»Wie etwas, das ich sagen würde. Okay.«

Ich merkte, dass Lou sich Sorgen machte, mich jetzt allein zu lassen. Sie ging wie in Zeitlupe aus meinem Zimmer, darauf wartend, dass ich sie bitten würde, zu bleiben. Aber das tat ich nicht. Sie hatte einen schönen Abend mit Alexis verdient, auch wenn die Vorstellung der beiden bei einem romantischen Abendessen mit Kerzenlicht oder dicht nebeneinander gedrängt an der Bar des Irish Pubs mir einen Stich versetzte. Doch so durfte ich nicht denken. Alexis und Lou waren das perfekte Paar, er machte sie glücklich und er war gut für sie. Besser als all die Frösche, die sie vor ihm geküsst hatte. Ich zwang mich, mir in Erinnerung zu rufen, dass ich für Alexis nicht mehr war als die verrückte, übersensible Mitbewohnerin seiner Freundin. Was ihn an mir interessierte, war meine Musik. Sonst nichts.

Lange saß ich einfach nur auf meinem Bett und starrte ins Leere. Mir kreisten so viele Fragen durch den Kopf, dass an Schlaf kaum zu denken war. Höchstens an eine weitere Nacht voller surrealer Albträume. Und weil mir nichts einfiel, das ich sonst hätte tun können, schrieb ich eine Liste. Lou machte das immer, wenn sie eine wichtige Entscheidung zu treffen hatte oder um ihren Tagesablauf zu strukturieren. Um Aufgaben zu verteilen, sich Ideen zu merken oder um Vorsätze zu verfestigen.

1. Ich werde vermutlich verrückt.
2. Ich habe Flashbacks, die ich nicht zuordnen kann. Werde ich mich jemals daran erinnern, was passiert ist?

Nach kurzem Überlegen fügte ich ein Wort in den letzten Satz ein:

Werde ich mich jemals daran erinnern wollen?
3. Meine Eltern haben Geheimnisse vor mir.
4. David ist vielleicht verliebt in mich.

Ich zögerte, bevor ich den letzten Punkt schrieb.

5. Bin ich verliebt?

Ans Ende der Liste kritzelte ich:

Fazit: Mein Leben ist ein einziges Chaos!

KAPITEL 10

Wenn man bedachte, wie viel seit dem letzten Treffen der Mittwochsrunde passiert war, erschien es merkwürdig, dass seitdem erst eine Woche vergangen sein sollte. Lou wartete am Bibliotheksausgang auf mich. Sie begleitete mich zur Mittwochsrunde, um Saras und Tobias' Tochter Jana kennenzulernen. Über mich und meine Erinnerungsschübe würden wir nicht sprechen, das hatte Lou mir versprochen. Ich brauchte ein paar Stunden, in denen ich mich normal fühlen durfte, denn dass mein Leben gerade kopfstand, war mir in der restlichen Zeit nur allzu bewusst.

Wir waren die Ersten, die im Café *Regenwald* eintrafen. Es war ein ruhiger Tag, sodass Moritz uns sofort unsere Cappuccinos servierte. Die Bestellung kam inklusive einer Checkliste für seine große Ein-Jahres-Feier.

»Er hat ja ganz schön viel geplant«, flüsterte Louisa mir zu.

Ein Haken markierte die Punkte, die Moritz bereits abgearbeitet hatte.

Das Regenwald-Café feiert Einjähriges – To-do-Liste
Gästeliste erstellen
Einladungen verschicken/austeilen

Spezial-Event organisieren:
Jongleur?
Feuerspucker?
Tänzer?
Kabarett/Comedy?
Feuerwerk?
Hundeshow?
Livemusik: DJ?
Torte aussuchen
Flyer drucken lassen **X**
Rede vorbereiten
Dekomaterial besorgen
Dekorieren
Gastgeschenke besorgen
Spenden sammeln für guten Zweck **X**
Guten Zweck suchen

Wir mussten beide über den letzten Punkt schmunzeln.

»Was hat es damit auf sich?«, fragte Lou.

»Nun, offensichtlich bin ich sehr glücklich darüber, dass ich meinen Traum vom eigenen Café verwirklichen konnte, und es heißt ja, man solle sein Glück teilen. Deshalb dachte ich mir, ich könnte die Einnahmen spenden.«

»Aber du weißt nicht, an welchen guten Zweck?«

»Es gibt so viele zur Auswahl«, seufzte Moritz, als ob die Last der Welt auf seinen Schultern läge. »Es soll irgendetwas Passendes sein – ein Projekt zum Schutz des Regenwaldes zum Beispiel. Ach, ihr könnt euch gar nicht vorstellen, wie viel Arbeit die Planung dieser Einjahresfeier ist. Da sind so viele Details!« Wieder seufzte er herzerweichend, dabei wussten wir genau, dass es ihm erstens sehr wohl Spaß machte und dass er zweitens getrost auf viele der Details verzichten könnte.

»Und es gibt Flyer«, meinte Louisa mit einem Nicken, das zugleich Anerkennung und Belustigung ausdrückte. »Und ein Unterhaltungsprogramm.«

»Ja, das ist noch so eine Sache. Ich möchte meinen Gästen etwas Schönes bieten, etwas, das den Abend zu etwas ganz Besonderem macht.«

»Ein Feuerwerk zum Beispiel. Das wäre in der Tat beeindruckend.« Dieses Mal war es offensichtlich, dass Lou sich prächtig über die Liste amüsierte.

»Lach nur, junge Dame, aber es steht außer Frage, dass ein Feuerwerk die Feier unvergesslich gemacht hätte. Es hat sich leider herausgestellt, dass man eine besondere Genehmigung dafür braucht. Ich hatte ja an alle möglichen Shows gedacht, eine Hundeshow zum Beispiel oder eine Tanzaufführung, aber das schien mir dann doch zu übertrieben.« Er wirkte enttäuscht.

»Livemusik klingt auf jeden Fall nach Spaß«, meinte Lou.

»Wenn ich eine gute Band oder einen DJ auftreiben könnte, ja! Aber die sind alle ausgebucht oder zu teuer.«

Nun sah Moritz tatsächlich so aus, als stünde er kurz vor dem Verzweifeln. Ich hatte beinahe ein schlechtes Gewissen, weil ich, anstatt ihn zu bemitleiden, damit kämpfte, das Lachen zurückzuhalten. Das Grinsen verging mir jedoch bei Lous nächstem Vorschlag.

»Frag doch Marie, ob sie etwas spielt.«

»Ich glaube, dass die Gäste sich nicht so sehr für klassische Musik begeistern würden«, meinte ich kleinlaut.

»Dann spielst du eben etwas anderes.« Sie grinste breit. Sie wusste genau, wie sehr ich die Vorstellung eines öffentlichen Auftritts hasste. Bevor Moritz sich für die Idee begeistern konnte, wandte sie ein: »Oder ich frage Alexis, ob er mit seiner Band auftreten kann. Wenn du magst, Moritz, organisiere ich einen Probeauftritt für dich, damit du dir anhören kannst, ob dir die Musik gefällt.«

Dieser Vorschlag begeisterte Moritz endgültig und er zog einen Stapel Einladungskarten aus seiner Tasche.

»Das wäre toll. Hier, die kannst du deinem Freund geben. Wie heißt er noch mal? Alex?«

»Alexis.«

Schnell kritzelte Moritz eine persönliche Widmung auf Alexis' Einladung. *Für meinen guten Freund Alexis!*, stand da.

Er überreichte sie uns zusammen mit zwei weiteren Einladungen, eine für mich und eine für Lou. Darauf zu sehen war ein Foto von Moritz mit Safarihut vor einem Dschungelhintergrund und die Worte:

Feiert mit mir mein Einjähriges!

In diesem Moment betraten Sara und Tobias mit ihrer Tochter das Café. Die beiden winkten in unsere Richtung, Jana lächelte schüchtern. Sie trug ein rosarotes T-Shirt mit dem Aufdruck einer Katze und hatte eine rosarote Spange im Haar.

»So, ihr Lieben, das ist Jana. Schau, Jana, Marie kennst du doch«, meinte Sara an ihre Tochter gewandt.

Die Kleine streckte mir die schlaffe Hand hin und lächelte leicht, als ich sie schüttelte. Sie fühlte sich an wie ein Fisch. Ein toter Fisch, der schon lange am Ufer lag.

»Hallo, Jana. Wie geht es dir?«, fragte ich, woraufhin sie ihrer Mutter einen zaghaften Blick zuwarf. Die lächelte gequält. Ob sie gehofft hatte, dass Jana wenigstens zu mir Hallo sagen würde? Schließlich kannte sie mich bereits und hatte auch schon mit mir gesprochen.

Ich hatte die Meyer-Familie insgesamt schon dreimal zu Hause besucht. Sie lebten in einer Wohnung in einem kleinen Dreifamilienhaus – ein großes Wohnzimmer, Schlaf- und Kinderzimmer, zwei Bäder und ein wunderbarer, riesengroßer Balkon mit Sitzlandschaft. Janas Zimmer war ganz in Rosa eingerichtet mit einem Regal voller Kuscheltiere und Puppen, einem hölzernen Schaukelpferd, einer Bastelecke inklusive Schultafel. Als ich ihre Eltern zu Hause besucht hatte, nutzte Jana die Chance, mir eine Führung durch ihr Reich zu geben. Ich durfte mit Stolz behaupten, den Namen jeder einzelnen Puppe und jedes Kuscheltiers erfahren zu haben. Die Puppen Molly 1 bis 3 und Alberto, der Name eines türkisfarbenen Affen, waren allerdings die einzigen, die ich mir gemerkt hatte.

Es war faszinierend. Bei sich zu Hause war Jana ein komplett anderes Kind. Fröhlich, aufgeweckt, immer in Bewegung und eifrig dabei, einem alles zu erzählen, was in ihrem Kinderkopf vor sich ging. Hier jedoch wirkte sie fast so schüchtern, wie ich es einst gewesen war, und brachte kein einziges Wort heraus.

»Und das ist Louisa«, fuhr Sara fort. »Sie ist eine gute Freundin und wird uns heute Nachmittag besuchen kommen.«

»Hallo, Jana, ich habe mich schon sehr darauf gefreut, dich kennenzulernen.«

Wieder folgte ein Händeschütteln, noch zaghafter als zuvor, und wieder, ohne ein Wort zu sagen.

Lou plauderte unbeirrt weiter und holte ein kleines Geschenk aus ihrem Rucksack. »Das ist für dich.«

Es waren ein Zeichenblock voller skizzierter Tiere und eine Packung Malstifte.

»Danke. Das ist sehr aufmerksam von dir«, bedankte Sara sich für ihre Tochter. Die schien sich über das Geschenk zu freuen. »Jana malt sehr gerne. Stimmt doch, Jana?«

Die Kleine nickte.

»Hast du Lust, gleich etwas zu malen?«, fragte Lou, worauf ein weiteres Nicken folgte.

»Super! Magst du dich mit mir an diesen Tisch setzen? Da haben wir mehr Platz«, schlug Lou mehr an Sara und Tobias gewandt vor. Die beiden nickten zum Einverständnis, und so setzte Lou sich mit Jana an einen eigenen Tisch etwas weiter weg. Moritz holte ein Glas Orangensaft für Jana, bevor er sich zu uns gesellte.

»Wie geht es euch? Ist alles in Ordnung mit Jana?«, erkundigte er sich.

Sara antwortete: »Ich denke schon. Abgesehen davon, dass sie außerhalb unserer Wohnung nicht spricht, natürlich. Aber das ist ja nichts Neues. Ich bin wie ein Band in Endlosschleife, oder?«

»Ach was«, beruhigte Moritz sie.

»Ich wünschte, sie könnte wenigstens in der Schule reden. Sie würde ein paar Freunde finden. Mit ihren Mitschülern – ach, es ist schwierig. Die Lehrerin hat bereits mit der Klasse gesprochen und ihnen Janas

Schwierigkeiten mit dem Sprechen erklärt. Oder zumindest hat sie es versucht. Wenn ich ehrlich bin, bezweifle ich, dass es besonders viel geholfen hat.«

Nun fuhr Tobias fort: »Als sie gestern nach Hause kam, waren ihre Bücher voller Dreck. Ich glaube, dass jemand sie ihr weggenommen und irgendwo in den Sand geworfen hat. Und ein paar Tage zuvor haben Stifte aus Janas Federmäppchen gefehlt.«

»Das tut mir leid«, sagte ich.

»Wie war das bei dir damals?«, fragte Sara an mich gewandt.

»Ich hatte Lou.« Und jeder, der meinte, mich ärgern zu müssen, hatte es mit ihr zu tun bekommen. Aber Jana hatte keine Louisa, die auf sie aufpasste. Zumindest bis jetzt.

Gleichzeitig wanderten alle Blicke in Richtung Lou, die fröhlich plauderte, während Jana in ihrem neuen Malbuch kritzelte. Sie wirkten glücklich.

»Wir haben Jana in einem Kindersportkurs angemeldet. Vielleicht findet sie dort Freunde«, meinte Tobias.

»Hoffentlich«, sagte Sara.

Ich merkte, dass sie sich schon wieder Sorgen machte. Zum Glück konnten wir dieses trübe Thema kurz darauf hinter uns lassen, nämlich als David mit einem ganzen Stapel Probe-Torten das Café betrat.

»Zeit f-f-für Verkostung«, verkündete er und winkte Lou mit Jana heran.

Beim Anblick all der Tortenstücke – Sachertorte, Erdbeercreme, Käsekuchen, Ananas-Joghurt und Tiramisu – fühlte ich mich, als steckten wir mitten in der Planung einer riesigen Hochzeit. Nun ja, für Moritz hatte das einjährige Bestehen seines *Regenwald-Cafés* vermutlich eine ähnliche Gewichtung. Schließlich war es sein großer Traum, den er sich verwirklicht hatte. Lou zwinkerte mir verschwörerisch zu, als David das erste Stück auf meinem Teller platzierte.

»Ich h-hoffe, es schmeckt dir.«

»Bestimmt«, gab ich zurück, beeilte mich jedoch, meinen Blick zu senken. Zu langer Augenkontakt mit David würde Lou nur auf falsche Ideen bringen.

Die Torten waren allesamt unglaublich lecker. Ich war froh, nicht in Moritz' Schuhen zu stecken, denn mich für eine zu entscheiden, hätte mich vor ein ernsthaftes Dilemma gestellt. Ihm ging es anscheinend genauso, denn ganz nach Moritz-Manier verkündete er schließlich: »Ich finde, wir sollten alle nehmen. Und am besten stapelst du sie übereinander, David. Stellt euch das vor: eine fünfstöckige Regenwald-Torte! Das wird wunderbar!«

Ich war mir sicher, das würde es werden.

***

Am selben Abend war ich mit Alexis zum Musizieren verabredet. Dieses Mal würden wir in seiner Wohnung spielen, und ich hatte mir fest vorgenommen, das Treffen als genau das zu sehen, was es war: zwei Freunde, die miteinander Musik machten. Nichts weiter.

Alexis' WG lag in einem der Viertel etwas oberhalb der Innenstadt, genau zwischen Inntal und Nordkette. Er hatte angeboten, mich mit dem Auto abzuholen, doch ich hatte abgelehnt. Ein kleiner Spaziergang würde mir guttun und sei es nur, um meine Gedanken zu ordnen. Guter Plan, schlechte Umsetzung, denn damit, dass ich fast vierzig Minuten stetig bergauf gehen würde, und das an einem Tag, an dem die Temperaturen es einem schwermachten, zu glauben, dass es tatsächlich schon Herbst war, hatte ich nicht gerechnet. Dementsprechend verschwitzt war ich, als ich vor Alexis' Tür stand. Er öffnete, noch ehe ich auf den Klingelknopf drückte.

»Ich habe dich kommen sehen«, meinte er zur Begrüßung.

»Es war ganz schön … steil.«

»Das nächste Mal hole ich dich ab. Komm rein.«

Alexis' Wohnung war eine typische Junggesellen-WG. Neben der Wohnungstür türmten sich Schuhe in einem unordentlichen Haufen, daneben lagen zwei Jacken am Boden, die auf der übervollen Kommode keinen Platz mehr gefunden hatten. Ein schmaler, von Skiern und Fahrrädern gesäumter Gang führte in einen offenen Wohnraum mit Kücheninsel, Esstisch mit Stühlen, Sofa und Fernsehtisch, alles in reinem Weiß und überraschend modern. Rich hatte mir damals im Irish Pub erzählt, dass die Wohnung einem der Bandmitglieder und seiner Ex-Frau gehört hatte. Dass hier mittlerweile eine Gruppe Musikliebhaber wohnte, davon zeugten die Musikboxen, die sich neben der Couch stapelten, die bis zur Decke reichenden Bücherregale, bis zum Rand gefüllt mit Schallplatten, und die Notenblätter, die anstelle von Bildern oder Fotos an die Wand geheftet waren. Apropos Musikliebhaber, wo waren die anderen Bandmitglieder?

»Wir haben heute sturmfrei«, erwähnte Alexis wie beiläufig. Wieder einmal hatte er meine Gedanken gelesen. Auf meinen fragenden Blick hin fügte er hinzu: »Die anderen sind auf einer Hausparty. Einer unserer Freunde hat heute die Zusage zu einem neuen Job bekommen und spontan eine Feier organisiert.«

»Wenn du auch hin möchtest ...«, begann ich, doch Alexis winkte ab.

»Und dafür unseren Probeabend sausen lassen?«

»Okay.« Ich schaute mich um. »Wo, ähm ... proben wir?«

Denn obwohl die WG mit musikalischem Allerlei vollgestellt war, fehlte ein Schlüsselstück: das Klavier.

»Das Keyboard ist in meinem Zimmer«, meinte Alexis.

Kurz zögerte ich, bevor ich Alexis durch den Wohnraum und in sein Schlafzimmer folgte. Der Raum war nur spartanisch eingerichtet und erzählte, anders als Lous oder mein Zimmer, kaum etwas über die Person, die darin wohnte. Zwei Filmposter, Quentin Tarantinos *Pulp Fiction* und *Der Pate*, hingen an der weißen Wand, ein breites Bett mit schwarzen Laken nahm im Zentrum des Raumes den meisten Platz ein. Abgesehen davon waren eine Campingtruhe in der Ecke des Zimmers und eine Kommode neben dem Bett die einzigen Möbelstücke. Ein Ort zum Schlafen, nicht um seine Freizeit darin zu verbringen, doch noch ehe ich diesen Gedanken zu Ende gedacht hatte, blieb mein Blick am Kopfkissen hängen.

Lou hatte mir von ihrer ersten gemeinsamen Nacht mit Alexis erzählt. Wie sie zu ihm nach Hause gegangen waren und im Bett eine Flasche Rotwein geöffnet hatten. Dass sie versucht hatten, leise zu sein, um seine

Mitbewohner nicht zu wecken, und dass Lou unter seiner Berührung nicht lange hatte still sein können. Sie hatte von seinen Küssen erzählt, davon, wie sich seine Zunge an ihrem Hals angefühlt hatte, und davon, dass er ihr ins Ohr geflüstert hatte, wie verdammt sexy sie war. Jetzt, da ich gemeinsam mit Alexis in seinem Zimmer stand, fühlte sich ihre Geschichte allzu real an. Fast wie meine eigene Erinnerung.

Heute lagen anstelle von Menschen zwei Instrumente in Alexis' Bett. Seine Gitarre und daneben ein Keyboard.

»Spielen wir hier?«, fragte ich. Mein Hals fühlte sich so trocken an, dass ich schlucken musste.

»Im Wohnzimmer haben wir mehr Platz«, stellte Alexis fest, klemmte sich das Keyboard unter den einen und die Gitarre unter den anderen Arm.

Gut so. Die merkwürdige Anspannung, die ich allein mit Alexis in seinem Zimmer gefühlt hatte, löste sich sofort, als wir auf der Couch Platz nahmen und ich die Finger auf die Tasten legte. Wir begannen zu spielen, doch irgendetwas war dieses Mal anders. Die Leichtigkeit unseres letzten gemeinsamen Spiels wollte sich nicht einstellen. Beim letzten Mal hatte ich mich in die Musik fallen lassen, heute fühlte sich das Musizieren nach Arbeit an. Jeder Ton klang zu hart, die Noten waren nicht schwerelos, sondern ebenso verfahren wie meine Gedanken. Beinahe krampfhaft versuchte ich, meinen Kopf freizubekommen, doch der war bis zum Rand gefüllt mit Fragen und Sorgen, zu viele und zu laut, um sie einfach abzustellen.

Ich gab es auf, drückte mit der flachen Hand auf die Tasten, woraufhin eine Kakofonie schiefer Töne ertönte, und ließ den Kopf sinken.

»Tut mir leid. Ich ... ich weiß auch nicht.«

Alexis schaute mich einen Moment lang stumm an. »Schon okay«, sagte er dann. »Vielleicht läuft es besser, wenn wir eine kurze Pause einlegen. Magst du etwas trinken?«

Den Trick hatte er von Lou gelernt. Wenn die passenden Worte fehlten, halfen Schokolade oder Eiscreme, oder in Alexis' Fall die Flasche Bier, die er vor mir abstellte. Wir nahmen schweigend ein paar Schlucke, doch ich bezweifelte, dass der bittere Biergeschmack auch nur im Geringsten helfen würde.

»Sollen wir es noch mal versuchen?«, fragte ich darum.

Ich atmete tief durch, versuchte mir das Bild einer Blumenwiese ins Gedächtnis zu rufen, das Gefühl von Wind und Sonnenlicht auf der Haut, während die Kinderversion von mir unter dem Apfelbaum schaukelte. Ich dachte an die leichte Melodie, die ich seit Tagen im Kopf hatte und die mich bei unserer ersten Probe inspiriert hatte. Dann schloss ich die Augen und legte die Finger auf die Tasten. Doch es half alles nichts. Die ersten Töne erklangen – gezwungen, abgehackt. Vor das Bild der Blumenwiese schob sich das tränennasse Gesicht eines kleinen Mädchens. Emma. Ich quälte mich noch ein paar Takte lang weiter, bevor ich leise fluchend aufgab.

»Mist. Ich glaube, das wird heute nichts mehr. Ich kann mich einfach nicht konzentrieren. Zu viele Gedanken.«

Alexis strich mit den Fingerspitzen über die Seiten, legte dann die Gitarre beiseite.

»Tut mir ehrlich leid«, entschuldigte ich mich.

»Mir würde es wahrscheinlich ähnlich gehen, wenn ich solche Flashbacks hätte.«

»Du weißt ... oh, ja. Natürlich. Lou hat es dir erzählt.«

Wie hatte ich nur für einen Moment annehmen können, dass Lou ihm nicht alles berichten würde? Wahrscheinlich wusste Alexis ebenso viel über meine Erinnerungsschübe wie ich selbst, mit Lous Recherche vielleicht sogar noch mehr.

»Hätte ich nichts sagen sollen?«, fragte Alexis.

»Nein, alles gut«, sagte ich, klang aber offenbar nicht sehr überzeugend.

»Lou erzählt mir so ziemlich alles. Aber das weißt du vermutlich schon. Ich hoffe, du nimmst es ihr nicht übel. Sie macht es nur, weil du ihr wichtig bist.«

»Ach ja?«

»Es ist offensichtlich, wie viel du ihr bedeutest. Sie erzählt ständig von dir, so viel, dass ich das Gefühl hatte, dich zu kennen, noch bevor wir uns zum ersten Mal getroffen haben. Ich war damals ziemlich gespannt darauf, die Person kennenzulernen, die Lou so sehr am Herzen liegt.«

Das sah Lou ähnlich, und so, wie Alexis von ihr sprach, machte er es mir unmöglich, wütend auf sie zu sein. Auch das war eines von Lous Talenten. Sie tat das Falsche, aber aus den richtigen Gründen oder zumindest aus Gründen, die sie für richtig hielt, und am Ende konnte ihr niemand böse sein.

»Ich weiß einfach nicht, was ich machen soll«, seufzte ich und ließ mich zurück in die Couch sinken.

Ich überraschte mich selbst damit, wie sehr mir danach war, zu reden. Von den Bildern zu erzählen, die mich bis in den Schlaf verfolgten. Was konnte es schaden, die Meinung einer Person zu hören, die nicht Lou war? Vor allem, da Alexis sowieso schon alle Details kannte.

»Ich habe sogar darüber nachgedacht, noch mal zur Hypnose zu gehen, aber es wird dauern, bis ich einen Termin bekomme. Lou meint, ich sollte mit meinen Eltern sprechen, aber das habe ich schon versucht und sie sagen, dass sie keine Ahnung haben, wer Emma ist«, beendete ich meinen Bericht.

»Und du glaubst ihnen nicht?«, fragte Alexis.

»Momentan glaube ich mir selbst nicht besonders.«

Alexis nahm sich ausreichend Zeit mit einer Antwort. Ich rutschte auf dem Sofa hin und her, schob schließlich meine Handflächen unter die Oberschenkel. So mussten sich meine Gegenüber fühlen, wenn sie versuchten, ein Gespräch anzufangen, und nur Schweigen von mir bekamen.

»Diese Erinnerungsschübe können jederzeit kommen, richtig?«

Ich nickte. »Lou sagt, sie werden von Dingen ausgelöst, die mich an die Szenen aus den Flashbacks erinnern.«

»Wenn du wüsstest, was diese Auslöser sind, könntest du die Erinnerungsschübe dann selbst provozieren?«

Darüber hatte ich bisher nicht nachgedacht. Vermutlich. »Warum sollte ich das wollen?«

»Ich denke, wenn ich du wäre, würde ich es wollen. Um Antworten zu bekommen.« Es wirkte, als wollte er noch mehr sagen, doch dann schloss er unter kaum wahrnehmbarem Kopfschütteln seinen Mund und ließ die unausgesprochenen Worte in der Luft hängen.

Antworten. Die wollte ich wirklich. Aber war ich dafür bereit, mich absichtlich den Erinnerungsbildern auszusetzen?

»Wollen wir es noch mal versuchen?«, unterbrach Alexis mein Schweigen.

Und so begannen wir zu spielen. Zum dritten Mal an diesem Abend. Es lief stockend, jedoch besser als zuvor. Die Noten flossen, zäh und wie einstudiert, aber immerhin, sie flossen. Meine Gedanken waren allerdings nicht bei der Musik, sondern bei Emma und bei der Frage, wie weit ich bereit war, für die Beantwortung meiner Fragen zu gehen.

***

Als ich das Haus meiner Eltern erreichte, lag ich eine halbe Stunde hinter der vereinbarten Zeit. Meine Eltern waren bereits weg – also hatte ich wieder keine Chance, sie auf die Hypnosebilder anzusprechen. Wobei, ihren romantischen Thermenausflug hätte ich mit meinen Fragen ohnehin nicht ruinieren wollen. Stattdessen hatte ich nach dem gestrigen Gespräch mit Alexis einen anderen Plan gefasst: Wenn ich die Erinnerungsschübe schon nicht vermeiden konnte, wollte ich mich ihnen in einem geschützten Rahmen stellen. Und welcher Ort wäre besser dafür geeignet als das Haus, in dem ich aufgewachsen war?

Lou hatte diese Idee für Schwachsinn, möglicherweise sogar gefährlich gehalten. Als ich ihr gestern Abend von meinem Vorhaben erzählt hatte, hatte sie sofort und vehement den Kopf geschüttelt. Die Sorge stand ihr ins Gesicht geschrieben. Doch je mehr ich mein Vorhaben erläutert hatte, desto mehr war Sorge von Aufregung abgelöst worden, und sie hatte gemeinsam mit mir eine Liste der Plätze erstellt, die als Auslöser für einen Flashback dienen könnten.

Ganz oben stand die Schaukel unter dem Apfelbaum, denn dort war ich zum ersten Mal von meinen Erinnerungen übermannt worden, und genau auf diese Schaukel setzte ich mich jetzt. Mein Herz raste, als wollte es einen Marathon gewinnen, und meine Finger fühlten sich taub an. Ich schaffte es kaum, sie fest um die Seile der Schaukel zu schließen, als ich mich auf das alte Holzbrett setzte. Eine Brise Wind ließ die Baumkrone rascheln, während die letzten Strahlen der untergehenden Sonne sich ihren Weg zwischen den Blättern hindurchbahnten. Ich schloss die Augen, atmete tief ein und aus, dachte an Emma, an meine Eltern und an meine Tante.

Nichts passierte.

Also stieß ich mich vom Boden ab, schaukelte erst leicht, dann immer schneller und höher. Meine Haare wehten mir ins Gesicht. Als ich die Augen öffnete, rauschte die Welt an mir vorbei wie bei einer Achterbahnfahrt.

Das war alles. Keine Bilder, keine Erinnerung. Ich stoppte die Schaukel abrupt mit meinen Füßen. Eine Mischung aus Enttäuschung und Erleichterung überkam mich. Offenbar war es weit weniger einfach als gedacht, die Flashbacks auszulösen.

Ich stand auf und ließ den Apfelbaum hinter mir. Mein Weg führte mich durch das Gemüsebeet und hinter die Himbeersträucher, wo ich früher Verstecken gespielt hatte. Dann hinein in Papas Holzschuppen, den ich als Kind offiziell nie hatte betreten dürfen – zwischen all den schweren Holzbrettern, die jederzeit umfallen konnten, den spitzen Nägeln und Gartengeräten wäre es viel zu gefährlich. Trotzdem, oder vielleicht gerade deshalb, hatte ich mich immer hineingeschlichen und mich in der Dunkelheit des Schuppens wie ein Einbrecher auf der Flucht, ein Troll in seiner Höhle oder ein mutiger Entdecker auf Schatzsuche gefühlt. An all das dachte ich, als ich nun im Holzschuppen stand. Ohne Erfolg.

Die Sonne lugte nur noch schwach hinter den Gipfeln der Berge hervor, als ich zurück ins Haus ging. Dweeny hob träge den Kopf und schaute mich an, als wüsste er genau, dass ich verrückt war. Vielleicht dachte er das wirklich. Tiere sollten schließlich einen besonderen sechsten Sinn haben.

Ich ging durch jedes einzelne Zimmer, ließ meine Finger über alle möglichen Objekte streichen und versuchte mich daran zu erinnern, was ich als Kind gefühlt hatte. Ohne Erfolg. Mittlerweile hatte sich das drängende Bedürfnis in meinem Kopf eingegraben, endlich eine verborgene Erinnerung hervorzulocken. Wie schwer konnte das schon sein? Andererseits, wenn es einfach wäre, warum hatte ich dann nicht schon früher solche Erinnerungsschübe gehabt?

Ich versuchte es weiter. Kramte in den Schubladen meines früheren Schreibtischs, zog mir meine alte

Lieblingsjacke an, die an den Ellbogen schon aufgescheuert war, und hüpfte sogar auf dem Bett herum, wie ich es im Kindergartenalter getan hatte. Kein Flashback, nicht einmal ein winziger Erinnerungsfetzen, und ganz ehrlich, mittlerweile kam ich mir ziemlich einfältig vor.

Schnaubend ließ ich mich auf mein Bett sinken. Das hatte doch keinen Sinn! Just in diesem Moment vibrierte das Handy in meiner Hosentasche. Ein eingehender Anruf. Bestimmt war es Lou, die es vor Neugierde darüber, zu erfahren, wie meine Versuche der Erinnerungsbeschwörung liefen, nicht mehr aushielt. Meine beste Freundin, immer zur Stelle, wenn ich sie brauchte.

Ohne auf den Bildschirm zu schauen, drückte ich auf das grüne Symbol, um den Anruf entgegenzunehmen, und drückte das Handy an mein Ohr. »Das wird nichts, Lou! Ich habe es im Garten meiner Eltern und in allen Räumen probiert. Ich glaube, Flashbacks lassen sich doch nicht so einfach auslösen.«

Doch es war nicht Lous, sondern Alexis' Stimme, die mich am anderen Ende der Leitung begrüßte.

»Dir auch guten Tag«, sagte er, und ich glaubte, ein Lächeln in seiner Stimme hören zu können.

»Oh ... du –«, sagte ich nur.

»Ich wollte dich fragen, wann du das nächste Mal Zeit zum Proben hast«, meinte Alexis und fügte nach einer kurzen Pause hinzu: »Und auch, wie es dir geht. Bei der letzten Probe hast du ziemlich bedrückt gewirkt. Und nervös. Lou meint, es ist alles in Ordnung, aber ich habe mir Sorgen gemacht.«

»Es ist alles in Ordnung«, beeilte ich mich, Lous Worte
zu wiederholen. Es wunderte mich, dass sie ihm nicht
mehr erzählt hatte. Sie war doch sonst die schlechteste
Geheimnishüterin, die man sich vorstellen konnte. Ob
seine Sorge mir gegenüber ein Grund dafür war, dass
sie ihm weniger erzählt hatte? Störte es sie? Oder war
ich wieder einmal dabei, zu viel in ihr Verhalten hin-
einzuinterpretieren? Bestimmt hatten Lou und Alexis
interessantere Dinge zu tun, als sich nonstop über mich
zu unterhalten.

»Du versuchst jetzt also ernsthaft, diese Flashbacks zu
erzwingen?«, unterbrach Alexis meine Gedanken.

»Ja.« Sie hatte ihm offenbar wirklich nichts erzählt.

»Und?«

»Kein Erfolg. Ich bin im Haus meiner Eltern. Sie sind
übers Wochenende weg, da dachte ich, ich nutze die
Chance.«

»Ist Lou nicht bei dir?«

Ich schüttelte den Kopf, erinnerte mich dann, dass er
mich über das Telefon nicht sehen konnte, und ver-
neinte.

»Ist das nicht gefährlich?« Nun klang Alexis tatsächlich besorgt.

»Es war deine Idee.«

»Ich weiß. Aber nicht alle meine Ideen sind gut«,
meinte er. »Ich dachte außerdem nicht, dass du es so
schnell und vor allem nicht allein versuchen würdest.
Was ist, wenn du es schaffst?«

»Was soll dann sein?«, gab ich zurück und schämte
mich im selben Moment für meinen Ton. Ich klang wie
ein quengeliger Teenager, dabei hatte ich keinerlei
Grund, mich vor Alexis rechtfertigen zu müssen.

»Das letzte Mal, als es passiert ist, habe ich dich weinend in der Küche gefunden. Wo wohnen deine Eltern?«

Ich hätte gerne etwas Schlagfertiges erwidert, doch was sagte man, wenn der andere eindeutig recht hatte? In Ermangelung einer besseren Antwort gab ich ihm die Adresse meiner Eltern durch.

»Okay. Ich bin mit dem Auto unterwegs und gar nicht weit entfernt. Ich bin in fünfzehn Minuten da.«

Moment. Was?

»Du brauchst nicht zu kommen«, sagte ich schnell und meinte es so. Dies war etwas, das ich allein erledigen musste, und sei es nur, um mir zu beweisen, dass ich eben kein schwaches, weinendes Mädchen auf dem Boden der Küche war.

Doch Alexis ignorierte mich, sagte »Bis gleich« und legte auf.

Nun war es also nicht mehr nur Louisa, die meinte, auf mich aufpassen zu müssen und meine Meinung dabei ignorierte. Ihre Sorge hatte offensichtlich auf ihn abgefärbt. Ich wählte Alexis' Nummer, landete jedoch in der Mailbox. Vermutlich, weil er gerade mit dem Auto fuhr. Auf dem Weg zu mir.

Na toll.

Ich ging ins Wohnzimmer, wo Dweeny sich auf dem Sofa zusammengerollt hatte. Er würdigte mich keines Blickes, nicht mal, als ich ihn hinter den Ohren kraulte. Was sollte ich nun machen? Aufgeben und resigniert warten, bis Alexis an der Tür klingelte? Weiter wie eine Verrückte durch das Haus laufen, meine alten Schubladen durchkramen und den Wegen meines fünfjährigen Ichs folgen, um am Ende immer noch ohne Flashback, dafür noch frustrierter zu enden? Da kam mir eine neue Idee.

Meine Eltern hatten während meiner Kindheit unzählige Fotos geschossen und in Alben geklebt. Wie kleine Schätze ruhten diese Alben auf dem obersten Regalbrett im Wohnzimmer. Wenn schon das Haus keine verborgenen Erinnerungen bereithielt, vielleicht würden die Fotos etwas in mir auslösen.

Ich kletterte auf einen der weichen Polstersessel mit Blümchenbezug, um die ersten Alben vom Schrankbrett zu ziehen. Das eine war das Hochzeitsalbum meiner Eltern, doch ich überflog es nur schnell. Damals war ich schließlich noch nicht geboren, weswegen ich mir kaum Hoffnungen machte.

Das zweite war ein Familienalbum und zeigte neben der jugendlicheren Version meiner Eltern auch mich als kleines Mädchen. Es begann mit mir als Baby in der Wiege und ging recht schnell zu Fotos im Kleinkindalter über. Klein Marie mit rosarotem Rüschenkleid auf den Armen meines Vaters oder mit beiden Eltern und Tante Melanie auf einer Picknickdecke im Garten. Die Fotos hatte ich schon unzählige Male durchgesehen. Es waren nicht besonders viele und ich hätte jedes Einzelne in meinem Kopf heraufbeschwören können, ohne das Album überhaupt aufzuschlagen.

Mein Finger wanderte über Tante Melanies Gesicht – denn irgendetwas musste sie mit meinen Erinnerungsschüben und meiner gläsernen Mauer zu tun haben –, als es an der Tür klingelte. Ich ließ mir bewusst Zeit, bevor ich öffnete, doch Alexis zeigte Geduld und klingelte kein zweites Mal.

Als ich ihm die Tür aufmachte, begrüßte er mich mit schüchternem Grinsen.

»Du hättest nicht kommen brauchen«, wiederholte ich meine Aussage von vorhin, anstatt ihm Hallo zu sagen.

»Ich weiß. Ich wollte dich bei dem, was du hier vor hast, nicht allein lassen. Und ich war auf dem Weg, es macht also wirklich keine Umstände.«

Umstände? »Das meine ich nicht«, sagte ich, holte tief Luft und beschwor das Bild der Blumenwiese herauf, um mir für die nächsten Worte Mut zu machen. Klare Ansagen waren eindeutig nicht meine Stärke. »Du hättest mich fragen sollen, ob ich möchte, dass du kommst. Dann hätte ich dir sagen können, dass ich es nicht möchte. Tatsächlich habe ich Nein gesagt. Du hast mir nur nicht zugehört.«

Alexis öffnete den Mund, um etwas zu sagen, und schloss ihn im nächsten Moment wieder.

»Das, äh … das tut mir leid«, meinte er schließlich und räusperte sich. »Soll ich gehen?« Er trat von einem Fuß auf den anderen. Nie hatte ich ihn dermaßen verlegen gesehen. Bisher war immer er es gewesen, der sich von nichts aus der Ruhe bringen ließ, der lässig war und die richtigen Worte fand, während ich auf der Suche nach *irgendwelchen* Worten herumstotterte. Vertauschte Rollen.

»Komm rein«, sagte ich schließlich und machte einen Schritt zur Seite. Ja, ich war wütend, dass er gegen meinen Wunsch gekommen war. Doch er hatte gute Absichten gehabt und wie er so schüchtern vor mir stand, tat er mir beinahe leid.

Alexis folgte mir ins Wohnzimmer. Sobald der neue Gast hinter mir eintrat, hüpfte Dweeny von seinem Sofaplatz auf und sprang schwanzwedelnd an Alexis hoch.

»Du schaust die alten Fotoalben durch?«, fragte Alexis und ließ sich neben mich sinken, nachdem er es geschafft hatte, sich von Dweeny zu lösen.

»Ja, aber ohne Erfolg. Das hier ist meine Tante Melanie«, meinte ich und reichte Alexis das geöffnete Album.

»Sie ist hübsch«, meinte er. »Und sie sieht glücklich aus.«

»Das war ungefähr ein halbes Jahr, bevor sie verunglückt ist. Autounfall.«

»Und ihr Mann?«, fragte Alexis.

»Patrick. Der hat den Autounfall verursacht. Er war der Fahrer, hat getrunken und ist auf die Gegenfahrbahn gekommen. Er war wohl sofort tot, Tante Melanie hat es bis ins Krankenhaus geschafft und ist dort gestorben. Das ist alles, was ich weiß. Mein Vater redet nicht gerne darüber.«

»Gibt es von diesem Patrick auch ein Foto?«, wollte Alexis wissen, was ich mit einem Kopfschütteln beantwortete.

»Leider nicht. Meine Eltern und er haben sich nicht gut verstanden, deshalb war er bei Tante Melanies Besuchen nie dabei. Ich hatte gehofft, ein Foto von ihm finden zu können, das mir bestätigt, dass er der schreiende Mann ist. Ehrlich gesagt weiß ich nicht genau, wie er aussieht.«

»Aber du glaubst trotzdem, dass er es ist, den du in diesen Erinnerungen gesehen hast.«

So, wie Alexis es betonte, war es keine Frage. Ich hatte es ihm gegenüber nie erwähnt, aber natürlich hatte Lou ihm auch das erzählt. Ich fragte mich, wie viel Zeit die beiden dafür verwendeten, über mich und meine Suche nach Erinnerungen zu reden.

»Basierend auf dem, was ich über Patrick gehört habe, ja. Er soll laut gewesen sein und aufbrausend. Meine Mutter hat einmal gesagt, dass sie ihm zutrauen würde, Schlimmeres getan zu haben, als nur zu schreien, aber mein Vater hat sie dann so wütend angeschaut, dass sie nicht weitererzählt hat. Alles, was ich weiß, ist, dass er kein guter Mensch gewesen ist.«

Alexis blätterte weiter durch das Fotoalbum. Er ließ sich Zeit damit. Besonders lange blieb er auf einer Seite mit Urlaubsfotos aus Italien hängen.

»Es muss schön gewesen sein, all diese Kindheitserinnerungen zu sammeln. Picknick im Garten und Urlaub am Strand«, meinte er und klang dabei etwas traurig.

»Wo seid ihr früher immer hingefahren?«, fragte ich.

»Bei uns gab es keine Urlaube. Meine Eltern haben gearbeitet. Immer.« Er zuckte mit den Schultern, als wolle er damit sagen, dass es nichts ausmachte, doch in seinem Gesicht las ich, dass es das doch tat. Er wechselte das Thema, bevor ich etwas erwidern konnte.

»Das sind alles Sachen, an die du dich erinnerst, richtig?«

»Ehrlich gesagt erinnere ich mich an nichts vor meinem fünften Jahr«, erklärte ich.

»Okay, aber es sind alles Fotos, die du kennst, die du schon gesehen hast. Der letzte Flashback, wie wurde der ausgelöst?« Die Melancholie in seiner Stimme war Aufregung gewichen. Worauf wollte er hinaus?

»Ich habe einen Mann im Supermarkt schreien hören. Das hat mich wahrscheinlich an Patrick erinnert.«

»Es hatte also mit einer der neuen Erinnerungen zu
tun, richtig?«

»Richtig«, bestätigte ich.

»Vielleicht ist es das, was du brauchst. Etwas Neues.
Etwas, das du noch nicht kennst und das dich an deine
verstorbene Tante oder an ihren Mann erinnert.«

Natürlich – wieso hatte ich daran nicht selbst gedacht? Alexis' Aufregung schwappte auf mich über,
und ohne lange nachzudenken, wusste ich, wo ich nach
neuen Reizen suchen musste.

»Auf dem Dachboden ist eine Kiste mit Erinnerungsstücken an meine Tante Melanie. Wir haben sie in
Omas Haus entdeckt, nachdem sie ins Altenheim ziehen musste. Sie hat die Kiste in ihrem Kleiderschrank
aufbewahrt, versteckt unter einem Stapel Schuhkar-
tons. Mein Vater hat damals nur einen Blick in die Kiste
geworfen, sie wieder zugemacht und ins Auto getragen.
Das war alles, was von seiner kleinen Schwester geblieben ist. Eine einzelne Kiste versteckt in einem Kleiderschrank.«

»Und die Kiste ist noch da?«, fragte Alexis.

»Ich denke schon. Anfangs hat mein Vater davon gesprochen, sie in den Müll zu werfen, aber natürlich
hätte er das nie übers Herz gebracht. So ist die Kiste auf
unserem Dachboden gelandet.« Und vielleicht war das
manchmal die beste Art, mit schmerzhaften Erinnerungen umzugehen. Indem man sie irgendwo versteckte. Ich fragte mich, ob er jemals wieder hineinge-
sehen hatte. Er oder irgendjemand sonst.

»Was hältst du von der Idee?«, fragte ich.

»Ich denke, sie ist gut. Deine Tante war Teil der Erinnerungen aus der Hypnose«.

Gemeinsam gingen wir zur Dachbodentreppe, doch dort bat ich Alexis zu warten. Ich wollte allein sein, wenn ich die Kiste öffnete. Die Dachbodentür gab beim Aufschwingen ein knarzendes Geräusch von sich. Eine einzelne Glühbirne beleuchtete den großen Raum mehr schlecht als recht und ließ unheimliche Schattenarme über den Boden wandern.

Die Wände waren nur halbherzig abgedichtet, sodass der Wind durch die Dielen pfiff. Früher war ich überzeugt gewesen, es wären die Stimmen der Verstorbenen, die irgendwo zwischen Diesseits und Jenseits in unserem Dachboden gefangen waren. Diese Theorie stammte – kaum überraschend – von Louisa und ich hatte sie ihr aufs Wort geglaubt. Kein Wunder, immerhin hatte sie sich eine Taschenlampe unters Kinn gehalten, als sie mir diese Geschichte erzählte, sodass ihr Gesicht wie das einer Toten ausgesehen hatte.

Für einen kurzen Augenblick überkam mich dasselbe Gefühl wie damals. Heute hatte ich keine Angst vor Geistern oder der Stimme des Windes, sondern davor, welche Geheimnisse Melanies Box bereithielt. War ich wirklich bereit für die Wahrheit, sofern sie denn in dieser kleinen Kiste versteckt war?

Ich würde ein Baum sein!

Ich musste mich durch mehrere Stapel an Kartons kämpfen, der Erste gefüllt mit Weihnachtsdekoration, die nächsten drei mit alten Büchern und Zeitschriften, denn die hätte meine Mutter niemals entsorgt. Akkurat arbeitete ich mich von Karton zu Karton. Die meisten waren unbeschriftet, doch es genügte ein kurzer Blick, um festzustellen, dass es sich nicht lohnte, sie weiter zu durchsuchen.

Mein Atem ging immer schneller und meine Finger zitterten, während ich eine Box nach der anderen zur Seite schob. Ich musste ruhig bleiben! Was auch immer ich in dieser Kiste finden würde, es konnte nicht so schlimm sein. Mit einem Mal kam mir mein Plan himmelschreiend blöd vor. Wieso hatte ich gedacht, es würde helfen, einen Erinnerungsschub hervorzurufen? Was passierte, wenn ich es tatsächlich schaffte, und zwar hier oben? Wenn ich wieder weinend zusammenbrechen oder, noch schlimmer, komplett verrückt werden und Geister sehen würde?

Endlich fand ich die Kiste. Es war eine der wenigen mit Beschriftung. *Melanie* stand da in der säuberlichen Handschrift meiner Großmutter. Beim Öffnen des Deckels hielt ich die Luft an. Ich fühlte mich wie ein Voyeur, als wäre es eine Sünde, in die Erinnerungen meiner Tante einzudringen. Die Kiste war überraschend leer. Ich hatte erwartet, dass sie vor Erinnerungsstücken überquellen würde, dabei war sie nur bis zur Hälfte gefüllt. Eilig nahm ich die Gegenstände heraus. Da waren schwarze Tanzschuhe aus Lack mit abgelaufenen Sohlen und ein paar wenige Kleider. Das aus meiner Apfelbaum-Erinnerung war nicht dabei. Dann eine alte Schallplatte der *Beatles*, zwei, nein, drei abgegriffene Taschenbücher: ein Schundroman mit einem jungen, verliebten Paar auf dem Einband, Melvilles *Moby Dick* und – mein Magen zog sich zusammen – *Emma* von Jane Austen. Konnte das Zufall sein?

Am Boden der Kiste fand ich eine Schatulle aus dunkelrotem Leder mit einem goldenen Schloss. Vermutlich eine Schmuckschatulle. Ich versuchte, den Deckel zu öffnen, doch sie war verschlossen. Noch einmal schaute ich in die Kiste. Kein Fotoalbum, nicht ein einziges Bild. Dabei war ich sicher gewesen, dass meine Großmutter Fotos aufbewahrt hatte. Es waren doch die Bilder der Person, die man am allerwenigsten verlieren wollte, wenn jemand starb, oder?

Plötzlich hörte ich ein Knarzen. Ich fuhr herum, die Schatulle wie ein Schutzschild vor meine Brust gepresst. Da war nichts. Der Dachboden war leer, bis auf die Schatten, die flackernd über Boden und Wände tanzten. Das Gefühl der Beklemmung, das während des Auspackens der Melanie-Kiste verschwunden war, kehrte sofort zurück. Noch immer hatte ich keine Antworten, doch fühlte mich den Erinnerungen an meinen schreienden Onkel, Melanies Worte – »Du musst still sein.« – und die schluchzende Emma näher, als mir lieb war.

Hektisch sortierte ich die Habseligkeiten meiner Tante wieder in die Kiste und verschloss den Deckel. Es war ein Versuch gewesen, und zwar ein dummer. Hier würde ich keine Antworten finden.

Als sich die Dachbodentür hinter mir schloss, verspürte ich immer noch diese merkwürdige Aufregung. Alexis empfing mich am Treppenabsatz.

»Alles okay?«, fragte er und ich nickte.

»Für heute hatte ich genug Geheimnis-Suche.«

Mehr als genug, wenn ich ehrlich war. Ab jetzt keine Experimente mehr, versprach ich mir und wir gingen zurück zu Dweeny ins Wohnzimmer. Nur die

Schmuckschatulle und das Jane Austen Buch hatte ich
mitgenommen.

KAPITEL 11

»*Emma*«, murmelte Lou, während sie das Buch herumdrehte. »Worum geht es?«

»Keine Ahnung. Es ist von Jane Austen, also vermutlich um eine junge Dame, die sich in einen Lord verliebt.«

»Wirst du es lesen?«

»Sobald ich Zeit habe.«

»Und du denkst, dass es mit deiner Emma zusammenhängt?« Sie klang skeptisch, was mich überraschte. Louisa bekam normalerweise nie genug von Verschwörungstheorien.

»Es wäre ein merkwürdiger Zufall, oder?«, entgegnete Alexis, womit er einen genervten Blick von Lou erntete.

Die Stimmung war merkwürdig angespannt. Wir saßen mittlerweile alle drei am Küchentisch in Lous und meiner kleinen Wohnung. Lous Gesicht hatte einen überraschten Ausdruck angenommen, als sie nach Hause gekommen war und Alexis gesehen hatte. Nachdem wir ihr erzählt hatten, dass er mir bei der Suche nach Erinnerungen in meinem Elternhaus geholfen hatte, war die Überraschung einer Mimik gewichen, die man im besten Falle als Irritation beschreiben konnte.

»Deine Tante hatte ein Buch mit dem Titel *Emma*, und das kleine Mädchen aus deiner Erinnerung heißt so. Ja, kann sein, dass es da einen Zusammenhang gibt«, meinte Lou.

»Du klingst nicht gerade überzeugt«, stellte ich fest.

»Zwei Dinge. Nummer Eins: Ich gebe dir recht, dass das kein Zufall sein kann. Nummer zwei: Es gäbe eine einfachere Lösung für dein Problem, als dich auf Geisterjagd zu begeben. Frag. Deine. Eltern.«

Sie hatte ja recht. Die Schmuckschatulle hatten Alexis und ich zuvor mit einem Messer und einer Nagelschere aufgebrochen und darin goldene Ohrringe in Blattform, zwei Ringe in Gold und Silber, ein goldenes Kettchen mit Schutzengel und ein paar vermutlich billige Armbänder gefunden. Nichts davon hatte eine Erinnerung in mir ausgelöst. Somit war das Buch von Jane Austen mein einziger Hinweis.

»Was war sonst noch in der Kiste?«, erkundigte Alexis sich.

»Nichts, das mir helfen würde. Ein paar Kleider, Schuhe. Noch zwei Bücher. Eine Schallplatte. Das war alles.«

»Eine Schallplatte? Erinnerst du dich, welche?«

»Irgendeine von den *Beatles*.«

Alexis wirkte, als wolle er mehr sagen, überlegte es sich dann jedoch anders. Sein Blick verklärte sich, als würde er über irgendetwas nachdenken. Lou ließ keine Zeit für weitere Spekulationen.

»Die *Beatles* und Jane Austen werden dich nicht weiterbringen.«

Vermutlich hatte sie recht. Und damit würde mir nichts anderes übrig bleiben, als meinen Eltern ein weiteres Mal auf den Zahn zu fühlen. Egal, wie sehr sie sich dagegen sträuben würden, mir mehr zu erzählen, ich musste hartnäckig sein – bestenfalls mit Rückendeckung.

»Willst du am Sonntag mit zu ihnen kommen? Mama kocht.«

Lou warf den Kopf in den Nacken und verdrehte die Augen. »Ich finde es unglaublich, dass du einen Babysitter brauchst, um mit deinen eigenen Eltern zu sprechen. Aber ja, ich komme mit.«

»Danke.« Auf Lou war immer Verlass. Selbst an einem Abend wie diesem, an dem sie es nicht schaffte, ihre schlechte Laune zu verstecken.

»Nachdem das geklärt ist und ich davon ausgehe, dass du nicht mehr über die Flashbacks reden willst: Themenwechsel. Immerhin habe ich dir noch gar nicht von meinem Nachmittag mit Jana erzählt.«

Alexis würdigte sie von da an keines Blickes mehr, aber ihn schien das nicht zu stören. Ich für meinen Teil tat so, als würde ich von der Anspannung nichts mitbekommen.

»Das würde ich gerne hören. Erzähl!«

»Es war unglaublich. Im Café hat Jana kein einziges Wort zu mir gesagt. Im Auto auf dem Weg zu ihnen nach Hause hat sie zumindest angefangen zu flüstern und sobald wir die Wohnung betreten haben, ist sie in ihr Zimmer gelaufen, um mir ihr neues Puppentheater zu zeigen. Wir haben dann Theater gespielt. Sie war die Prinzessin und ich der böse Zauberer. Die Kleine hat sprachliches Talent.«

»Ich weiß«, meinte ich.

»Du hast mir zwar erzählt, dass Jana bei sich zu Hause normal sprechen würde. Aber sie hat regelrecht geschauspielert. Sie hat die Stimme verstellt und Sachen gesagt, die man einem so kleinen Mädchen nicht zutrauen würde. Es ist, als hätte sie zwei Persönlichkeiten. Oder vielleicht wirkt sie nur so schüchtern, weil sie nichts sagt.«

»Nichts sagen zu können, ganz egal, wie sehr man es möchte, macht einen schüchtern. Das wirkt nicht nur so«, sagte ich und dachte dabei an meine eigene gläserne Mauer.

»Nur ist das bei dir nicht so extrem. Du bist meistens ein bisschen … zurückhaltend. Ich hatte erwartet, Jana würde so sein wie du damals, nachdem du endlich angefangen hast, ein bisschen zu reden. Weißt du, ein bisschen ruhiger.«

»Seien wir froh, dass Jana nicht so verkorkst ist, wie ich es war.«

»Eine Frau, ein Wort!« Lou lachte. »Aber genug mit den ernsten Themen. Habt ihr beide Lust, einen Film anzuschauen? Und wehe, ihr sagt Nein. In den letzten Tagen bin ich von euch beiden«, dabei hob sie betont den Zeigefinger, »mehr als oft genug versetzt worden.« Lous gute Laune war zurückgekehrt.

Und schon war der Abend gerettet.

***

Die nächsten Tage verliefen zu meiner Erleichterung ruhig und normal, als hätte es die merkwürdigen Erinnerungen rund um Emma nie gegeben. Ich stand morgens zeitig auf, gönnte mir ein gemütliches Frühstück, ging zur Arbeit und war dort den Großteil der Zeit nur von Büchern umgeben. Abends spielte ich Klavier, mal eines der Lieder meiner Lieblingskomponisten, mal eine Eigenkomposition oder bloßes Geklimper, und dieses kleine bisschen Musik genügte, um mich frei zu fühlen.

Es gab keine verwirrenden Träume oder verborgenen Erinnerungen, die mich heimsuchten. Nichts, das mich beunruhigen müsste, und solange ich sicherstellte, dass ich rund um die Uhr beschäftigt war, fiel es mir leicht, meine Sorgen zu verdrängen. Die letzten Tage erschienen mir jetzt wie eine Seifenoper voller unrealistischer Handlungsstränge und übertriebener Dialoge.

Als der Freitagabend anbrach, freute ich mich darauf, auszugehen. Mittlerweile stand ich schon seit einer Viertelstunde nur mit einem Handtuch bekleidet vor meinem Schrank und überlegte, was ich anziehen sollte. Ich wunderte mich selbst darüber, wie sehr mich die Aussicht auf den Abend im Irish Pub fröhlich stimmte. David und Alexis würden da sein und Lou hatte versprochen, dass spätestens um Mitternacht eine Kollegin ihre Schicht übernehmen würde, sodass sie Zeit hatte, mit uns zu feiern.

Schließlich entschied ich mich für eine schwarze, enganliegende Jeans und eine weite Spitzenbluse. Bevor ich ging, riss ich die Mein-Leben-ist-ein-einziges-Chaos-Liste in kleine Fetzchen und warf sie in den Müll.

Es war erst neun Uhr, als ich im Irish Pub ankam. Um diese Uhrzeit war es ausnahmsweise ziemlich leer, aber in spätestens zwei Stunden würde das Pub brechend voll sein. David war noch nicht da, also gesellte ich mich zu Lou an die Bar.

»Ich bin anscheinend die Erste.«

»Nicht ganz. Alexis und seine Bandkollegen sind schon da. Aber sie spielen erst in ein oder zwei Stunden.«

»Sie treten heute auf?« Das überraschte mich.

»Habe ich dir das gar nicht erzählt? Deshalb wollte ich doch, dass du kommst. Na ja, egal. Hier, ein Glas Schön-dass-du-gekommen-bist-Wein für dich. Es ist sogar ziemlich guter Wein – für Irish-Pub-Verhältnisse, versteht sich. Ersetze am besten ›gut‹ durch ›trinkbar‹«, meinte sie grinsend.

»Danke.«

Lou begleitete mich zum Tisch, an dem die Band bereits versammelt war. Rich sprang sofort auf, als er uns sah, und lüpfte übertrieben seinen Hut. »Willkommen, die Damen.«

»Nur eine Dame, ich muss zurück hinter die Bar«, meinte Lou.

»Wie ich sehe, haben Sie nur ein Getränk mitgebracht, verehrte Dame«, fuhr Rich in ritterlicher Manier fort, bevor Lou gehen konnte.

Die meinte: »Das ist für Marie. Wenn du was zu trinken willst, begleitest du mich am besten.«

Rich nahm die Bestellung der Runde auf, indem er feststellte, dass bestimmt alle ein Bier trinken wollten, und eilte hinter Lou her zum Tresen.

Ich war leider weniger schlagfertig als Lou oder Rich. »Hi«, sagte ich nur und hob zur Begrüßung die Hand.

Die beiden mir unbekannten Bandmitglieder waren Chris, ein blonder, mindestens eins neunzig Meter großer Adonis, der mich entfernt an den Schauspieler aus dem Film *Thor* erinnerte, und Toni, der schon etwas älter war als die anderen. Nachdem die beiden sich vorgestellt hatten, schauten sie mich an, als erwarteten sie, ich würde irgendetwas Witziges sagen. Oder etwas Interessantes.

»Ihr spielt heute?«, fragte ich. Gut, witzig und interessant ging anders, aber wenigstens hatte ich überhaupt etwas gesagt.

»Ja, Lou hat den Auftritt für uns organisiert. Miese Bezahlung, aber dafür gratis Getränke die ganze Nacht«, erklärte Chris, woraufhin alle lachten. »Die Bezahlung wird hoffentlich besser, sobald wir unsere eigenen Stücke spielen, was dank dir bald passieren könnte. Alexis hat uns erzählt, dass du seine neue Muse bist.«

»Ich?« Ich merkte, wie meine Wangen erröteten.

»Und ich habe nicht gelogen. Die Ideen fließen, seit wir miteinander gespielt haben«, sagte Alexis. »Ich freue mich übrigens schon auf morgen«, fügte er etwas leiser hinzu, sodass nur ich es hören konnte.

Ich mich auch.

Ich nahm einen tiefen Schluck aus meinem Glas und dann noch einen, als ich Alexis' Blick auf mir spürte. Morgen würden wir uns wieder zum Komponieren treffen.

Umgeben von den Bandmitgliedern fiel es mir schwer, die richtigen Worte zu finden, beziehungsweise irgendwelche. Zum Glück entwickelte sich bald eine hitzige Diskussion zwischen Rich, Toni und Chris. Rich vertrat die Meinung, der wahre Zweck guter Lieder läge darin, eine Botschaft zu übermitteln, wenn möglich eine sozialkritische oder politische, womit seine Bandkollegen nicht einverstanden waren. Mein

Schweigen fiel kaum auf, auch weil Alexis beinahe genauso ruhig war wie ich. Er nippte nur hin und wieder an seinem Glas und wirkte ansonsten in Gedanken versunken.

»Komm schon, das ist doch Blödsinn!«, rief Chris und donnerte sein Bierglas mit gespieltem Pathos auf die Tischplatte. »Musik ist mehr als ein Medium für deinen persönlichen Wahlkampf.«

»Du verstehst mein Argument völlig falsch. Ich sage nur, dass man als Künstler der Gesellschaft und seinem Publikum gegenüber eine gewisse Verantwortung hat. Wenn du richtig berühmt bist – falls das jemals der Fall sein sollte –, bist du in einer besseren Position als jeder Politiker, deine Nachricht an das Volk zu bringen, und es wäre eine Schande, diese Chance zu verschwenden«, empörte Rich sich, und auch wenn ich zu Anfang dieser Diskussion nie gedacht hätte, ihm zuzustimmen, erschien seine Theorie hieb- und stichfest.

»Was, wenn deine Musik anstatt einer Botschaft Gefühle übermittelt – Trauer, Liebe oder einfach nur den Frieden, die Augen zu schließen und sich in eine andere Welt zu träumen. Ist das dann Verschwendung?«, warf Alexis ein. Frage und Antwort in einem. Ich war überrascht. Einerseits, weil ich das Gefühl gehabt hatte, er würde dem Gespräch überhaupt nicht folgen, andererseits weil seine Worte Rich ganze zehn Sekunden lang zum Schweigen brachten.

»Vermutlich haben wir beide teilweise recht«, meinte dieser schließlich und hob sein Bierglas. »Darauf sollten wir anstoßen!«

»Auf die Musik als Übermittler«, sagte Chris und hob sein Glas. Er wirkte erleichtert, das Thema endlich beendet zu haben.

»Als Botschaft der Gefühle oder als richtige Botschaft«, konnte sich Rich nicht zurückhalten zu sagen, bevor alle anstießen.

Kurz darauf war es Zeit für die Band, sich auf die Bühne zu begeben. Sie starteten ihren Auftritt mit zwei Songs der irischen Band *Flogging Molly*, was zu fröhlichem Gegröle der angetrunkenen Bargäste führte. Man merkte deutlich, wie lange die Vier bereits gemeinsam spielten. Ihre Bewegungen waren aufeinander abgestimmt, von der Diskussion wenige Minuten zuvor war ihnen nichts anzumerken. Obwohl ich Alexis schon früher hatte spielen hören, war er auf der Bühne ein völlig anderer Mensch. Irgendwie dunkler. Seine Stimme klang rauchig und tiefer als beim Sprechen.

Als wir gemeinsam gespielt hatten, war er viel weniger energiegeladen gewesen, was einleuchtete, immerhin fehlten der Kick, auf der Bühne zu stehen, und das Publikum. Dafür war seine Musik persönlicher gewesen, als wäre ein Stück von ihm selbst in die Klänge der Gitarre geflossen. Nun war er mehr Entertainer und, das musste man ihm lassen, er lieferte mit seiner Band eine gute Show ab.

Eine gute, keine überragende. Vielleicht war es gerade diese persönliche Note, die ihm und *The Great Anubis* fehlte.

Die Band spielte eine Dreiviertelstunde begleitet vom Jubel der immer enthusiastischeren und auch immer betrunkeneren Barbesucher. Ungefähr nach der Hälfte des Auftritts setzte sich jemand neben mich. Instinktiv rutschte ich zur Seite, doch es war David. Er sagte etwas, das sich in den Wogen der lauten Musik verlor. Noch einmal versuchte er es, jedoch wurden seine Worte ebenso schnell verschluckt wie zuvor. Mir blieb nur, meine Arme mit den Handflächen nach oben in die Luft zu halten, woraufhin er sich ganz nah heranlehnte, bis ich seinen Atem auf meiner Wange spürte.

»Ich bin gerade erst gekommen. Bist du schon lange hier?«, brüllte er in mein Ohr.

»Zwei Stunden.« Oder waren es drei?

Von dem, was er als Nächstes sagte, verstand ich nur die Hälfte. Ich hörte »Kuchen backen« und »Moritz und seine Feier« und irgendein Kauderwelsch, das ich als »bunte Rosen« interpretierte. Ich schüttelte hilflos den Kopf. Es war sinnlos, sich bei dem immensen Lautstärkepegel unterhalten zu wollen. Das sah auch David ein und drehte seinen Kopf wieder weg.

Bildete ich es mir ein oder saß er etwas näher als üblich? Unsere Oberschenkel berührten sich unter dem Tisch, wenn auch nur leicht. Sollte ich mein Bein wegziehen? Wollte ich das denn?

Plötzlich stand Lou neben dem Tisch und brüllte über die Musik: »Na, wie findet ihr es?«

Ich fragte mich, ob sie bereits Feierabend hatte oder ob sie sich heimlich von ihrem Posten geschlichen hatte.

Ich hob beide Daumen, womit ich Lou ein stolzes Lächeln entlockte.

»Kommt!«, meinte Lou und zog David und mich in Richtung Bühne. Sich durch eine Menschenmenge vorzudrängen, war ein Talent, das viele gar nicht erst als Talent erkannt hätten, doch Lou hatte es. Sie schaffte es, sich ohne allzu viel Gerempel zwischen den Leuten hindurchzuschlängeln und stand schließlich mit uns an ihrer Seite in der ersten Reihe, so nahe an der Band, dass ich den Bass in meinem Magen spüren konnte.

Lou jubelte laut, klatschte in die Hände und warf ihren Kopf zur Seite, sodass ihre langen Locken stürmisch in der Luft tanzten. Ich wünschte, ich könnte mich so gehen lassen wie sie, doch um ehrlich zu sein, hatte ich mich auf meinem Randplatz neben David deutlich wohler gefühlt als hier im Zentrum des Geschehens. Das höchste der Gefühle war ein Wippen mit den Hüften, wobei ich froh war, dass man im fahlen Licht meinen verkniffenen Gesichtsausdruck nicht erkennen konnte. Ich warf David einen Seitenblick zu, davon ausgehend, dass er in der Menge der Tanzenden mindestens ebenso verloren wie ich sein würde. Doch weit gefehlt. Mit geschlossenen Augen bewegte er seinen Körper leicht im Takt, sein Gesichtsausdruck entspannt, ein breites Lächeln auf den Lippen. Er schien ganz in der Musik versunken, weder Lous Energie noch die hübsche Blondine, die neben ihm tanzte und ihm verstohlene Blicke zuwarf, bemerkte er. Es war ein ganz neuer David, den ich da vor mir sah.

Nachdem die letzten Töne verklungen waren, kam die gesamte Band direkt zu Lou, David und mir. Man wollte meinen, nach fünfundvierzig Minuten geballter Musik müssten sie müde sein, doch sie wirkten weit energiegeladener als vor ihrem Auftritt. Lou klopfte einem nach dem anderen auf die Schultern. »Super Job!«

»Ihr wart richtig gut«, sagte ich viel zu leise und hätte

gern hinzugefügt, wie fantastisch sie erst mit einem eigenen Song sein würden, ließ es jedoch bleiben, da mich sowieso niemand gehört hätte.

»Das war mal ein Auftritt«, jubelte Rich und klatschte mit David ein, als hätten die beiden gerade einen Marathon gewonnen. Kaum vorzustellen, dass die zwei bei ihrem ersten Aufeinandertreffen beinahe gezankt hätten. Nun wirkten sie wie ein Team.

Während wir uns zurück zum Band-Tisch drängten, hielt Alexis mich zurück. »Danke, Marie. Schön, dass es dir gefallen hat. Wenn wir erst einmal eigene Songs haben, wird es bestimmt noch besser«, sagte er.

Er hatte mich also doch gehört. Sogar das, was ich nur gedacht hatte.

Dann sagte er nichts mehr, weil Lou ihn überschwänglich von der Seite umarmte und ihn küsste.

***

Am nächsten Morgen fühlte ich mich wie in einem Vakuum. Schon als ich aufwachte, pulsierte mein Kopf zum Rhythmus eines lautlosen Metronoms und meine Gedanken schwebten langsam durch den luftleeren Raum. Ich hätte früher nach Hause gehen sollen! Oder einfach weniger trinken, doch Wein war seit jeher, oder zumindest seit ich ihn trinken durfte, der einfachste Ausweg aus jeder unangenehmen Situation, so auch wenn man inmitten einer Gruppe junger Musiker peinliches Schweigen vermeiden wollte. Ein Schluck für jedes ungesagte Wort, ein tiefer Zug pro unbeantwortete Frage. So rächte sich mein Schweigen heute.

Ich hatte gerade einmal Zeit für eine halbe Tasse Kaffee und eine kalte Dusche, bevor es an der Tür klingelte. Meine Haare waren noch nass und mein Frühstücksbrot stand unberührt auf dem Küchentresen. Wieso hatte ich gedacht, es wäre eine gute Idee, den Probetermin auf Samstagmorgen zu legen? Nach einem Konzert am Freitagabend im Irish Pub. Mit Freunden und Wein. Zu viel Wein. Viel zu viel.

Alexis sah frisch aus. Leichte Augenringe waren der einzige Hinweis auf die vergangene Nacht, und das, obwohl er genauso wenig Schlaf bekommen hatte wie ich. Vermutlich war er solche Nächte gewöhnt, weil sie zu seinem Musiker-Alltag gehörten.

»Fit zum Komponieren?«, fragte er mit einem Zwinkern.

Die Antwort konnte er sich bei meinem Anblick vermutlich selbst denken. Daher fragte ich nur: »Wasser?«

Als er nickte, eilte ich erleichtert in Richtung Küche, um mir zuallererst selbst ein großes Glas einzufüllen. Zurück in meinem Zimmer hatte Alexis sich auf der Bettkante niedergelassen. Der Gitarrenkoffer lehnte ungeöffnet am Klaviersessel.

»Für dich«, meinte er und hielt mir ein braunes Papiersäckchen entgegen. »Als Dankeschön für deine Mühe.«

Unsere Finger berührten sich leicht, als ich das Päckchen entgegennahm.

»Danke.«

»Ich habe es vor zwei Tagen auf dem Flohmarkt entdeckt und dachte, es passt perfekt.«

Ich versuchte mir einzureden, dass mein Herz beim Gedanken daran, dass er an mich gedacht hatte, nicht schneller klopfte – und spätestens bei seinem nächsten Satz war das Herzklopfen verschwunden.

»Lou fand auch, dass es gut passt.«

Lou war mit ihm zusammen auf dem Flohmarkt gewesen. Natürlich. Sie liebte es, alten Ramsch zu kaufen, kleine Schätze, wie sie es nannte, und damit unsere Wohnung zu dekorieren.

Ich zog eine kleine, in allen Regenbogenfarben schillernde Glasfigur in Form eines Vogels mit ausgebreiteten Flügeln und überlangem Schnabel aus dem Päckchen. Filigran gearbeitete Linien zeichneten feine Krallen und sogar einzelne Federn an den Spitzen der Flügel nach. Sie war hübsch, die kleine Vogelfigur, doch mir war unklar, was daran Alexis an mich erinnert haben mochte.

»Ein Vogel?«

»Ein Kolibri«, erklärte Alexis, als ob das Begründung genug wäre.

Ich nickte langsam. »Ach so.«

»Manche Kolibris haben eine ganz besondere Art zu singen. Sie benutzen dazu nämlich nicht ihre Stimme, sondern ihre Schwanzfedern.« Er räusperte sich. »Jedenfalls, wenn Kolibris fliegen, sorgt der Wind dafür, dass ihre Federn Musik machen. Wie eine Harfe. Man kann ihr Lied hören. Nur eben nicht durch ihre Stimme.«

Er brach ab, als hätte er etwas Falsches gesagt. Ein fast stimmloser Vogel für das fast stimmlose Mädchen. Dabei hatte ich gedacht, Alexis sei einer der wenigen Menschen, in dessen Gegenwart ich frei von unsichtbaren Mauern war oder zumindest so wirkte.

»Keine gute Idee?«, fragte er.

»Doch.«

Der Kolibri ist wunderschön, wollte ich sagen. *Und so passend.* Aber zum ersten Mal hatte es mir bei Alexis die Sprache verschlagen. Es war eine dieser merkwürdigen Eigenarten meiner gläsernen Mauer. Je mehr ich mir ihrer bewusst war, desto enger umschloss sie meine Stimme.

»Ich dachte, der Kolibri sei ein gutes Symbol. Du weißt schon, weil er andere Wege gefunden hat, sich Gehör zu verschaffen. So wie du mit deinem Klavier.«

Wieder nickte ich und wünschte so sehr, meine Stimme würde auf der Stelle zurückkommen. Wieso passierte das gerade jetzt? Zum Glück ließ Alexis keine Schweigepause zu. Er wirkte geradezu aufgeregt.

»Ich habe noch etwas. Erinnerst du dich an die Melodie, die du mir während unserer ersten Probe vorgespielt hast?«

Tante Melanies Lied. Natürlich.

»Damals konnte ich sie nicht zuordnen, obwohl sie mir so bekannt vorkam. Als du dann erwähnt hast, dass deine Tante eine Schallplatte der *Beatles* in ihrer Erinnerungskiste hatte, da hatte ich beinahe so etwas wie ein Déjà-vu. Nein, Déjà-vu ist das falsche Wort. Es hat sich so angefühlt, als ob ich mich an etwas Wichtiges erinnern müsste, nur wusste ich nicht, was. Dieses Gefühl hat mich nicht mehr losgelassen, also habe ich gestern Nachmittag, bevor wir in der Bar aufgetreten sind, zu Hause alte Lieder der *Beatles* angehört. Und plötzlich hörte ich deine Melodie! Es ist ein Lied von den *Beatles*! Es heißt *Blackbird*.«

Der Name sagte mir nichts, doch allein die Tatsache, dass es sich um ein Werk der *Beatles* handelte, war bezeichnend. Die *Beatles*-Schallplatte aus der Erinnerungskiste, Jane Austens *Emma*. Der Kreis schloss sich immer enger und ich war trotzdem so ahnungslos wie am Anfang.

Schon hatte Alexis die Gitarre ausgepackt und stimmte die ersten Akkorde der vertrauten Melodie an. Er sang mit leiser, rauchiger Stimme, den Blick auf den Hals der Gitarre geheftet.

Blackbird singing in the dead of night
Take these broken wings and learn to fly.
All your life
You were only waiting for this moment to arise.

Die Musik kommt leise von außerhalb des Zimmers, aber ich achte kaum auf sie. Meine Augen kleben an den Schatten der Sterne, die anmutig über die Wände tanzen. Mein Arm ist in dem Versuch ausgestreckt, mit dem Finger die Schattenlaterne zu berühren, die sich unablässig dreht und durch deren kleine, sternenförmige Löcher Licht blitzt.

Plötzlich höre ich lautes Geschrei. Ich schrecke hoch. Die Tür des Zimmers ist einen Spaltbreit offen, sodass ein Lichtstreifen in den Raum fällt. Das Licht macht mir Angst. Die Schreie und die offene Tür.

Vorsichtig schleiche ich mich zur Tür, spähe hinaus. Da sehe ich den Rücken des großen Mannes und Emma, die sich vor ihm an die Wand presst, ihre Augen viel zu groß beim Anblick seiner ausgestreckten Hand. Er wird sie schlagen!

Einen Moment lang bleibt alles stehen. Mein Herz stoppt in meiner Brust, mein Atem versagt, meine Füße kleben am Boden. Dann senkt der Mann den Arm, beugt sich ganz nahe zu Emmas Gesicht und flüstert etwas. Was sagt er? Ich kann es nicht hören.

Emma kommt mit hängenden Schultern und bebenden Nasenflügeln zurück. Unsere Blicke treffen sich, als sie sich an mir vorbeidrückt. Blaue Augen, die mich anstarren. Blau wie das Meer. Sie weiß, dass ich alles gesehen habe. Sie muss.

Da hebt sie einen Finger an die Lippen. »Pssst, sag nichts«. Im nächsten Moment dreht sie sich auf dem Absatz um und läuft so schnell weg, dass ihre Haare in die Höhe fliegen. Ich harre regungslos aus. Warte. Auf Emma, darauf dass sie zurückkommt. Sie oder irgendjemand sonst. Wie lange stehe ich hier? Ich weiß es nicht. Irgendwann wird mir klar, dass sie nicht kommen wird. Emma ist weg.

Ich sinke auf den Boden, schlinge meine Arme um die Knie und schließe die Augen. Ich fühle mich so einsam, als sei ich der letzte Mensch auf dieser Welt. Ich wünschte, ich könnte zurück ins Bett und schlafen oder dass mir jemand sagen würde, dass alles okay ist. Aber da ist niemand. Nur ich und das Lied.

You were only waiting for this moment to arise
You were only waiting for this moment to arise.

Meine Lippen bewegten sich lautlos zu den Worten des Liedes – lautlos wie das Flüstern des Mannes aus meiner Erinnerung, wie die tanzenden Sterne und die Stimme des Kolibris.

Alexis' Gesang und die Melodie des *Beatles*-Liedes nahm ich wie im Traum wahr. Hörte ich das Lied überhaupt noch oder war es Teil meiner Erinnerung? Und woran hatte ich mich erinnert? Ich wusste nicht, was das alles zu bedeuten hatte. Wieso kamen die Erinnerungen nur in Fragmenten zurück, die zu unvollständig waren, um sie zu einem Ganzen zusammenzusetzen?

Alexis sah erst auf, als das Lied beendet war.

»Oh Gott«, war seine erste Reaktion, und ich musste lauthals loslachen.

Vermutlich wirkte ich vollkommen verrückt, wie ich lauthals lachend auf meinem Bett saß, die Augen von Erinnerungsbildern verklärt. Alexis legte die Gitarre auf den Boden, rutschte zu mir. »Alles in Ordnung?«

Erst nickte ich, wieder und wieder, wie um mir selbst zu beweisen, dass alles in Ordnung war, überlegte es mir im nächsten Moment aber anders und schüttelte den Kopf. Das Gefühl der Einsamkeit hatte sich tief in meine Eingeweide gegraben. Selbst als Alexis mich tröstend umarmte, fühlte ich die Einsamkeit, als ob ich allein auf der Welt wäre, als ob ich einen wichtigen Teil von mir verloren hätte. Warum, das wusste ich selbst nicht genau.

KAPITEL 12

Es war Sonntag. Lou und ich saßen im Auto auf dem Weg zu meinem Elternhaus, sie am Steuer, ich auf dem Beifahrersitz, und obwohl zwischen jetzt und den Proben mit Alexis nur ein einziger Tag lag, fühlte es sich an, als hätte ich eine Ewigkeit auf diesen Moment gewartet. Ich brauchte Antworten!

Nach dem letzten Erinnerungsschub hatte ich einen neuen Verdacht, nämlich den, dass Emma Tante Melanies Tochter war, also meine Cousine, und der schreiende Mann tatsächlich Patrick, ihr Vater. Wenn ich damit richtig lag, taten sich allerdings neue Fragen auf. Warum hatten meine Eltern mir nie von meiner Cousine erzählt und was war mit ihr passiert? Meine Eltern hätten sie nach dem Tod ihrer eigenen Mutter doch normalerweise bei sich aufgenommen – sofern sie noch am Leben war. Ob sie mit ihren Eltern bei dem Unfall ums Leben gekommen war? Doch warum durfte ich nichts davon wissen? Wieso waren ihr Leben und möglicherweise ihr Tod ein Geheimnis, das groß genug war, um mich deswegen fast zwanzig Jahre lang zu belügen?

Mein Handy klingelte, es war David. Ich wartete, bis das Verpasster-Anruf-Zeichen aufleuchtete, bevor ich es auf Vibrationsalarm stellte und zurück in meine Hosentasche steckte. Lou warf mir von der Seite her einen

Blick zu, doch sie sagte nichts. Noch einmal vibrierte mein Handy kurz. Vermutlich eine Nachricht, doch ich schaute nicht einmal nach. Auch das hatte Zeit bis später.

»Da wären wir«, meinte Lou, während sie den Wagen in die Einfahrt lenkte.

Wie immer stand das Gartentor zur Terrasse mit dem gedeckten Mittagstisch offen. Das Begrüßungskommando stand in Form eines schwanzwedelnden Dweenys bereit. Mein Vater kam gerade mit einer Schüssel Salat aus dem Haus, begrüßte uns und rief dann nach meiner Mutter. Diese umarmte zuerst mich, dann Louisa. »Schön, dass du mitgekommen bist. Es ist viel zu lange her, seit wir uns das letzte Mal gesehen haben!«

»Ja, ehrlich! Ich habe euch vermisst ... und euer Essen«, meinte sie, woraufhin meine Mutter lachte.

Schon wieder vibrierte mein Telefon. David hatte wirklich ein mieses Timing. War es vielleicht wichtig? Sollte ich gleich rangehen und meine Eltern später zur Rede stellen? Nein! Später war bei mir ein vielbenutztes Synonym für nie.

»Ich muss euch etwas sagen«, begann ich mit zitternder Stimme und warf Lou einen hilfesuchenden Blick zu.

Die sagte: »Ja und es ist wichtig, dass Marie eine ehrliche Antwort von euch bekommt.«

»Aber natürlich. Wir sind doch immer ehrlich zu ihr«, meinte meine Mutter. Wenn sie nur wüsste, mit welch bittersüßer Ironie ihre Worte in meinen Ohren erklangen.

Jetzt oder nie. *Sei ein Baum.*

»Ich hatte zwei weitere Flashbacks und in beiden habe ich Emma gesehen. Sie lässt mich nicht mehr los.«

»Wie bitte?« Genauso wie beim ersten Mal, als ich Emmas Name erwähnt hatte, erstarrte mein Vater, während die Wangen meiner Mutter erbleichten.

»Emma. Das kleine, blonde Mädchen, mit dem ich früher gespielt habe. Das aus meiner Erinnerung. Ich muss wissen, wer sie ist.«

Meine Mutter schüttelte den Kopf. »Schatz, ich weiß nicht, wovon du sprichst.«

Sie log. Denn direkt nachdem sie mir geantwortet hatte, eilte sie hinter den Tisch und rückte Teller gerade, die schon vorher an ihrem Platz gestanden hatten. Das tat sie immer, wenn sie nervös war, und der Blick, den mein Vater ihr zuwarf, verriet, dass auch er es wusste. Ja, sie log.

»Mama, bitte. Du musst mir die Wahrheit sagen.«

Nun verschob sie die Gläser. Mein Vater ließ sich auf einen Stuhl nieder.

»Vielleicht sollten wir uns alle setzen«, schlug Lou vor und folgte ihrer eigenen Anweisung. Auch ich ließ mich nieder, nur meine Mutter blieb stehen. Ich wünschte, sie würde mir einfach antworten.

Nun ergriff Louisa das Wort: »Es ist bestimmt nicht Maries Absicht, euch etwas zu unterstellen oder euch zu verletzen, nur ... Ich lebe mit ihr zusammen und deshalb weiß ich, wie schlecht es ihr in letzter Zeit geht. Seit der Hypnosesitzung hat sie diese Flashbacks. Erinnerungsfetzen, die zu ihr zurückkommen, und wir glauben beide, dass diese Erinnerungen etwas mit ihren Sprachproblemen zu tun haben.«

»Diese Hypnosesitzungen!«, ereiferte sich da meine Mutter. »Ich habe dir gesagt, dass ich es für keine gute Idee halte, aber du musstest es ja unbedingt ausprobieren und nun haben wir den Salat.«

Lou ließ sich mit dieser Aussage nicht abfertigen. Gott, war ich froh, sie hier zu haben.

»Darum ist es wichtig, sich mit den Flashbacks auseinanderzusetzen, denn sie werden mit Sicherheit nicht von selbst aufhören. Es sind Erinnerungen von Maries Tante Melanie, von einem Mann, von dem sie denkt, er könnte Melanies Ehemann gewesen sein, und von einem kleinen Mädchen etwa in Maries Alter«, zählte sie die Fakten auf.

Mein Vater war so blass, als müsste er sich jeden Moment übergeben.

»Aha«, war alles, was meine Mutter antwortete. Es folgte ein viel zu langes Schweigen.

»Und nun hätte Marie gerne Antworten«, meinte Lou schließlich und warf mir einen hilfesuchenden Blick zu.

Mama holte tief Luft. »Glaub mir, Louisa, ich würde ihr diese Antworten allzu gerne geben, wenn ich könnte. Aber ich weiß nichts von diesem Mädchen.«

Bildete ich es mir ein oder wurde mein Vater auf seinem Stuhl immer kleiner?

»War Emma Tante Melanies Tochter?«, flüsterte ich, und es kostete mich Unmengen an Überwindung, diesen kleinen Satz auszusprechen.

Meine Mutter sagte erst gar nichts.

»Linda«, murmelte mein Vater. »Linda, wir sollten ...« Viel zu schnell brach er ab, und wieder war da dieses unerträgliche Schweigen.

Lou verfolgte alles, als schaute sie einen spannenden Krimi im Fernsehen. Ich sah, wie Mamas Lippen zu beben begannen.

Bitte, bitte, fang jetzt nicht an zu weinen!

»Was, Papa? Was solltet ihr?«, fragte ich laut.

Seine Antwort kam leise, fast flüsternd: »Es tut mir leid, Marie. Ich weiß genauso wenig wie deine Mutter.«

Das war es. Ende. Hier würde ich meine Antworten nicht finden. Entweder beide logen mich an oder – und ich konnte kaum entscheiden, welche der beiden Möglichkeiten ich schlimmer fand – meine Eltern wussten tatsächlich nichts und ich stand noch immer ganz am Anfang.

Als mein Handy schon wieder vibrierte, verlor ich die Geduld und riss es aus meiner Hosentasche. »Verdammt, David! Was ist denn?«

Er reagierte nicht auf meinen gereizten Tonfall, wunderte sich nicht einmal über meine Wortwahl, sondern sagte nur: »W-wir sind im K-k-krankenhaus. Jana w-wurde v-v-v-on einem Auto ange-angefahren.«

Alle Fragen, die ich noch hätte stellen können, verloren mit einem Schlag an Bedeutung.

»Wir kommen sofort.«

»Was ist los?«, wollte Lou wissen, als ich aufsprang.

»Jana ist im Krankenhaus. Wir müssen sofort hinfahren.«

Auch sie stellte keine Fragen mehr, schnappte sich die Autoschlüssel und streifte sich ihre Jacke über.

»Nun wartet doch«, begann meine Mutter. Ihr Blick sprang zwischen uns und den vollen Tellern hin und her, doch mein Vater legte ihr die Hand auf den Arm und brachte sie damit zum Schweigen. Meine gemurmelte Entschuldigung winkte er ab.

»Schon gut, fahrt ruhig.«

Lou und ich waren beinahe aus dem Gartentor, als ich meine Mutter rufen hörte: »Fahrt vorsichtig!« Und: »Ruft an, wenn ihr da seid, ja?«

Schon saßen wir im Wagen und fuhren los.

***

Gemessen am Grad meiner Wohlfühlzone standen Krankenhäuser auf einer Stufe mit Bühnen, überfüllten Bussen und einer eisbenetzten Straße im Nieselregen. Diese Abneigung bestand, solange ich zurückdenken konnte, auf jeden Fall war sie schon da gewesen, als ich etwa in Janas Alter, genau genommen mit sieben, als Patientin in der Notaufnahme gelandet war. Damals war ich vom Klettergerüst des Spielplatzes gefallen.

Es passierte während der Geburtstagsfeier eines Mitschülers, der mich nur eingeladen hatte, weil unsere Mütter den gleichen Friseursalon besuchten. Die anderen Kinder spielten genauso wenig mit mir, wie sie es in der Schule taten, doch das störte mich nicht. Schließlich war auch Lou eingeladen, deren Fantasie die fabelhaftesten Abenteuer entsprangen.

Während die anderen Kinder Fangen spielten, stiegen wir gemeinsam das Klettergerüst empor. Louisa hatte sich eine Geschichte ausgedacht, in der sie die Kapitänin eines Raumschiffs und ich ihre erste Steuerfrau war, und gemeinsam erklommen wir die Spitze des höchsten Jupiterberges, um dort unsere Flagge zu hissen. In Geschichtsbüchern würde man uns als die ersten Menschen, die einen Berg im Weltall bestiegen hatten, verewigen. Reichtum, Ruhm und eine riesige Villa voller rosaroter Welpen würden auf uns warten, sobald wir zurück auf der Erde waren. Falls wir jemals zurückkehren sollten.

Ich war so in Louisas Geschichte und unser Abenteuer versunken, dass ich erst bemerkte, wie hoch ich geklettert war, als ich bereits ganz oben saß. Der Boden erschien mir plötzlich unendlich weit weg und wo ich zuvor die Felsen des Jupiterberges gesehen hatte, standen nun die Sprossen des Klettergerüsts viel zu weit auseinander.

An den Fall selbst konnte ich mich im Nachhinein nicht erinnern. Lou erzählte den Erwachsenen, sie habe meinen Sturz nicht gesehen. Einige Tage später, als wir allein in meinem Zimmer saßen, fragte sie mich, warum ich einfach losgelassen hatte. Als ob ich fallen *wollte.*

Noch heute fragte ich mich manchmal, ob ich es wirklich gewollt hatte. Zu fallen. Als Kind hatte ich mich oft wie in einem Vakuum gefühlt, das nicht nur meine Stimme, sondern mein ganzes Wesen einschloss. Vielleicht war es das, was ich gewollt hatte: das Vakuum durchbrechen. Es loslassen.

Auch wenn ich darauf keine Antwort hatte, erinnerte ich mich noch genau an das Gefühl, zu fallen, an die Schwerelosigkeit in der Luft und an den Schmerz, der meinen Arm durchzuckte, als ich auf dem Boden aufschlug.

Das Nächste, woran ich mich erinnerte, war, wie ich mit meinen Eltern im Krankenhaus saß und wieder vollkommen stumm war. Es stellte sich heraus, dass mein Arm gebrochen war. Während meine Eltern befürchteten, dass eine Operation nötig sein könnte – war sie nicht –, machte der Arzt sich offenbar mehr Sorgen darüber, warum ich keinen einzigen Ton, ja nicht einmal ein Schluchzen oder kleines Hicksen von mir gab. Erst viel später erzählten mir meine Eltern, dass er ihnen im Hinterzimmer einige sehr persönliche Fragen gestellt hatte.

Als ich heute die Kinderstation betrat, fühlte ich mich genauso wie damals. Unwohl, ängstlich, mir viel zu sehr der Tragödien bewusst, die sich in den weißen Gängen rund um mich herum abspielten. Für Lou waren Krankenhäuser Orte der Hoffnung, weil dort Kinder geboren und Krankheiten geheilt wurden. Aber dort gab es auch Tod und Schmerz. Verletzungen und Trauer. Ich fand sie vor allem trostlos.

Noch mehr, als dass ich Krankenhäuser an sich verabscheute, hasste ich, dass Jana und ihre Familie hier sein mussten.

David wartete vor dem Krankenzimmer auf Lou und mich.

»Was ist passiert?«, wollte Lou wissen.

»J-j-ja ... Jana, s-sie ...«

Wenn David aufgeregt war, stotterte er besonders. Lou strich ihm über den Arm und sagte, er sollte sich Zeit lassen, was Wunder wirkte. Immer noch stotternd, aber verständlich gab er die Eckdaten dessen, was passiert war, an uns weiter. Jana war vor ein Auto gelaufen, während sie beim Kindersportkurs gewesen war.

Die Verletzungen waren nicht so schlimm, trotzdem musste sie zur Beobachtung bleiben.

»Weißt du, was genau sie sich getan hat?«, erkundigte Lou sich gerade, als die Tür zum Krankenzimmer geöffnet wurde und ein mitgenommen aussehender Tobias uns entgegentrat.

»Es tut mir so leid«, meinte Lou.

Ich umarmte ihn. »Wie geht es Jana?«

»Den Umständen entsprechend ganz gut. Danke, dass ihr gekommen seid. Das bedeutet Sara viel.«

Bevor wir das Krankenzimmer betraten, erfuhren wir von ihm die Details des Unfalls. »Wir haben Jana letzte Woche beim Kindersport angemeldet. Nach dem ersten Mal wollte sie schon nicht mehr hingehen, aber wir haben sie gedrängt. Wir dachten, nach ein paar Anfangsschwierigkeiten wird es schon hinhauen und wir könnten Jana zu einer Kämpferin erziehen. Ich habe noch zu ihr gesagt, manchmal müsse man sich im Leben durchbeißen. Jetzt komme ich mir dumm deswegen vor. Die Trainerin hat uns erzählt, dass sie gerade ein Ballspiel spielten, als der Unfall passierte. Jana fing den Ball und warf ihn nicht mehr weiter, da wurden die anderen Kinder richtig böse. Als die Trainerin bemerkte, dass etwas nicht stimmte, standen die Kinder bereits im Kreis um sie herum und sangen ein Spottlied über unsere Tochter. Irgendwas mit stumm und dumm, weil es sich so schön reimt. Könnt ihr euch das vorstellen?«

»Kinder können grausam sein«, meinte Lou.

Wie wahr.

»Die Trainerin wollte die Kinder zur Rede stellen, da lief Jana plötzlich weg. Mitten auf die Straße. Sie hatte

Glück. Der Fahrer konnte seinen Wagen noch herumreißen und hat sie kaum gestreift. Sie hat einige Schrammen, Schürfwunden und so, aber sonst ist sie okay. Die Ärzte meinen, sie soll trotzdem über Nacht zur Beobachtung bleiben. Es ist nur, seit sie hier ist, hat Jana kein Wort mehr gesagt. Nicht einmal zu uns. Sara ist völlig fertig.«

Die Flügeltüren der Station wurden geöffnet und Moritz lief herein. »Wie geht es Jana? Ich habe extra das Café geschlossen!«

David hatte mit seinem Anrufdienst wirklich ganze Arbeit geleistet. Auch Moritz wurde auf den neuesten Stand gebracht, bevor wir das Krankenzimmer betraten. Jana trug ein buntes Krankenhaushemdchen. Vier Stofftiere – ein rosarotes Einhorn, Affe Alberto, ein Nilpferd und ein Dackel – teilten sich mit ihr das Krankenhausbett. Sie war etwas blass um die Nase und hatte eine Wunde an der rechten Wange, die genäht worden war, ansonsten sah sie in Ordnung aus. Ihre Mutter Sara machte trotzdem den Eindruck, als könnte sie die Tränen nur mit Mühe zurückhalten, als sie aufstand, um uns der Reihe nach zu umarmen.

»Wenn es zu viel für euch ist, gehen wir wieder«, sagte Moritz zur Begrüßung und überreichte ein Comicbuch. »Damit ihr hier nicht so langweilig ist.«

»Danke«, sagte Sara.

Lou ließ sich neben Jana nieder, aber das Mädchen sah sie kaum an.

»Wollt ihr vier euch einen Kaffee holen? David und ich bleiben solange bei Jana«, schlug Tobias irgendwann vor. Vermutlich wollte er seiner Frau den Raum geben, sich ihre Angst und ihren Frust von der Seele zu reden, ohne dass Jana zuhörte. Sara nickte ergeben.

Bevor wir gingen, beugte ich mich zu Jana und flüsterte ihr ins Ohr: »All die Dinge, die du jetzt sagen willst – merk sie dir gut. Denn eines Tages kannst du's.«

Das Krankenhaus-Café lag im Erdgeschoss direkt neben dem Blumenladen. Die meisten Tische waren besetzt von Patienten in Jogginghosen und weiten T-Shirts und ihren Verwandten, doch draußen fanden wir einen freien Tisch. Eine übertrieben freundliche Bedienung mit dem breitesten Grinsen, das ich je gesehen hatte, nahm unsere Bestellung auf. Vermutlich brauchte es an diesem Ort eine Extraportion Lebensfreude.

»Wie geht es dir?«, wollte Lou von Sara wissen.

»Es ist okay. Ich meine, Jana hatte Glück im Unglück.«

»Nein, ich meine, wie geht es *dir*.«

»Wie soll es mir schon gehen? Meine Tochter liegt im Krankenhaus, weil ich sie gezwungen habe, diesen idiotischen Sportkurs zu besuchen. Ich bin eine Rabenmutter.«

Nun flossen die Tränen endgültig, und das einzig Tröstende, was mir auf die Schnelle einfiel, war, Sara eine Serviette hinzuhalten. Das traurige Gesicht meiner Mutter von vorhin kam mir in den Sinn und mein Magen zog sich zusammen. Ich nahm einen Schluck von meinem Kaffee. Er schmeckte lasch, darum ließ ich zwei Stückchen Zucker hineinfallen.

»Du bist eine tolle Mutter«, sagte Lou. »Sieh dir nur an, was du alles für Jana tust. Und du konntest ja nicht wissen, wie das endet. Es war eine gute Idee.«

»Es war eine Scheißidee.«

»Seit wann fluchst du denn?«, fragte Moritz. Ein schwacher Versuch, sie aufzuheitern.

»Weil Fluchen das einzige ist, was ich gerade machen kann! Weil meine Tochter vor ein Auto gerannt ist. Ein scheiß Auto! Und jetzt spricht sie überhaupt nicht mehr.« Die Tasse in Saras Händen zitterte so sehr, dass der Kaffee überschwappte.

Moritz nahm einen Schluck Kaffee und verzog das Gesicht. »Drecksbrühe. Wenn ich braunes Wasser gewollt hätte, hätte ich es bestellt«, schimpfte er. »Du hast recht, Fluchen hilft.«

»Drecksbrühe ist kein besonders hartes Schimpfwort«, meinte Lou.

Sara lächelte leicht. »Ich bin ein Wrack. Immer wenn ihr mich seht, bin ich entweder den Tränen nahe oder ich heule bereits. Ihr müsst mich für einen wandelnden Wasserfall halten.«

»Ach was, überhaupt nicht«, beteuerte ich, was nur ein klitzekleines bisschen gelogen war.

»Ich bin einfach so wütend«, fuhr Sara fort. »Ich bin wütend auf die Trainerin, dass sie nicht besser aufgepasst hat. Auf mich und Tobias, weil wir Jana zu diesem Kindersportprogramm geschickt haben. Auf die Mütter, weil sie ihre Kinder nicht besser erzogen haben. Auf die Kinder und ihre gehässigen Lieder. Ich habe mich sogar dabei erwischt, wie ich wütend auf Jana war, weil sie weggelaufen ist, anstatt sich zu verteidigen. Könnt ihr euch das vorstellen? Ich war wütend auf meine kleine Tochter, weil sie einen Unfall hatte. Und weil ich weiß, dass das falsch ist, bin ich wieder wütend auf mich selbst. Ich bin schlicht und einfach nicht in der Lage, mit der Situation richtig umzugehen.«

»Das sehe ich anders. Soll ich dir eine Geschichte darüber erzählen, was es wirklich heißt, nicht mit etwas umgehen zu können?«, fragte Moritz.

Sara nickte wenig begeistert.

»Als ich ein Kind war, also bevor ich zu dem überaus beeindruckenden Karrieremann wurde, den ihr vor euch seht, war das Mutismus-Konzept noch nicht so bekannt«, begann Moritz. Regel Nummer eins: keine Moritz-Geschichte ohne Sarkasmus. »Meine Eltern wären damals nie auf die Idee gekommen, dass ich eine Therapie brauchen könnte. Vor allem, weil ich mit anderen Kindern ja ganz normal sprechen konnte. Da ich also mit Erwachsenen nicht sprach, mit Kindern aber schon, dachten meine Eltern, ich sei ein bockiges Kind.«

Er machte eine kurze Pause, um von seinem Kaffee zu trinken, Pardon, seiner Drecksbrühe. Ich fragte mich, was diese Geschichte mit Jana zu tun haben sollte.

»Eines Tages, ich war damals etwa im Alter deiner Tochter, mussten wir Kinder zur Beichte gehen. Die ganze Schulklasse gemeinsam. Unsere Lehrerin hatte uns den Standardsatz beigebracht: ›Oh Herr, ich bin hier, weil ich gesündigt habe‹, oder so ähnlich. Wir Schüler waren alle fein herausgeputzt, denn so gehörte sich das, wenn man das Haus Gottes betrat. Meine Mutter legte Wert darauf, dass meine Schuhe frisch geputzt waren und ich ein sauberes Hemd trug. An besagtem Tag gingen wir also in die Kirche und einer nach dem anderen musste in den Beichtstuhl, um dem Pfarrer seine Sünden zu gestehen. Ich war so nervös! Ihr könnt euch vorstellen, dass ich kein Wort herausbrachte. Der Pfarrer wurde richtig wütend, als ich ihm keine einzige Sünde beichtete. Er kam zu demselben Schluss wie meine Eltern: dass ich ein ungezogener Junge war, zu bockig, um zu reden, und vermutlich hatte ich so viel ausgefressen, dass es mir jetzt zu peinlich war, es vor dem Allmächtigen auszusprechen. Ich gebe ja zu, ich war ein Lausejunge und da hätte es einiges zu beichten gegeben. Aber Gott weiß, dass das nicht der Grund für mein Schweigen war.

Könnt ihr euch vorstellen, was für eine Schande das für meine erzkonservative Mutter war? Schelte war ich ja gewohnt, aber ich glaube, so lange und laut hat sie mich vorher noch nie angeschrien. Ich weiß noch, wie sie gefragt hat: ›Was habe ich nur falsch mit dir gemacht? Warum willst du nicht beichten? Warum willst du nicht beichten?‹ Sie wiederholte es immer und immer wieder und wurde jedes Mal lauter, denn – Überraschung – natürlich bekam sie keine Antwort von mir.« Moritz lachte kurz und freudlos.

Ich sah den kleinen Moritz vor mir, wie er mit geputzten Schuhen und einem reinweißen Hemd vor seiner schreienden Mutter stand. »Wenn dir nur noch zum Weinen zumute ist«, hatte er einmal zu mir gesagt, »dann ist Lachen die weit bessere Alternative.« Ob diese Weisheit zu jener Zeit entstanden war?

Er fuhr fort: »Ich bekam Stubenarrest, Radioverbot, der Nachtisch wurde mir gestrichen und vieles mehr. Aber das war nicht das Schlimmste. Ich glaube, an diesem Tag hat meine Mutter mich aufgegeben. In all den Jahren danach, wenn ich Probleme in der Schule hatte, eine schlechte Note mit nach Hause brachte, sich Lehrer beschwerten oder ich mich mit Klassenkameraden schlug, schien sich niemand darüber zu wundern. Schließlich waren sie von vornherein davon überzeugt gewesen, dass ich sie enttäuschen würde. Das, Sara, ist eine Mutter, die nicht in der Lage ist, mit der Situation umzugehen. Nicht du.«

Sara schluckte. »Ich weiß nicht, was ich sagen soll. Du hast nie davon erzählt.«

»Es ist lange her. Und wer weiß, vielleicht waren es gerade diese harten Jahre, die mich zu dem exorbitant charmanten, intelligenten und zugleich humorvollen Prachtkerl gemacht haben, der ich heute bin!« Der fröhliche Moritz war zurück.

Wir bezahlten den Kaffee, der in halb vollen Tassen zurückblieb, bevor wir Sara wieder nach oben auf die Kinderstation begleiteten. Noch einmal gingen alle ins Krankenzimmer, um Jana gute Besserung zu wünschen und sich zu verabschieden, dann gingen wir. Auch David.

»Habt ihr Lust auf einen Abstecher ins *Regenwald-Café*? Es gibt gratis Kaffee für alle«, schlug Moritz vor und fügte hinzu: »Richtigen Kaffee!«

»Klar«, stimmten wir zu.

Guten Kaffee und eine Prise von Moritz' positiver Denkkraft konnten wir alle gut gebrauchen.

KAPITEL 13

David begleitete Lou und mich nach Hause. Nachdem wir uns von Moritz verabschiedet hatten, wollte keiner von uns recht allein sein, und so luden wir ihn ein, gemeinsam mit uns zu kochen. Als wir zu Hause ankamen, dämmerte es bereits. Vor unserer Wohnungstür erwartete uns jedoch eine Überraschung. Meine Eltern saßen auf der Treppe.

»Was macht ihr denn hier?«, fragte ich.

Mein Vater erhob sich seufzend. »Nachdem ihr heute so überstürzt aufgebrochen seid, haben deine Mutter und ich noch einmal miteinander gesprochen. Wir haben diesen Moment lange vor uns hergeschoben, doch wir finden, du verdienst es, dass wir offen über deine Fragen sprechen.«

Oh je. Was würden sie mir sagen und war ich, nach allem, was heute passiert war, wirklich bereit dafür?

»Kommt doch rein«, schlug Lou vor. »Drinnen redet es sich viel besser. Außerdem müsst ihr durstig sein. Wollt ihr Saft? Wasser?«

Sie zog David mit sich in die Küche, während meine Eltern und ich uns auf dem Wohnzimmersofa niederließen. Die beiden wirkten nervös. Meine Mutter warf mir ein kurzes Lächeln zu, bevor sie ihren Blick abwandte. Die ganze Zeit spielte sie mit ihren Fingern, als besticke sie ein unsichtbares Zierdeckchen. Mein Vater schluckte schwer.

»Danke, dass ihr gekommen seid. Aber ...«, begann ich.

Aber was? Aber es wäre nicht nötig gewesen? Aber es ist gerade kein guter Zeitpunkt, weil ich noch Saras Tränen und Moritz' Geschichte im Kopf habe? Aber ich weiß gerade nicht, ob ich mit noch mehr Drama fertigwerde?

Da erhob sich mein Vater. »Es tut uns leid, dass wir nicht früher ehrlich mit dir waren. Wir hätten es sein sollen, es hätte vieles einfacher gemacht. Aber das hier ist nicht leicht für uns. Deshalb bitte ich dich, nur zuzuhören.«

Noch einmal schluckte mein Vater, dann begann er den längsten Monolog, den ich jemals von ihm gehört hatte. Seine Worte kamen fließend und geordnet, beinahe einstudiert. Ich hatte keinen Zweifel daran, dass er diese Rede in Gedanken schon dutzende Male gehalten hatte.

»Deine Mutter Linda und ich waren sehr jung, als wir uns kennenlernten, und so verliebt. Wir waren bereits fünf Jahre ein Paar, als wir endlich heirateten, damals kam uns das wie eine lange Zeit vor, ja fast wie eine Ewigkeit.«

Ich kannte die Geschichte vom Kennenlernen meiner Eltern, wie sie sich zum ersten Mal auf einem miesen Konzert getroffen hatten, auf das beide nur gegangen waren, weil ihre jeweiligen Freunde sie dazu genötigt hatten. Meine Mutter erzählte sie gerne. Doch nun war es eine beinahe surreale Situation, meinen sonst so schweigsamen Vater reden zu hören, während meine Mutter stumm und blass neben ihm saß.

»Wir hatten viele Träume für unsere Zukunft. Einige Träume änderten sich mit der Zeit, doch einer blieb. Wir wollten eine Familie gründen. Mindestens zwei Kinder, vielleicht sogar drei oder vier. Als es zwei Jahre nach unserer Hochzeit mit der Kinderplanung noch immer nicht geklappt hatte, begannen wir, uns Sorgen zu machen. Zur gleichen Zeit bekam meine Schwester Melanie ein Kind, ein kleines Mädchen – Emma.«

Ich hatte also doch recht.

»Sie machte mich zum Patenonkel. Linda und ich besuchten die Kleine, so oft wir konnten und so oft ihr Vater es zuließ. Zwei Jahre später bekamen die beiden ein zweites Kind, auch ein Mädchen. Zu der Zeit hatten wir die Hoffnung aufgegeben, jemals Eltern zu werden. Umso mehr freuten wir uns, wenn Melanie mit ihren Mädchen zu Besuch kam. Mit Emma und ... mit *dir*.«

Er machte eine Pause, wartete darauf, dass ich etwas sagte, dass ich es aussprach. Aber ich konnte nicht. Ich dachte nur immer wieder dasselbe Wort: *Nein*.

»Melanie war deine leibliche Mutter.« Er wartete.

Nein. Nein. Nein.

»Wir sind natürlich deine Eltern. Wir haben dich großgezogen, wir lieben dich, wir ... Biologisch sind wir dein Onkel und deine Tante.«

Da hatte ich sie, die Antwort, die ich so dringend gesucht hatte. Die Erklärung für alles. Meine Erinnerungsschübe, die Lügen meiner Eltern, ihre Angst davor, was ich durch eine Hypnosetherapie entdecken würde. Dass sie nie über Melanie hatten sprechen wollen. Alles. Aber am liebsten hätte ich diese Antwort in einem tiefen Loch versenkt. Es gab Dinge, die hätte man lieber nie erfahren.

»Jedenfalls«, fuhr mein Vater fort, »haben wir dich sofort lieb gewonnen. Melanie kam oft mit dir und Emma zu uns zum Spielen. Ihr habt damals in einer Wohnung in der Stadt gewohnt, wir hatten einen Garten, in dem ihr Mädchen gerne herumgetollt seid. Damals baute ich die Schaukel unter dem Apfelbaum. Wir fuhren sogar zusammen in den Urlaub.«

Mir wurde schlecht, während sich das Puzzle Stück für Stück zusammensetzte. Aber die Worte flossen unbarmherzig weiter.

»Du warst schon immer ein ruhiges Kind. Nur zusammen mit Emma war das anders. Mit ihr hast du nach Herzenslust gelacht und gesungen oder im Garten herumgetollt. Emma ließ sich nur schwer den Mund verbieten. Ich glaube, sie war eine weit größere Herausforderung für Melanie, als du es warst. Wir haben als Kinder von unseren Eltern so oft eingebläut bekommen, dass wir still zu sein haben, und das waren wir dann auch. Wir kannten es nicht anders. Emma hingegen, hm, sie war das genaue Gegenteil ihrer Mutter als Kind.«

Emma. Meine Schwester.

»Was ist mit Emma passiert?«, fragte ich mit zitternder Stimme.

»Schatz, es ist so: Sie ist gestorben. Der Autounfall, bei dem Melanie ums Leben kam ... Sie saß mit im Auto. Es tut mir so leid.«

Emma ist tot. Ich habe eine Schwester – und sie ist tot. Dass Patrick, von dem nie geredet worden war und der, wie ich nun wusste, mein leiblicher Vater war, an diesem Tag ebenfalls gestorben war, erwähnte Papa nicht einmal. Papa? Konnte ich ihn so überhaupt noch nennen? Aber worüber wunderte ich mich? Es gab so viele Dinge, die nie erzählt worden waren.

Nun musste ich es wissen. Also fragte ich: »Was ist damals passiert?«

»Wir haben abends einen Anruf von der Polizei bekommen. Ich erinnere mich noch, dass wir gerade irgend so eine idiotische Kochsendung angesehen haben. Alles, was ich von dem Unfall weiß, ist das, was uns die Polizei erzählt hat. Patrick war an diesem Abend mit erhöhter Geschwindigkeit auf der Landstraße unterwegs. Er fuhr auf der falschen Straßenseite und krachte frontal in das entgegenkommende Auto. Er hatte Alkohol im Blut. Er und Emma verstarben noch am Unfallort, ebenso der Fahrer des anderen Wagens. Ein dreiundzwanzigjähriger Student. Ich habe im Nachhinein wie ein Verrückter über diesen Mann recherchiert. Ich hatte ein schlechtes Gewissen, als ob ich irgendwie mitschuldig daran wäre, dass mein Schwager nicht nur seine eigene Familie, sondern auch noch einen Unbeteiligten umgebracht hatte.« Kurz stockte er, bevor er mit gebrochener Stimme weitersprach. »Ich fragte den Polizisten am Telefon sofort nach dir, aber er hatte dazu keine Informationen. Nur dass Melanie schwerverletzt eingeliefert worden war. Linda und ich fuhren gleich nach dem Anruf ins Krankenhaus, doch bis wir dort ankamen, war auch sie nicht mehr«, wieder stockte er, »nicht mehr bei uns. In der Zwischenzeit hatte die Polizei in eurer Wohnung nach dir gesucht und dich allein und verängstigt unter dem Küchentisch gefunden. Niemand wusste, was an diesem Abend vorgefallen war und warum sie dich allein zurückgelassen hatten. Außer du selbst, aber zu diesem Zeitpunkt konntest du es bereits nicht mehr erzählen. Es war der Tag, an dem du aufgehört hast, zu sprechen.« Er schaute kurz zu Boden, dann wieder mich an. »Sie behielten dich eine Nacht im Krankenhaus, am nächsten Morgen nahmen wir dich mit nach Hause. Das war der Tag, an dem du unsere Tochter wurdest.«

Meine Hände zitterten. Ja, ich hatte all diese Antworten gewollt, aber gerade wurde mir das alles zu viel. Jeden Moment würde ich mich übergeben.

»Wir schworen uns, alles zu tun, damit du nicht noch mehr verletzt würdest. Wir wollten dir helfen, wieder zu sprechen, und als du tatsächlich wieder damit anfingst, da stellte sich heraus, dass du dich an dein Leben vor diesem schrecklichen Tag nicht mehr erinnern konntest. Wir haben lange überlegt, was das Beste für dich wäre, und irgendwann – und vielleicht war es die falsche Entscheidung – kamen wir zu dem Schluss, dass wir auf den richtigen Moment warten mussten, um dir die Wahrheit zu sagen. Sonst würde es dich zu sehr verletzen. Aber die Jahre verstrichen und den richtigen Moment gab es nie. Als die Sprachtherapie zunächst keine Fortschritte mehr brachte, dachten wir, es sei an der Zeit, dir davon zu erzählen. Dass es dir vielleicht doch helfen würde, mehr über deine Vergangenheit zu erfahren. Doch dann entdecktest du dein Musiktalent und die nächsten Erfolge stellten sich ein. Als deine Oma dement wurde, dachten wir wieder, es sei soweit. Doch obwohl sie ständig von Melanie sprach, erwähnte sie Emma mit keinem Wort. Wir sahen das als Zeichen, dass unsere Entscheidung richtig gewesen war. Es schien keinen Grund mehr zu geben, dir die

Wahrheit zu sagen. Es hätte nichts genützt, im schlechtesten Fall aber so viel kaputtmachen können. Wir wollten dein Bestes. Immer.«

Mein Bestes? Wie lächerlich das klang. Ich versuchte das, was ich gerade gehört hatte, in eine klare Struktur zu bringen.

Meine Eltern waren nicht meine Eltern.

Meine richtigen Eltern waren tot.

Ich hatte eine Schwester. Sie war tot.

Mein richtiger Vater hatte sie und meine Mutter getötet.

Und die Leute, die ich für meine Eltern gehalten hatte, hatten mich mein Leben lang belogen.

Diese fünf Wahrheiten wiederholten sich in meinem Kopf wie in Endlosschleife. Während ich versuchte, die utopische Geschichte, die ich eben gehört hatte, als meine neue Wahrheit einzuordnen, schaute meine Mutter mich endlich direkt an, noch blasser als zuvor, den Mund leicht geöffnet, eine stumme Entschuldigung auf den Lippen. Mein Vater stand regungslos da, sein Blick verlor sich irgendwo in der Leere zwischen Sofa und weißer Wand. Die Geräusche aus der Küche waren längst verklungen. Bestimmt hatten Lou und David alles mit angehört. Nur Hamster Alfred lief unbekümmert in seinem Rad.

Alle warteten auf eine Antwort von mir, aber ich hatte keine. *Ich kann nicht*, dachte ich nur. Es wäre falsch, zu sagen, dass ich ihnen nicht antworten wollte. Es erschien mir in diesem Moment schlichtweg unmöglich, als hätte meine gläserne Mauer sich von meiner Stimme auf meinen gesamten Körper und all meine Gedanken ausgedehnt. Und so stand ich auf, ging wortlos in mein Zimmer und schloss die Tür hinter mir ab. Drinnen ließ ich mich auf mein Bett fallen. Mein Körper fühlte sich dumpf an, als gehörte er gar nicht wirklich zu mir.

Irgendwann klopfte es an meiner Zimmertür. Es war meine Mutter. »Marie, bitte mach auf. Rede mit uns!«

Ihre Stimme klang merkwürdig, als weinte sie. Vermutlich tat sie das auch. Ich fühlte nicht einmal Mitleid, ich fühlte gar nichts.

In dem schwachen Versuch, meine Umgebung auszublenden, presste ich die Handballen gegen meine Augen. Noch einmal hörte ich meine Mutter, dann Louisa und schließlich, etwas später, das Klacken der Wohnungstür. Meine Eltern waren vermutlich gegangen. Ich hoffte es.

»Marie?« Lou stand direkt vor meiner geschlossenen Tür. »Deine Eltern sind weg. David sitzt noch in der Küche, aber wenn du möchtest, schicke ich ihn auch nach Hause. Kann ich reinkommen?«

Sie rüttelte an der Klinke, doch ich blieb liegen. Ich wollte gerade weder ihre Zuneigung noch ihr Mitleid und auch kein Gespräch. Ich wollte überhaupt nichts. Also steckte ich mir die Kopfhörer in die Ohren und drehte die Musik so laut, dass die Welt da draußen verstummte.

***

»Marie?«
Vorsichtig öffnete Lou am nächsten Tag die Tür zu meinem Zimmer. Ich lag in meinem Bett im Dunkeln,

die Vorhänge waren zugezogen, um die Sonnenstrahlen auszusperren, die so gar nicht zu meiner Stimmung passten. Ich fühlte mich elend. Nein, das stimmte nicht ganz. Ehrlich gesagt fühlte ich mich vor allem leer.

»Ich habe dir was zu essen gemacht. Du musst hungrig sein«, sagte Lou und stellte einen Teller mit Nudeln und einer undefinierbaren grünen Soße auf mein Nachtkästchen. Ich zwang mich, ein paar Gabeln voll Nudeln zu essen, um Lou zufriedenzustellen.

»Deine Mutter hat vorhin angerufen«, fuhr Lou fort. »Ich habe ihr gesagt, dass du dich bei ihr melden wirst, wenn du soweit bist.«

»Danke fürs Essen«, entgegnete ich.

Lou seufzte. »Ich habe heute Morgen bei deiner Arbeit angerufen und dich erst einmal krankgemeldet. Ich hoffe, das ist dir recht.«

Nach kurzem Überlegen nickte ich. »Danke.«

»Kein Problem. Ich glaube außerdem, ich sollte Irland absagen. Mein Flug geht schon in zwei Tagen und ich, na ja, nach allem, was passiert ist, ist es vielleicht keine gute Idee.«

»Du solltest fliegen.«

»Weißt du, ein Flug nach Dublin ist schnell gebucht und mein Bruder ist auch Student, also haben wir immer Zeit, zu reisen. Mach dir da keine Sorgen.«

»Du bleibst auf gar keinen Fall hier.« Ich würde nicht zulassen, dass Lou auf ihre Reise verzichtete, um ihre traurige Mitbewohnerin zu babysitten. Ich war schließlich keine zerbrechliche Porzellanpuppe. »Ich meine es ernst. Ich möchte, dass du fährst. Du hast immer so viel um die Ohren, dass du dir diese Reise wirklich verdient hast. Und mach dir um mich keine Sorgen, ich kann mich auch allein ganz gut bemitleiden.«

Ich spürte, dass ihr eine Erwiderung auf der Zunge lag, doch sie hielt sie zurück und nickte nur. »Dein Vater hat mir das hier gegeben, bevor er gegangen ist«, meinte sie, wobei sie mir einen zusammengefalteten Zettel überreichte.

»Es ist«, Lou räusperte sich, »die Adresse vom Friedhof und die Nummer des Grabs deiner Schwester.«

»Es gibt ein Grab?«

Früher hatte ich mich gewundert, warum wir zu Allerheiligen stets an den Gräbern meines Großvaters und meiner Großeltern mütterlicherseits standen, nie aber am Grab meiner Tante. »Warum steht Melanies Name nicht mit auf dem Grabstein von Opa?«, hatte ich meine Eltern einmal gefragt. Kurz darauf hatte mein Vater mir eine bronzene Urne mit Melanies Asche gezeigt, die seither auf der Zierkommode stand, neben einem Foto, das Melanie in ihren jungen, glücklichen Jahren zeigte. Ich hatte es immer für ein Klischee gehalten, aber ein schönes. Die Asche der geliebten kleinen Schwester sowie eine Erinnerung an bessere Tage. Ich hatte die Urne als Kind oft andächtig berührt, nun kam ich mir bei der Erinnerung an das plötzliche Auftauchen der Urne dumm vor. Warum war ich nicht misstrauischer gewesen? Ich fragte mich, was die Urne in Wirklichkeit beherbergte. War es Melanies Asche oder bloß ein Haufen Gartenerde, weil man mir das echte Grab mit den Namen meines leiblichen Vaters und meiner vergessenen Schwester nicht hatte zeigen wollen?

Und überhaupt, was hatten meine Eltern mit dem Grab gemacht? Waren sie heimlich dorthin gefahren, um Blumen zu setzen oder eine Kerze anzuzünden, oder hatten sie es dem Verfall der Zeit überlassen?

Dafür dass sie behaupteten, ursprünglich vorgehabt zu haben, mir irgendwann die Wahrheit zu erzählen, hatten sie ihre Lüge beeindruckend detailliert ausgearbeitet. Ein neues Haus mit alter Schaukel, präparierte Fotoalben, ein geheimes Grab.

»Deine Eltern dachten, du würdest es dir vielleicht anschauen wollen. Wenn du willst, komme ich mit.«

»Danke, aber ich weiß nicht, ob ich das möchte.«

»Wenn du lieber allein hingehen möchtest, verstehe ich das.«

»Ich weiß nicht, ob ich überhaupt hinwill.«

»Oh.«

Obwohl ich mich am liebsten in meinem Bett verkrochen hätte, hielt ich mich am nächsten Tag mit einem Übermaß an Hausarbeit beschäftigt, saugte die Böden, wischte die Fenster und arrangierte das Holzspielzeug in Alfred Adlers Käfig neu. Eine Taktik, die schon Linda, wie ich meine Mutter aus Trotz in Gedanken nannte, zur Perfektion beherrschte. Lou beobachtete mich währenddessen mit Argusaugen, und ich gab mein Bestes, in ihrer Gegenwart gefasst genug zu wirken, um sie von einem kurzfristigen Abbruch ihrer Reise abzuhalten. Doch nicht nur sie schien sich Sorgen zu machen. David und Alexis hatten beide mehrere Textnachrichten geschickt, die ich mit vorgetäuschter guter Launer beantwortete. Der Text-Marie ging es gut, sie war zu beschäftigt, um ans Telefon zu gehen, war aber ansonsten ein Bündel an positiven Gedanken. Die echte Marie wollte währenddessen vor allem in Ruhe gelassen werden.

»Wow, unsere Wohnung war noch nie so vorzeigbar«, machte Lou mir ein unaufrichtiges Kompliment.

»Besser putzen, als den ganzen Tag im Bett liegen.« Ich bemühte mich um ein Lächeln.

Die Krankmeldung bereute ich bereits jetzt. Die Stunden vergingen nur schleppend, Lous Bemutterung nervte mich und ich ertappte mich dabei, wie ich stundenlang auf den Bildschirm meines Handys schaute, hin- und hergerissen, ob ich meine Eltern anrufen sollte. Irgendwann schaltete ich mein Handy aus.

Als ich es abends wieder anmachte, zeigte das Display drei Anrufe in Abwesenheit, zwei davon von meinen Eltern, der dritte von David. Von ihm war auch eine Kurznachricht, in der er mich über Janas Zustand informierte. Sie war nach Hause entlassen worden und hatte dort auch wieder mit ihren Eltern gesprochen, war jedoch weit zurückhaltender als vor dem *Vorfall*, wie er es nannte.

Danke für die Nachricht.

antwortete ich und war ihm tatsächlich dankbar, wenn auch mehr dafür, dass er aufgehört hatte, mich danach zu fragen, wie es mir ging und ob er irgendetwas für mich tun konnte.

Dann tippte ich eine zweite SMS an meine Mutter:

Ich brauche Zeit für mich allein, um nachzudenken. Ich melde mich dann bei euch.

Ich zögerte kurz, bevor ich auf den Absenden-Knopf drückte, und verspürte bei der Vorstellung daran, wie meine Eltern die SMS lasen, eine merkwürdige Freude, bei der ich mir einzureden versuchte, dass es sich um Erleichterung handelte und nicht etwa um Schadenfreude. Daraufhin blieb mein Handy tatsächlich stumm.

»Weißt du, nicht mit ihnen zu reden, ist keine Lösung«, meinte Louisa tags darauf. Ich tat so, als hätte ich diesen Kommentar nicht gehört, während ich unsere Tassen nach Farben sortierte.

Die Stornierung ihrer Irland-Reise war nach wie vor nicht vom Tisch, selbst dann noch nicht, als sie am Abend des zweiten Tages nur wenige Stunden vor ihrem Abflug ihren Koffer packte. Ein schier unmögliches Unterfangen, bei dem unsere zuvor ordentliche Wohnung im Chaos ihrer Kleiderstapel versank. Es gab drei davon: den Ganz-sicher-, Vielleicht- und Eher-nicht-Stapel. Zwar kannte ich Louisas übliche Unordnung, doch heute hatte ich sie im Verdacht, das Packen extra in die Länge zu ziehen, um mehr Zeit für einen möglichen Rückzieher zu haben.

Nachdem die Tür am Tag der Abreise hinter Lou in die Angeln gefallen war, ging ich zurück in mein Bett. Den restlichen Tag verbrachte ich dösend, die Mittwochsrunde ließ ich ausfallen, weswegen ich prompt ein schlechtes Gewissen bekam. Immerhin hätte ich mich nach Jana erkundigen, Sara und Tobias Mut zusprechen und Moritz bei seiner Partyplanung helfen sollen.

Aber ich fühlte mich bereits so mies, was machte es da noch für einen Unterschied?

TEIL 3

THE HUMMINGBIRD-SONG

KAPITEL 14

Die Klänge von *Blackbird* tanzten durch den Raum, während ich mir Melanies Kette um den Hals hängte. Mit hochgehobenen Haaren betrachtete ich im Spiegel, wie der goldene Schutzengel oberhalb meines Brustbeins lag. Ich hatte ein Gefühl der Verbundenheit erwartet, vielleicht sogar einen neuerlichen Erinnerungsschub. Doch beides blieb aus.

Es war zwanzig nach drei. Ich verschwendete eine Minute damit, dem Sekundenzeiger meiner Armbanduhr mit den Augen zu folgen, und es erschien mir wie eine Ewigkeit, ehe er sich einmal um dreihundertsechzig Grad gedreht hatte. Noch vierzig Minuten.

Der Zettel mit der Adresse und der Nummer des Grabes lag wie ein Mahnmal auf meinem Nachtkästchen. Erst hatte ich daran gedacht, ihn aus Trotz wegzuwerfen, doch nun begriff ich, dass ich es meiner Familie, meiner Vergangenheit und vor allem Emma schuldig war, den Ort ihrer letzten Ruhe aufzusuchen.

Als ich mit Lou bei ihrem ersten Kontrolltelefonat darüber gesprochen hatte, hatte sie mich bestärkt, den Besuch am Grab sobald wie möglich hinter mich zu bringen, am besten noch am selben Tag oder spätestens morgen. Außerdem hatte sie darauf bestanden, dass ich nicht allein ging.

»Nimm Alexis mit oder David. Du brauchst ihn ja nicht bis zum Grab mitzunehmen. Er kann dich hinfahren und am Eingang warten. Nur damit du dich nicht so allein fühlst und damit du mir keinen Autounfall baust, wenn du heulend und verzweifelt durch die Gegend fährst«, meinte sie und stockte dann, als ihr klar wurde, wie unpassend ihre Bemerkung mit dem Autounfall war, aber ich nahm ihr solche Dinge schon lange nicht mehr übel.

So kam es, dass ich nun ungeduldig in meinem Zimmer saß und darauf wartete, dass David mich abholte. Er hatte sofort zugesagt, als ich ihn bat, mich zum Friedhof zu fahren. Nicht einmal lange nachgefragt, was ich dort wollte, hatte er. Anfangs hatte ich es lächerlich gefunden, dass ich einen Aufpasser brauchen sollte, doch nun war ich tatsächlich froh, dass mich jemand begleitete.

Um mir die Zeit zu vertreiben, schlug ich Jane Austens *Emma* auf. Nun, da ich wusste, dass Tante Melanie gar nicht *Tante* Melanie, sondern meine Mutter war, drängte es mich, mehr über sie zu erfahren. Doch es fiel mir unglaublich schwer, mich zu konzentrieren. Nachdem ich die ersten beiden Seiten beendet hatte, merkte ich, dass ich keine Ahnung hatte, was ich gerade gelesen hatte, und begann von vorne. Das gleiche Spiel wiederholte sich mehrmals, sodass ich gerade einmal sechs Seiten schaffte, bis es an der Tür klingelte.

Eilig schlüpfte ich in meine Jacke und rannte nach unten. David wartete an seinen Wagen gelehnt und, dem Anlass entsprechend, ganz in schwarz gekleidet.

»N-na, alles klar?«, begrüßte er mich.

Nein, dachte ich und sagte: »Ja, danke.«

Wie ein Gentleman öffnete er mir die Autotür und ich stieg ein.

»Können wir an einem Blumenladen halten?«, fragte ich.

»Natürlich. H-h-hast du einen b-bestimmten Laden im Kopf?«

»Einfach irgendeinen.«

Nach einigen Sekunden beklommenen Schweigens meinte er: »Wir fahren je-jetzt also zum G-g-grab deiner Eltern. Z-ziemlich ... verrückt.«

»Ja.«

Dann sagten wir nichts mehr.

Wir hielten an einem kleinen, schnuckeligen Blumenladen in der Nähe des Friedhofs, der spezialisiert auf Kränze und Sträuße für Gräber war. Ich entschied mich für einen Strauß weißer Rosen und eine einzelne Sonnenblume für Emma, wegen ihres sonnengleichen Lachens unter dem Apfelbaum.

Wenige Minuten später erreichten wir den Friedhof.

»Möchtest du, d-dass ich mit r-r-reinkomme?«, fragte David, worauf ich den Kopf schüttelte. Das musste ich ganz allein tun.

»Dann w-w-warte ich hier auf dich. Viel, ähm, G-glück?«

»Danke«, sagte ich, bevor ich ging.

Der Friedhof war hell und einladend. Weiße Kieselsteine bedeckten den Weg zwischen den Grabsteinen. Am Wegrand waren niedrige Bäume gepflanzt, die nur einen Hauch von Schatten spendeten. Beinahe alle Gräber waren geschmückt mit frischen Blumen, Engelsfiguren und Kerzen, manche von ihnen angezündet. Wie wohl der Grabstein meiner Familie aussehen mochte?

Ob er verwildert und alt zwischen seinen hübschen Kumpanen herausstach? Einsam und verlassen, während rings um ihn herum die geschmückten Gräber zeigten, dass sich Familien um den Stein, die Blumen, das Andenken ihrer Geliebten bemühten?

Doch als ich ihn erreichte, bot sich mir ein völlig anderes Bild. Der Grabstein war aus hellem Stein gemeißelt, ein kindlicher Engel saß auf der rechten Seite und lächelte traurig. An den unteren Rand war Emmas Name mit Geburts- und Sterbedatum gemeißelt; nur ihrer. Ganz allein. Das hieß wohl, dass die bronzene Urne in meinem Elternhaus tatsächlich Melanies letzte Ruhestätte war. Ich fragte mich, wo Patrick beigesetzt worden war, und hatte gleichzeitig unglaubliches Mitleid mit Emma. Es war verständlich, dass mein Vater die Überreste seines verhassten Schwagers, der noch dazu den Tod zweier geliebter Menschen verursacht hatte, nicht hatte begraben wollen, und auch, dass er seine Schwester nah bei sich haben wollte. Doch der Gedanke, dass die kleine Emma ganz allein ohne ihre Eltern, ohne irgendjemanden unter der Erde lag, erschien mir unerträglich.

Emma Schiller
** 04.02.1994*
† 27.04.2001

Sieben Jahre konnten eine lange Zeit sein, eine Ewigkeit sogar, aber sie waren viel zu kurz, wenn sie alles waren, was man vom Leben hatte.

Es war merkwürdig, diesen Nachnamen zu lesen. Schiller. Ich war als Marie Wolff groß geworden. Marie

Schiller klang so fremd, als würde es gar nicht um mich gehen.

Die Graberde war dunkel und glatt, Tannennadeln formten ein Kreuz, das von Primeln und bunten Chrysanthemen umrandet war, so frisch, als wären sie erst gestern gesetzt worden. Ich spürte Erleichterung darüber, dass Emmas Grab nicht verwildert war. Wenn sie schon bis in alle Ewigkeit allein hier liegen musste, so bekam sie wenigstens Besuch. Ob meine Eltern sich all die Jahre darum gekümmert hatten? Oder hatten sie das Grab nur jetzt hergerichtet, in der Voraussicht, dass ich es besuchen kommen würde?

Oder vielleicht war es jemand anderes gewesen. Jemand aus Patricks Familie oder alte Freunde. Ich wusste so wenig über meinen Ursprung. Irgendwo dort draußen gab es Onkels und Tanten, Großeltern, vielleicht Cousinen. Doch über Patricks Verwandte war nie gesprochen worden, geschweige denn, dass ich jemals einen von ihnen kennengelernt hatte. Ob sie noch an Emma dachten?

Obwohl ich nicht gläubig war, machte ich ein Kreuzzeichen und schaute zum Himmel. Für einen Augenblick wollte ich mit meiner verstorbenen Schwester sprechen. Wo, wenn nicht hier, könnte ich Kontakt zu ihr suchen? Ich setzte an, etwas zu ihr zu sagen, wie man es in Filmen oft sah. Der Trauernde, der weinend vor dem Grab des Verstorbenen zusammenbrach, während er ihm sein Herz ausschüttete. Doch dann fehlten mir die Worte, denn was sagte man zu jemandem, den man kaum gekannt hatte und der einen sowieso nicht hören würde? Schließlich kam mir meine Idee blöd vor.

Ich drapierte Emmas Sonnenblume so neben dem Kreuz, dass sie keine anderen Blumen verdeckte. Für die Rosen brauchte ich eine Vase, hatte jedoch nicht daran gedacht, eine mitzunehmen. Ich suchte eines der Häuschen auf dem Friedhof auf, in denen man sich Gießkannen und auch Vasen ausleihen konnte. Ich stand mindestens eine Viertelstunde lang vor der spärlichen Auswahl an Vasen, als hätte ich die schwerste Wahl der Welt zu treffen. Schließlich entschied ich mich für eine schlichte Vase aus grünlich schimmerndem Glas und fügte dem Blumenwasser ein Päckchen Dünger bei, das mir der Florist gegeben hatte, bevor ich zurück zum Grab ging.

Als ich meine Rosen absetzte, sah ich, dass da eine neue Vase stand, die zuvor nicht hier gewesen war. Ein Strauß Veilchen. Ich schaute mich um. Wer konnte das gewesen sein? Ob meine Eltern – meine Zieheltern, korrigierte ich mich im Geist – hier waren? Ihnen wollte ich gerade wirklich nicht begegnen und zog instinktiv den Kopf ein.

Doch der Friedhof war leer. Beinahe zumindest. Weiter weg sah ich eine einsame Gestalt, die auf den Ausgang zuging. Er oder sie trug einen schwarzen Mantel und ging gebeugt. Die Gestalt war zu klein, um mein Vater zu sein, und dünner als meine Mutter. Ich hätte die Person einholen können, wenn ich gewollt hätte, aber ich blieb starr. Im nächsten Moment war sie um eine Ecke gebogen.

Nun ärgerte ich mich über meine Trödelei, denn durch sie hatte ich die Chance vertan, jemanden aus Melanies und Emmas Vergangenheit kennenzulernen.

Einen Freund vielleicht oder jemand aus Patricks Familie. *Und auch aus meiner*, korrigierte ich mich. Jemand, der mir vielleicht mehr hätte erzählen können. Wer auch immer die Blumen gebracht hatte, er musste Melanie gekannt haben.

Die Worte meiner Großmutter, als sie mich für Melanie gehalten hatte, hallten in meinen Ohren nach: »Die habe ich doch von dir bekommen, Melanie. Veilchen hast du immer schon am liebsten gemocht.«

Veilchen. Melanies Lieblingsblumen.

***

Auf meinem Weg hinaus aus dem Friedhofsgelände dachte ich an Emma, der nur sieben Jahre auf dieser Welt vergönnt gewesen waren, an die Sonnenblume, die ich für sie aufs Grab gelegt hatte, und ich fragte mich, ob sie Sonnenblumen gemocht hatte, als sie noch am Leben war.

Was hätte sie aus sich gemacht? Wäre sie studieren gegangen oder hätte sie sich einen Job gesucht? Wie hätte sie ausgesehen? Was wären ihre Träume gewesen? Irgendwie war das die größte Tragödie. Während andere Menschen daran zerbrachen, dass ihre Träume sich nicht verwirklichten, hatte Emma nicht einmal die Chance darauf gehabt, ihren eigenen Träumen nachzujagen.

Ich entdeckte David rauchend auf einer Parkbank in der Nähe des Friedhofseingangs.

»Ich wusste nicht, dass du rauchst«, stellte ich fest.

»I-i-ich habe vor einem halben J-jahr aufgehört.« Mit diesen Worten warf er die Zigarette auf den Boden und zertrat sie mit der Fußspitze. »Alles okay?«

»Ja.«

»Möchtest du n-n-noch bleiben?«

»Nein.«

»Gut, fahren wir«, sagte er und wir stiegen ins Auto.

Erst als ich im heißen Wageninneren saß – David hatte direkt in der Sonne geparkt –, merkte ich, dass ich fröstelte. Herbstsonne und Wind waren eine hinterlistige Kombination, vor allem, wenn man mit den Gedanken ganz woanders war. Ich zog die Jacke enger um meinen Körper.

»Ist dir kalt?«, fragte David und drehte im selben Augenblick die Heizung noch höher. Dann fuhren wir los.

Während die Friedhofsmauer im Rückspiegel schrumpfte und schließlich verschwand, wanderten meine Gedanken zurück zu Emma. In meiner Vorstellung wurde sie zu einer Reisenden mit sonnengebräuntem Gesicht, das lange Haar von Meersalz und Licht ausgebleicht, ihre Abenteuer mit Henna auf der Haut verewigt. Sie würde Shorts tragen, Wanderschuhe oder Flip-Flops, eine runde John-Lennon-Brille und sie hätte einen prall gefüllten Rucksack auf dem Rücken, der so groß wäre, dass er ihre Silhouette verschluckte. So wäre sie unterwegs zwischen den Ruinen von Angkor Wat, an den Stränden Australiens, auf den Straßen Shangri-Las oder in der Wüste Marokkos, irgendwo, wo es mindestens so heiß war wie in diesem Auto.

War es merkwürdig, dass mir das Schicksal meiner Schwester viel näher ging als das meiner Eltern? Und was war mit meinem eigenen? Was wäre aus mir geworden, wenn Emma noch hier wäre, wenn wir diesen einen Tag, den 27. April 2001, im Kalender hätten überspringen können und der Unfall nie passiert wäre? Wäre ich mit ihr gereist? Hätte ich mich im Jurastudium auf meine Karriere als Anwältin vorbereitet? Hätten Lou und ich uns je kennengelernt und wären Freundinnen geworden? Oder hätte sich gar nicht so viel verändert? Vielleicht hätte ich in jedem Fall in der Bibliothek gearbeitet und mit Louisa zusammengelebt, vielleicht auch in einer größeren WG mit Lou und Emma und Alfred Adler.

Eines stand fest: Ohne diesen Tag wäre ich nicht verstummt, ich hätte ein Leben ohne gläserne Mauern geführt, und allein das hätte alles verändert.

Ich ließ den Blick aus dem Autofenster schweifen, sah die Fassaden einiger Wohnhäuser an mir vorbeiziehen. Irgendwo hier hatten wir gelebt, als *wir* noch Melanie, Patrick, Emma und ich bedeutet hatte, aber ich fühlte genauso wenig Verbundenheit, wie ich es vor dem Grab getan hatte. Ich hätte meine Eltern nach der Adresse der Wohnung fragen sollen, in der ich groß geworden war. Doch dafür hätte ich erst wieder mit ihnen sprechen müssen und dann war es mir eigentlich egal. Wenn ich ehrlich war, verspürte ich keinen großen Drang, den Ort aufzusuchen. Es wäre nur ein weiterer Platz, mit dem ich keine Erinnerungen verband, ein Wohnblock wie so viele andere, grau und deprimierend. Außerdem war meine Spurensuche vorbei, meine Antworten hatte ich und da war nichts, was dieser Ort noch für mich bereithalten könnte.

***

Ich war kaum zu Hause angekommen, als mich eine Nachricht von Alexis empfing:

Lust auf Pizza?

Was für ein merkwürdiges Timing, dachte ich, und erinnerte mich dann daran, dass Lou ihm vermutlich bereits erzählt hatte, dass ich heute das Grab meiner Familie besucht hatte. Demnach war seine Nachricht also kein Zufall, und ich wusste nicht, ob ich es rührend oder bevormundend finden sollte, wie sehr Alexis und Lou bemüht waren, auf mich aufzupassen. Da ich nichts vorhatte und mir Besseres vorstellen konnte, als auf der Couch zu sitzen und mit Hamster Alfred über den Tod meiner echten Familie zu philosophieren, schrieb ich:

Ja, gern. Wo sollen wir uns treffen?

Ich kann dich abholen, schrieb er.

Wie wäre es, wenn wir hier in der WG Pizza essen?, schlug ich vor.

Margherita oder Peperoni? Oder etwas ganz anderes?

Margherita. Danke.

Eine halbe Stunde später stand Alexis mit zwei Schachteln Pizza vor der Tür.

»Magst du etwas trinken?«, fragte ich ihn, als wir drinnen waren.

Eigentlich wäre es als Gastgeberin meine Aufgabe gewesen, ihm etwas zu holen, doch mittlerweile fand er sich in der Küche bereits bestens zurecht und so ließ ich ihn werken. Die Pizzen waren leicht abgekühlt, aber trotzdem lecker. Nachdem wir die ersten Stücke schweigend verspeist hatten, fühlte ich mich endlich bereit, zu reden.

»Wie viel hat Lou dir erzählt?«, fragte ich.

»Ähm.« Alexis räusperte sich. Die Frage schien ihm peinlich zu sein.

»Okay. Hätte ich fragen sollen: Wie viel hat Lou dir nicht erzählt?«

»Tut mir leid«, entschuldigte er sich, dabei war ich in diesem Fall sogar erleichtert, eine lange Erklärung überspringen zu können.

»Du warst also heute am Friedhof. Wie war es?«

»Weniger schlimm, als ich angenommen hatte. Wobei, ein komisches Gefühl war es schon. Irgendjemand hat frische Blumen auf das Grab meiner Familie gelegt.«

»Und jetzt fragst du dich, wer dieser Jemand ist«, stellte Alexis fest.

»Na ja, wer auch immer es ist, er oder sie denkt offensichtlich noch an meine *alte* Familie.«

»Vielleicht ein Freund deiner Eltern. Oder Verwandte deines leiblichen Vaters. Hatte er Geschwister?«

»Keine Ahnung. Ich wünschte, es hätte mich früher interessiert. Ich frage mich, wie viele Leute in meinem Leben Bescheid wussten oder ob meine Eltern, ich meine Linda und Max, systematisch den Kontakt zu jedem abgebrochen haben, der mir die Wahrheit hätte erzählen können.« An diesem Punkt stoppte ich. Ich hätte gerne mehr gesagt, doch Alexis war nicht Lou und er war auch nur deswegen hier bei mir, weil sie ihn darum gebeten hatte.

Meine ganze Kindheit kam mir plötzlich wie ein Puppentheater mit einem unsichtbaren Strippenzieher vor, dessen Existenz ich in meiner Naivität bis jetzt nicht einmal erahnt hatte.

»Möchtest du meine Meinung hören?«, fragte Alexis.

Ich zuckte die Schultern. »Okay.«

»Das, was dir passiert ist, all diese Lügen, das muss schrecklich sein. Ich kenne deine Eltern nicht gut genug, um zu erraten, warum sie dir nie die Wahrheit erzählt haben. Aber wenn ich an das wenige denke, was ich von ihnen weiß, an deine Wochenendbesuche bei ihnen, an die Fotos, die ich in eurem Album gesehen habe, dann kann ich mir nicht vorstellen, dass sie es aus Bösartigkeit getan haben. Die zwei sind vielleicht nicht deine leiblichen Eltern, aber dass sie keine *richtigen* Eltern waren, kannst du ihnen nicht vorwerfen.«

Ich schaffte es nicht, seinem Blick standzuhalten. »Das entschuldigt die Lügerei nicht«, sagte ich leise.

»Das stimmt. Aber die Lügen machen den Rest nicht wertlos.« Und nach einer kurzen Pause fügte er hinzu: »Ich hätte mir solche Eltern wie deine gewünscht, die im Sommer mit mir in den Urlaub fahren, im Garten picknicken und eine Schaukel unter den Apfelbaum hängen, anstatt immer bei der Arbeit zu sein.«

Ein Teil von mir, tief vergraben unter den Sorgen und der Wut der letzten Tage, wusste, dass er recht hatte.

Aber ich war noch nicht soweit, die Lügen beiseitezuschieben und den beiden zu verzeihen.

»Lass uns einfach nicht mehr darüber reden«, sagte ich.

»Wie du meinst«, antwortete Alexis. »Wie wäre es dann mit einem Film?«

Wieder etwas, das Lou ihm eingebläut haben musste. »Wenn sie traurig ist, helfen Eiscreme, Schokolade und Komödien.« Alexis war ein folgsamer Schüler. Ich stimmte trotzdem zu. Ein bisschen Ablenkung konnte ich gut gebrauchen. Er lief nach unten, um seinen Laptop samt externer Festplatte aus dem Auto zu holen.

Zurück erklärte er: »Rich verbringt Stunden damit, Filme herunterzuladen. Erst letzte Woche hat er mir eine Liste seiner neues Lieblingsfilme zusammengestellt. Du hast also die Auswahl: blutiges Horror-Drama, noch blutigere Vampir-Dokumentations-Komödie oder Action mit einer beeindruckenden Zahl ineinander krachender Autos.«

Bei der Auswahl musste ich schmunzeln. Entweder hatte Alexis einen sehr schrägen Filmgeschmack oder er hatte nicht so genau aufgepasst, als Rich ihm seine Filmliste zusammengestellt hatte.

»Was war die noch blutigere Variante?«

»*5 Zimmer Küche Sarg*. Gute Wahl«, antwortete Alexis grinsend.

Der Film stellte sich als fiktive Dokumentation heraus, in der eine Wohngemeinschaft, bestehend aus vier exzentrischen Vampiren, bei ihren Vorbereitungen zum alljährlichen Maskenball begleitet wurde. Die ersten Minuten vergingen im Zuge einer Mitbewohner-Krisensitzung, denn das Geschirr war schon seit fünf

Jahren nicht mehr abgewaschen worden. Woher kannte ich dieses Szenario bloß?

Lou hätte den Film gemocht und auch Alexis lachte herzlich. Mir fiel es jedoch wieder einmal schwer, mich auf die Handlung einzulassen. Dafür ging mir einfach zu viel durch den Kopf. Meine tote Familie, meine falschen Eltern, meine Schwester ohne Zukunft. Ob die Flashbacks aufhören würden, da ich nun um ihren Hintergrund wusste?

»Soll ich ausschalten? Oder möchtest du etwas anderes sehen?«, fragte Alexis, der mein Unbehagen offensichtlich bemerkt hatte.

»Nein. Der Film ist toll«, antwortete ich und rutschte tiefer ins Sofa. Ich wünschte – auch wenn ich wusste, dass das eigentlich dummes Kleinmädchengehabe war –, er würde mich in den Arm nehmen, damit das Gefühl der Einsamkeit endlich verging. Als hätte Alexis meine Gedanken gelesen, lag plötzlich sein Arm um meine Schultern. Die Wärme seines Körpers floss in meinen über, was ein wohliges Gefühl war. Viel zu wohlig.

»Danke«, flüsterte ich.

Bald darauf wurden meine wirren Gedanken von den schrägen Vampiren auf dem Bildschirm, von Alexis' Lachen oder von einer Kombination aus beidem vertrieben. Ich schaute zu Alexis, der die Komik des Films sichtlich zu genießen schien, und dachte an die merkwürdigen Entwicklungen, die dazu geführt hatten, dass wir gemeinsam auf diesem Sofa saßen. Zumindest tat ich das ganze fünf Sekunden lang. Dann wurde ich von einer widerspenstigen Locke abgelenkt, die sich über seinem Ohr kringelte. Von der Art, wie sich seine Lippen leicht öffneten, wenn er lachte, und von einer kaum sichtbaren, ein Zentimeter langen Narbe am Rand seines rechten Wangenknochens. Wieso war mir diese Narbe nie zuvor aufgefallen?

Wieso fiel es mir jetzt auf?

Schau weg, Marie, konzentrier dich auf den Bildschirm.

Da bemerkte er meinen Blick. Mir schoss die Röte in die Wangen.

»'tschuldigung«, murmelte ich.

»Schon okay.«

Ich spürte Alexis' Blick auf meinen Wangen, meiner Nase, meinem Mund. Meine Haut kribbelte, aber nicht auf dieselbe Art, wie wenn ich vor einem Publikum stand. Nicht auf die Mauern beschwörende, einschüchternde Art. Nein, es war ganz anders. Ich wusste nicht, wie viel Zeit vergangen war. Es fühlte sich an, als hätten wir uns eine Ewigkeit angesehen, doch ich schaffte es nicht, meinen Kopf wegzudrehen. Selbst dann nicht, als Alexis sich langsam zu mir beugte, als unsere Lippen sich berührten und ich ganz genau wusste, dass wir das nicht tun durften, weil es Lou das Herz brechen würde.

Seine Hand streichelte sanft über meine Wange, meine Finger fanden die seinen und die Berührung sendete elektrische Impulse durch meinen Arm. Für einen kurzen Moment vergaß ich alles, selbst Lou, doch plötzlich zog Alexis sich zurück. Nur unsere Finger waren immer noch ineinander verhakt.

»Das ist nicht richtig«, sagte er, und da kam alles zurück.

Die Stimme meines Vaters, als er mir die Wahrheit offenbarte, meine Mutter, die stumm mit ihren Händen spielte, Jana im Krankenhaus, Moritz, der beim Beichten kein Wort herausbrachte. Schließlich die Veilchen auf dem Grab und die Sonnenblume für Emma. Und auch wenn es jeglicher Logik entbehrte, so schmerzte in diesem Moment am meisten seine Zurückweisung. Ich wollte meine Hand aus seiner lösen, aber er hielt sie fest.

»Ich mag dich, Marie, sehr. Aber ich will das nicht ausnutzen.«

»Das?«

»Dass es dir gerade schlecht geht.«

Und ich? Ich wollte nur vergessen. »Tust du nicht«, sagte ich und dann wiederholte ich es. »Tust du nicht.«

»Du wirst es bereuen.«

Er hatte recht, das war mir klar. Aber in diesem Augenblick zählte das genauso wenig wie irgendetwas sonst. Ich schob alles von mir, und plötzlich fühlte ich mich ganz leicht.

Ich küsste ihn. Ich ihn, nicht umgekehrt. Irgendwo in den Untiefen meines Kopfes schrie eine kleine Stimme, dass ich mich dafür noch mehr hassen würde. Aber ich hörte weg.

Seine Lippen fühlten sich weich an, und wie automatisch öffneten meine Finger die Knöpfe von Alexis' Hemd, während seine Hände über meinen Rücken wanderten. Auf seiner Brust prangte das Tattoo, ein schwarz-weißer Anubiskopf. Einen Herzschlag lang hielten wir beide inne, seine Hände an den Rändern meines Shirts. Ich starrte den Kopf an und er starrte zurück. Anubis mit seinen dunklen Augen.

Augen wie Sümpfe.

Vorwurfsvolle Augen.

Ruckartig wich ich zurück. »Ich ... ich«, stammelte ich, und selbst Alexis fehlten die Worte.

»Tut mir leid«, flüsterte er.

Ich entgegnete nichts. Mit oder ohne Mauer – in diesem Moment hätte ich nichts sagen können, das richtig gewesen wäre.

»Wir sollten reden«, meinte Alexis.

Ich sagte nichts.

»Marie, bitte ...«

Als ich in Alexis' Augen schaute, seinen verletzten Gesichtsausdruck wahrnahm, als ich begriff, dass wir uns nie wieder küssen, nie wieder miteinander musizieren würden – denn alles andere wäre Lou gegenüber nicht fair gewesen –, fühlte es sich an, als zerbreche etwas in mir. Das letzte kleine bisschen, das noch heil gewesen war. Meine Fingernägel bohrten sich schmerzhaft in die Handflächen.

Nicht weinen, Marie.

»Möchtest du, dass ich gehe?«, fragte Alexis, nachdem wir uns viel zu lange angeschwiegen hatten. Wenigstens brachte ich nun ein Nicken zustande. »Rufst du mich an?«, fragte er und dann: »Oder ... kann ich dich anrufen?«

Ich wollte etwas sagen, ja wirklich. Aber ich wusste nicht, was. So starrte ich nur meine Fingerknöchel an, während Alexis seufzend seine Sachen packte und ging. Als die Wohnungstür hinter ihm ins Schloss fiel, saß ich noch immer reglos auf der Couch.

Was hatte ich bloß getan?

Kapitel 15

Joggen war immer Lous Leidenschaft gewesen. Nicht meine. Ich hatte mich nur dazu durchgerungen, um ihr einen Gefallen zu tun. Doch heute lief ich allein.

Meine Lungen brannten und mein Herz raste, als wäre es kurz vorm Explodieren. Ich rannte trotzdem weiter, so schnell ich konnte. Während meine Füße über den harten Asphalt donnerten, schlug mir die kalte Abendluft ins Gesicht.

Ich hatte einen Fehler gemacht. Einen riesengroßen.

Ich hatte immer gedacht, Louisa und ich würden für den Rest unseres Lebens füreinander da sein. Dass wir eines Tages gemeinsam Kaffeekränzchen abhalten und uns über unsere Enkelkinder beschweren würden. Ich hätte nie vermutet, dass eine von uns die andere jemals hintergehen könnte. Würde Lou mir verzeihen? Ich war mir nicht sicher.

Ich bereute den Kuss mittlerweile. Warum hatte ich das getan? Am liebsten hätte ich mir selbst eine Ohrfeige verpasst. Meine Gedanken wippten auf und ab. Am einen Ende der Wippe war Lous Gesicht, am anderen das von Alexis, bevor er gegangen war. Schuldbewusst und gleichzeitig traurig. Im Rhythmus meiner Schritte wechselten sich die Seiten der Wippe damit ab, auf den Boden zu schlagen.

Ich hätte mit Alexis reden sollen. Aber es war zu spät. So machten Feiglinge das. Sie schwiegen. Und ich schwieg immer.

Ich war durch die halbe Stadt gesprintet, in der Hoffnung, durch das Laufen meinen Kopf freizubekommen. Aber die Anstrengung machte gar nichts frei. Im Gegenteil. Sie bewirkte, dass mein Herz schneller schlug, dass meine Seite stach und dass alles in mir brannte.

Kurz bevor ich unsere Wohnung erreichte, blieb ich stehen. Ich befand mich in der Mitte des Rapoldiparks und schnaufte, als wäre ich kurz vorm Ersticken. Es war viel zu lange her, seit mich Lou das letzte Mal zum Sport gezwungen hatte. Nach Atem ringend ließ ich mich auf einer einsamen Parkbank nieder. Lou und ich waren damals auch immer durch den Park und danach den Inn entlang gejoggt. Auf halber Strecke hatten wir Rast gemacht, um ins Wasser zu schauen. Nun war ich allein, abgesehen von einem Obdachlosen, der mir von der Nachbarbank aus mit einer Bierflasche zuprostete, bevor er sich wieder zu einem Nickerchen hinlegte.

Im Geiste erstellte ich eine neue Mein-Leben-ist-ein-einziges-Chaos-Liste:

1. Ich habe meine beste Freundin hintergangen.
2. Ich darf Alexis nicht wiedersehen. (Denn wenn ich wollte, dass Louisa mir jemals verzieh, so gering die Wahrscheinlichkeit dafür auch war, musste ich mich von ihm fernhalten. Zumindest das war ich ihr schuldig.)
3. Meine Eltern sind nicht meine Eltern. Meine Eltern sind tot.
4. Emma ist tot.

5. Mein gesamtes Leben basiert auf einer Lüge und ich habe es nie geahnt.
6. Ich wünschte, ich wäre verrückt. Aber ich bin's nicht.

Ich blieb so lange auf der Parkbank sitzen, bis die abendlichen Temperaturen meine Glieder vor Kälte steif werden ließen. Erst dann machte ich mich auf den Rückweg. Meine Schritte waren schwerfällig und langsam. Als ich bei unserer Wohnung ankam, sah ich ihn sofort. Alexis, der auf den Stufen vor der Eingangstür hockte, den Blick auf die Schuhsohlen gerichtet. Sofort erhöhte sich mein Puls. Was machte er hier? Und vor allem, was sollte ich tun? Mich umdrehen und wieder weglaufen? Doch da hob er den Kopf und schaute genau in meine Richtung.

»Hallo«, sagte ich.

»Hi.«

Ich wappnete mich auf das Gespräch. Innerhalb einer Millisekunde liefen mehrere Varianten in meinem Kopf ab wie beim Schnelldurchlauf einer DVD. »Wir müssen reden«, hätte Alexis mit ernstem Blick sagen können. Oder: »Unser Kuss war ein Fehler.« Oder auch: »Du hast das Feuer der Leidenschaft in mir entfacht. Ich will es nicht mehr erlöschen lassen. Lass uns zusammen sein!«

Schlimmer als all das war die Vorstellung, dass er gar nichts sagte, um mir den Vortritt zu lassen. Doch es kam anders als in meiner fantasierten Mini-Seifenoper. Alexis machte dasselbe wie immer. Er sagte das, was ich dachte.

»Du bereust, dass wir uns geküsst haben, oder?«

»Wir hätten das nicht tun dürfen.«

Ein trauriges Lächeln umspielte seine Lippen. »Ich wollte die Situation nicht ausnutzen, weißt du?«

»Das hast du gesagt.«

»Ja, aber ... Du wolltest es auch.«

»Ich weiß.« Und jetzt wünschte ich, ich hätte es nicht gewollt, oder zumindest dass ich standhaft genug gewesen wäre, es trotzdem nicht zu tun. Alexis seufzte. Er sah so traurig aus, am liebsten hätte ich ihn umarmt. Stattdessen machte ich einen kleinen Schritt von ihm weg.

Er sagte: »Ich bereue es übrigens nicht. Höchstens die Umstände. Ich könnte dir jetzt tausende Dinge über dich und mich erzählen. Darüber, dass ich ständig an dich denken muss, seit wir das erste Mal miteinander musiziert haben, und darüber, warum Lou und ich nie füreinander bestimmt waren. Ich habe das nicht geplant, Marie. Das musst du mir glauben. Die ganze Zeit über habe ich versucht, mir einzureden, dass das, was ich fühle, nur ein Spiegel von Lous Zuneigung zu dir ist, und dass unsere einzige Verbindung in der Musik liegt. Aber zwischen uns ist mehr. Zumindest für mich ist es so.« Er schüttelte den Kopf. »Aber das willst du nicht hören, richtig? Ihr seid beste Freundinnen, Lou und du, viel mehr als das. Ihr beide seid schlimmer als ein altes Ehepaar, ihr könntet gar nicht ohneeinander. Das will ich nicht zerstören, mach dir keine Sorgen.«

»Was soll das heißen?«

»Ich überlasse es dir, zu entscheiden, ob sie erfahren soll, was passiert ist. Wenn du es für dich behalten willst, werde ich ihr nichts erzählen. Aber falls doch ...«

Mir lief es kalt über den Nacken. Schlug Alexis gerade vor, Lou zu belügen? Könnte ich das überhaupt?

Er stand auf. »Wenn wir zusammen Musik gemacht
haben, habe ich mich mehr wie ich selbst gefühlt als irgendwann sonst. Und ich glaube, dass es dir genauso
ging«, sagte er, bevor er sich langsam umdrehte, um zu
gehen.

***

Kies und kleine Äste knirschten unter meinen Sohlen, die kalte Bergluft war so von Wasser geschwängert,
dass jeder Atemzug eine erfrischende Wirkung hatte.
Anfangs war David noch neben mir gewandert, unsere
Füße im Gleichschritt, doch mittlerweile hatte ich ihn
abgehängt. Ich genoss das Gehen ebenso sehr, wie ich
das Laufen verabscheute. Es war wie eine Meditation,
und endlich schaffte ich es, meine Gedanken zum
Schweigen zu bringen. Nach meinem Friedhofbesuch,
und vor allem nach dem, was danach mit Alexis passiert war, konnte ich diese Art der Ablenkung gut gebrauchen.
Ich drosselte mein Tempo, sodass David aufholen
konnte. Nun, da ich langsamer ging, schloss ich die Augen, lauschte auf den Singsang der im Wind tanzenden
Blätter und auf das Vogelgezwitscher. Ich liebte es, abseits der regulären Wege zu gehen, wo einem alle paar
Meter andere Wanderer entgegenkamen. Hier, auf den
engen Pfaden, die sich durch den Wald schlängelten,
umgeben von Bäumen und Moos, fühlte ich mich viel
wohler, weswegen ich jede Abkürzung – oder auch jeden Umweg –, der durch den Wald führte, einschlug.
David machten die steileren Hänge jedoch zu schaffen.

233

»D-du gibst ein gan-ganz schön-n-n zügiges Tempo vor«, schnaufte er hinter mir.

»Tut mir leid. Ich dachte, als Bäcker müsstest du körperliche Anstrengung gewohnt sein«, neckte ich ihn.

»Mit den Armen, j-ja.«

Das letzte Stück legten wir auf einem ebenen Weg zurück, sodass David schnell aufholte. Im Gegensatz zu den schattigen Schleichwegen stieg die Temperatur hier gleich um gefühlte zehn Grad an. Für einen Herbsttag war es ungewöhnlich heiß.

»Schön hier«, sagte ich, und ja, schön war es tatsächlich. Von hier oben aus überblickte man die gesamte Stadt und noch mehr. Bis zu den Hängen der gegenüberliegenden Berge konnte man sehen. Häuser wie Lego-Steine, Autos wie Ameisen und Menschen so klein, dass sie kaum noch als Pünktchen auszumachen waren. Es gab eine Redensart, die sagte, dass Berge den Geist einengten. Der Horizont eines Menschen reichte nur so weit, wie sein Blick ging, und mit einer Gipfelkette als Hindernis, war das nicht besonders weit. Unsere Geografie-Lehrerin hatte dies einmal gesagt. Ich war zu schüchtern gewesen, um ihr zu wiedersprechen, aber schon damals hatte ich gewusst, dass sie falsch lag. Als jemand, der die Anwesenheit von Mauern gewohnt war, wusste ich mit Bestimmtheit, dass die Berge keine Barrieren darstellten, sondern vielmehr Treppen in den Himmel. In die Freiheit. Wo sonst könnte man dem Alltag entfliehen, wenn nicht hier, so nahe an den Wolken, so weit weg von allem, mit einer Stadt zu seinen Füßen, die auf Spielzeuggröße geschrumpft war. Zumindest für den Moment war ich frei von den Sorgen der letzten Tage.

»W-warte, ich ha-ha-habe eine Kamera mitgebracht. Magst du d-d-d-dich für ein Foto hinstellen?«

»Sicher.«

Ich platzierte mich an den Rand der Straße, sodass der Himmel und die ferne Spielzeugstadt mit auf dem Foto sein würden.

»S-super! Du-du s-s-siehst wunderschön aus«, meinte David, nachdem er den Auslöser betätigt hatte.

Ich ignorierte seinen genauen Wortlaut. »Ja, es ist wirklich sehr schön hier. Magst du dich dazustellen?«

David ließ sich nicht zweimal bitten, stellte sich dicht neben mich und legte einen Arm um meine Schultern. Wir hatten schon eine Handvoll schiefer Fotos geschossen, auf denen mindestens einer von uns zur Hälfte abgeschnitten war, als ein älteres Wandererpaar neben uns Halt machte.

»Shall we take a picture of you?«, erkundigte sich die Frau und gab ihrem Begleiter mit fuchtelnden Handbewegungen zu verstehen, seines Amtes zu walten.

»D-d-danke«, sagte David.

Nachdem der wandernde Hobbyfotograf die ersten Schwierigkeiten überwunden hatte – allem Anschein nach war es ziemlich knifflig, den Auslöser auf Davids Kamera zu finden –, bedeutete er uns, näher zusammenzurücken. Und noch näher, und noch ein bisschen. Endlich schoss er sein Foto, woraufhin er uns den gehobenen Daumen zeigte.

»Very nice, very nice«, sagte seine Frau, und nachdem sie David die Kamera zurückgegeben hatten: »You are a really cute couple. Have a nice day.«

Langsam sollte ich mich daran gewöhnen, dass alle Welt David und mich für ein perfektes Paar hielt.

Noch ein letztes Winken, schon waren die beiden hinter der nächsten Abzweigung verschwunden. David setzte an, etwas zu sagen, öffnete den Mund und schloss ihn wieder. Was folgte, war ein intensiver Blick auf seine Schuhspitzen.

»Ähm, wollen wir weiter?«, fragte ich.

Während des restlichen Weges erkundigte ich mich nach Janas Befinden. David und Tobias waren seit dem letzten Jahr beinahe so etwas wie beste Freunde, sodass David seit Janas Entlassung aus dem Krankenhaus bereits zweimal bei den Meyers zu Besuch gewesen war. Trotzdem gab es nur wenig Neues zu berichten.

An einer besonders schönen Stelle, auf einem Bänkchen direkt an einer steil abfallenden Wiese, ließen wir uns nieder und packten unsere mitgebrachten Brote aus.

»I-ist alles in Ordnung, Ma-Marie?«, erkundigte David sich.

»Sicher. Wieso fragst du?«

»D-d-du wirkst so abwesend ... und auch schweigsam.«

»Ich bin immer schweigsam«, versuchte ich mich an einem Scherz. »Mir geht momentan nur ziemlich viel im Kopf herum«, fügte ich hinzu.

»Der F-Friedhofsbesuch?«

»Ich möchte eigentlich gar nicht darüber reden. Ich wollte in die Berge, um alles einen Tag lang zu vergessen, weißt du?«

»D-d-das verstehe ich. M-manchmal braucht man eine P-Pause von den schlechten Ge-Gedanken.

W-w-w-wenn du es dir anders überlegst und doch reden möchtest ...« Im nächsten Augenblick lag seine Hand auf meiner.

»Danke. Vielleicht irgendwann einmal.«

Ich ließ meine Beine baumeln, spannte meine Fußsohlen an, froh, das Thema wechseln zu dürfen. Aus den Augenwinkeln nahm ich Davids Blick wahr. Seine Hand lag noch immer auf meiner und einen Atemzug später hatte sich sein Daumen unter meine Handfläche geschoben.

»M-Marie, ich muss dir etwas s-s-sagen.«

Oh je.

Ich atmete tief ein, bevor ich meinen Kopf wieder zu ihm drehte. »Ja?«

»Ich finde es sehr schön hier mit dir.«

»Das finde ich auch.« Ich glaubte zu wissen, worauf er hinauswollte, und es ließ mein Herz schneller schlagen.

»Ich ... ich m-m-mag dich w-wirklich gerne.«

»Ich dich auch, David. Du bist ein toller Freund«, sagte ich, darauf hoffend, dass er den Wink verstanden hatte.

»J-ja, a-aber ich m-m-mag dich nicht nur als Freundin, sondern mehr. Ich ...«

Er brach in dem Moment ab, als ich instinktiv meine Hand unter seiner wegzog und sie an meine Brust drückte. Ich hatte das nicht tun wollen, zumindest nicht so abrupt. Aber es war passiert, und nun versetzte mir Davids Gesichtsausdruck einen Stich. Seine Hand hing in der Luft, als wartete er darauf, dass ich meine wieder hineinlegen würde. Er versuchte weiterzusprechen, doch seine Stimme überschlug sich. So stark hatte ich ihn noch nie stottern hören.

»M-M-Marie, i-i-ich ... i-ich ... i-i-ich h-habe sch-schon l-länger G-gefüh–« Er setzte an, brach ab, setzte an ... und hörte endgültig auf, als er in meine Augen schaute. Ein mitleidiger Blick war die denkbar schlechteste Antwort auf ein Liebesgeständnis, aber es war bereits passiert.

»Es tut mir so leid, David. Ich mag dich sehr. Als Freund. Aber ...« Alles an David, sein Gesicht, seine Hände, sein gebeugter Rücken, strahlte Traurigkeit aus. Das Letzte, was ich wollte, war, ihn zu verletzen, aber welche andere Option hatte ich? Lou verteilte Abfuhren wie Wahlgeschenke. Charmant, eloquent, ohne ein schlechtes Gewissen und irgendwie schaffte sie es dabei, die Männer glauben zu lassen, sie selbst hätten das Interesse an ihr verloren. Eine weitere Sache, bei der wir grundverschieden waren. Ich haderte, weil jedes Wort falsch gewesen wäre, und dass ich David verletzt hatte, stand bereits jetzt außer Frage.

So taten wir das, was wir beide am besten konnten. Wir schwiegen. Bis er irgendwann sagte: »Das war d-d-dumm von mir.«

»Ich hoffe, wir können trotzdem Freunde bleiben.« Eine Standardfloskel, und doch das Einzige, was mir einfiel.

»S-sicher«, sagte David. Dann noch einmal: »Sicher.« Wir saßen noch gut zwanzig Minuten auf der einsamen Bank, fingen immer wieder inhaltslose Gespräche an – »Hat Moritz sich schon für eine Torte entschieden?«, »Wie geht es Lou in Irland?«, »Läuft alles gut in der Bäckerei?« – und starrten ansonsten auf die Spielzeugstadt unter uns.

»Wie wäre es, wenn wir den Rückweg antreten?«, fragte ich schließlich.

»Ich h-h-hätte gerne ein b-bi– ... ein bisschen Zeit für mich. G-geh du nur.«

»Wenn das für dich in Ordnung ist?«

So brach ich allein auf und ließ David mit seinem traurigen Gesicht auf dem Bänkchen zurück. Wenigstens entfaltete das Gehen seine gewohnt meditative Wirkung auf mich. Der Geruch des Waldes, der Geschmack der Luft und die Geräusche des Blätterdachs füllten mich aus, sodass kein Platz für andere Gedanken da war. Unten angekommen sah ich, dass David mir eine Nachricht geschrieben hatte.

Tut mir leid wegen vorhin. Es war wirklich dumm. Wenn man mit jemandem so gut befreundet ist, sollte man das nicht gefährden. Ich werde es nicht wieder tun. Bis nächsten Mittwoch.

Ich wollte mir gar nicht vorstellen, wie David ausgesehen und was er gedacht hatte, während er diese Nachricht tippte.

Gerade jetzt, wo ich von meiner Familie so enttäuscht worden war und wo ich mich – das stand außer Frage – nicht mehr mit Alexis zum Musizieren treffen konnte, wollte ich nicht auch noch einen guten Freund verlieren. Doch worüber wunderte ich mich? Ein Erdbeben kam stets in Begleitung kleinerer Vor- und Nachbeben. Wenigstens, so dachte ich, während ich auf dem Heimweg war, hatte ich das große Beben in Form des Geständnisses meiner Eltern bereits überstanden.

***

Als müssten sie die vertrödelte Zeit vom Wochenende wiedergutmachen, strömten montagmorgens stets die meisten Studierenden zur Tür herein, um die Bibliothek mit leisem Geflüster, dem Klackern der Tastatur und anderen Lerngeräuschen zu füllen. Ich war heute hinter der Rezeption positioniert, wo ich Studentenkarten einscannte und Schlüssel für die Spinde austeilte. Eine gemütliche Aufgabe, deren Monotonie mir erlaubte, meinen Kopf auszuschalten, sodass mir genug Freiraum blieb, mit den Gedanken abzuschweifen. Und meine Gedanken wanderten an diesem Morgen zu Erinnerungen, die ich gerne ausgeblendet hätte.

Plötzlich tauchte ein dunkelblonder Lockenkopf vor mir auf.

»Guten Morgen, Frau Bibliothekarin. Wie ich sehe, sind Sie sehr beschäftigt.«

»Lou!« Ich hatte nicht erwartet, sie vor heute Abend zu sehen.

»Schäm dich, Marie«, sagte sie, und mein Herzschlag setzte für einen kurzen Augenblick aus. »Du hast versprochen, wir würden jeden Tag telefonieren.«

»Hm, ja.« Nach dem Tag auf dem Friedhof und vor allem dem darauffolgenden Abend hatte ich mich nicht mehr bei Lou gemeldet. Sie verdiente es, persönlich zu erfahren, was passiert war, anstatt am Telefon. Eigentlich verdiente sie viel mehr als das. Eine bessere Freundin zum Beispiel.

»Sei froh, dass Alexis mir eine Nachricht geschrieben hat, dass es dir gut geht. Sonst wärst du meinem Telefonterror zum Opfer gefallen.«

Ich spürte einen kleinen Stich. Natürlich waren Alexis und Lou in Kontakt, schließlich waren sie ein Paar. Noch. Wenn ich Lou alles beichtete, würde ich damit nicht nur unsere Beziehung zerstören, sondern auch die von ihr und Alexis. Wie ich das hasste. Ich hatte die Wahl, meine beste Freundin zu belügen oder sie mit der Wahrheit in ein tiefes Loch zu reißen.

»War es okay, das Grab deiner Eltern zu sehen? Alexis meinte, du seist ein wenig neben der Spur gewesen, aber eigentlich ganz gefasst.«

»Es war nicht so schlimm.«

»Gut. Gibt es sonst Neuigkeiten? Hattest du mit deinen Eltern Kontakt?«

»Nein«, sagte ich.

»Wirklich nicht? Die beiden machen sich bestimmt Sorgen.«

»Kann sein, aber ich bin noch nicht soweit, mit ihnen zu sprechen.«

In den letzten Tagen hatte ich das Handy mindestens ein Dutzend Mal in der Hand gehabt, kurz davor, zu Hause anzurufen. Aber irgendwie hatte ich es nie über mich gebracht, ihre Nummer zu wählen.

Hinter ihr wippte ein junger Student mit Schirmmütze ungeduldig auf seinen Sohlen. Ich winkte ihn heran, scannte seine Karte und gab ihm den Schlüssel, worauf er mit einem gemurmelten »Danke« davoneilte. Für diese paar Sekunden Verschnaufpause war ich ihm dankbar.

»Wie war Dublin?«, fragte ich dann.

Sofort hellte Lous Gesicht sich auf. »Es war richtig toll! Wir haben ein bisschen Sightseeing gemacht, aber meistens haben wir uns planlos durch die Stadt treiben lassen. Die schönsten Orte findet man schließlich, wenn man nicht nach ihnen sucht. Wir haben so viele kitschige Cafés entdeckt und noch mehr Irish Pubs mit Livemusik.«

Mittlerweile standen zwei Studentinnen hinter Louisa und warteten darauf, an die Reihe zu kommen.

»Aber ich denke, das hier ist der falsche Ort, um dir alles im Detail zu erzählen. Hast du heute Nachmittag Zeit, dich im *Regenwald-Café* zu treffen? Ich habe so viele Fotos, die ich dir zeigen will, und außerdem möchte ich genauer hören, wie es dir geht.«

»Ich muss leider arbeiten.«

»Schade. Heute Abend bin ich wahrscheinlich nicht zu Hause. Sicher, dass du davor keine Zeit hast?«

»Tut mir leid. Was machst du denn?«, erkundigte ich mich.

»Ich treffe mich mit Alexis. Ich habe ihn echt vermisst. Nicht so sehr wie dich, aber trotzdem ziemlich.« Sie schmunzelte. »Kann spät werden. Vielleicht komme ich auch erst morgen nach Hause, aber dann kannst du dich auf jedes Detail der Reise freuen.«

»Klingt toll.« Eine weitere Lüge.

»Und ich möchte auch Details hören. Versprochen?«

»Mhm.«

»Super! Bis dann.«

Den Rest des Tages fühlte ich mich, als würde ich auf meine Hinrichtung warten. Im Geiste probte ich die Rede, die ich für Louisa halten würde. Sollte ich es machen wie mein Vater bei seiner Offenbarung, chronologisch geordnet und mit vielen Details ausgeschmückt? Sollte ich erwähnen, wie verwirrt ich gewesen war? Darauf hoffen, dass alles, was ich in letzter Zeit durchgemacht hatte, meinen Fehler relativierte? *Meine Eltern sind tot und darum habe ich deinen Freund geküsst.* Das klang selbst in meinen Ohren nach einer laschen Ausrede.

Bis zum Ende meiner Schicht hatte ich sicher fünfzig verschiedene Szenarien in meinem Kopfkino abgespielt. Die meisten enthielten Tränen, manche eine Umarmung, andere wütende Augen und Rachegelüste, aber alle endeten gleich.

»Hasst du mich?«, fragte ich jedes Mal und Lou würde mich mit kalten Augen anstarren, ohne mir den Frieden einer Antwort zu gönnen.

Nach Arbeitsende trödelte ich herum. Obwohl ich wusste, dass Lou nicht da sein würde, machte mich die Vorstellung nervös, in unsere gemeinsame Wohnung zu gehen. Ich hoffte bloß, dass Alexis sein Versprechen hielt und mir mit der Wahrheit nicht zuvorkam.

Ich wählte Moritz' Nummer in der schalen Hoffnung, sein Humor könnte die düsteren Szenen vertreiben.

»Hey, Marie!«, meldete er sich. »Du, das Café ist gerade rappelvoll. Eine private Geburtstagsfeier. Kann ich dich nach Feierabend zurückrufen?«

»Musst du nicht. Ich wollte nur plaudern.«

»Sicher? Du klingst komisch.«

»Nein, alles in Ordnung. Tschüss, Moritz.«

»Ciao!«

Ich legte auf.

Schließlich versuchte ich es bei David und später bei Sara, doch bei beiden meldete sich nur die Mailbox. Für einen Moment spielte ich sogar mit dem Gedanken, meine Eltern anzurufen, verwarf ihn jedoch sofort wieder. Vielleicht sollte ich es als Zeichen sehen, dass niemand ans Telefon ging. Es war Zeit, nach Hause zu gehen und in der verlassenen Wohnung auf Louisas Gnadenstoß zu warten. Ich würde wach bleiben, egal wie lange es dauerte, bis sie heimkam. Und dann würde ich ihr alles erzählen.

Doch als ich in die Wohnung schlurfte, war Louisa bereits da. Sie stand mit dem Rücken zu mir am Hamsterkäfig, auf dem Wohnzimmertisch erspähte ich eine offene, halb leer gegessene Packung Erdbeereis und Schokolade. Die beste Medizin gegen Traurigkeit.

»Lou?«

Als sie sich umdrehte, stachen mir sofort ihre rotgeweinten Augen ins Gesicht. Sie wusste es! Dabei hatte Alexis versprochen, ihr nichts zu sagen.

»Hör zu«, setzte ich an. Ich musste es ihr beichten, schnell, bevor sie es mir an den Kopf warf. Sie musste es von mir erfahren, nicht umgekehrt.

»Alexis hat sich von mir getrennt«, schniefte sie.

Die Worte, die ich mir zurechtgelegt hatte, blieben an meiner Zunge kleben.

»Er sagt, wir passen nicht zueinander und dass ich nur das Verliebtsein lieben würde und nicht ihn. Ich wette, er hat eine andere.«

Ich stand wie angewurzelt da, während sie mit zwei langen Schritten bei mir war und sich in meine Arme warf, ganz fest, das tränennasse Gesicht an meinen Hals gepresst. Ich brachte es nicht einmal fertig, ihre Umarmung zu erwidern, geschweige denn, sie von mir zu weisen, um ihr zu sagen, dass sie recht hatte. Ja, es gab eine andere und diese andere war ich.

»Männer sind scheiße«, schluchzte Louisa. »Wenigstens habe ich noch dich. Dich und Schokolade und Eiscreme.«

Dieses Mal war es nicht die gläserne Mauer, die meine Worte verschluckte. Ich war es selbst.

KAPITEL 16

Zwei Liebeskomödien, eine leere Eispackung und unzählige Tiraden über die Unbrauchbarkeit von Männern später saß ich allein in meinem Zimmer. Lou schlief mittlerweile, aber ich hatte zu viel Adrenalin in meinem Körper, um auch nur ein Auge zuzutun. Nach dem letzten Gespräch mit Alexis vor unserem Wohnhaus hatte ich gedacht, ich hätte meinen Tiefpunkt erreicht. Woher hätte ich damals wissen sollen, dass ich binnen weniger Tage verantwortlich für Davids und Lous gebrochenes Herz sein würde?

Meine Finger zitterten, als ich die Anruftaste drückte. Schon beim ersten Ertönen des Rufzeichens hoffte ich, dass sich niemand melden würde. Nach dem dritten Klingeln hörte ich Alexis' verschlafene Stimme. Es war zwei Uhr morgens, ich musste ihn geweckt haben.

»Hallo?«

»Ich bin's, Marie.«

»Ich weiß. Ich habe deine Nummer gespeichert.«

»Lou ist zurück«, sagte ich. Als ob er das nicht selbst wüsste.

»Ja, wir haben uns heute getroffen. Ich habe mich von ihr getrennt, aber vermutlich hat sie dir das schon erzählt«, sagte er viel ruhiger, als ich es erwartet hätte.

»Warum?«

»Warum was?«, fragte er zurück.

»Warum hast du dich getrennt?«, formulierte ich die Frage um.

»Das weißt du doch, Marie.«

Ja, wusste ich. Leider. Aber irgendwie hatte ich gehofft, er würde mir einen Ausweg liefern, einen anderen Trennungsgrund, irgendetwas gegen die Gewissensbisse.

»Nicht wegen mir«, flüsterte ich.

»Nicht *nur* wegen dir, falls das hilft.«

Das tat es nicht.

»Als wir uns das letzte Mal getroffen haben, habe ich dir gesagt, was ich empfinde. Es tut mir ehrlich leid, wie alles gelaufen ist, aber immerhin muss ich mir nicht mehr vorgaukeln, dass ich in die falsche Frau verliebt bin.«

Die *falsche* Frau. Und Lou war so verliebt in ihn gewesen.

»Warum hast du angerufen?«, wollte Alexis wissen.

»Ich wollte nur … Ich … Lou hat heute viel geweint.«

»Wir haben uns getrennt«, wiederholte er. Sonst nichts, nur dieser eine Satz.

Es entstand eine Pause, während der ich mich fragte, warum ich eigentlich angerufen hatte. Ursprünglich hatte ich gedacht, ich könnte ihn überreden, wieder mit Lou zusammenzukommen, aber wollte ich das überhaupt? Die Wahrheit war, dass ich das Bedürfnis hatte, mit irgendjemandem darüber zu sprechen, wie sehr mich mein schlechtes Gewissen auffraß, und dass Alexis die einzige Person war, die den Grund dafür kannte.

»Ich habe Lou nichts von unserem Kuss erzählt und ich werde es auch nicht tun. Falls das der Grund für deinen Anruf ist. Wenn du es ihr sagen möchtest, ist das in

Ordnung für mich, aber wenn nicht ...« Er ließ die Worte in der Luft hängen.

»Wir müssen ihr die Wahrheit sagen«, entgegnete ich scharf. Mochte sein, dass er es nur gut meinte, doch allein der Vorschlag, Lou noch länger im Ungewissen zu lassen, kam einer Beleidigung gleich.

»Hättest du gewollt, dass ich ihr alles sage?«

»Nein.«

Pause.

»Hör mal, wenn du willst, komme ich vorbei und wir sagen es ihr gemeinsam. Vielleicht versteht sie es, wenn –«

»Nein«, unterbrach ich ihn. »Ich muss das allein machen.« Verstehen würde sie es ohnehin nicht. »Wie geht es dir? Kommst du klar?«, fragte ich dann.

»Besser als du und Lou vermutlich. Ich meine, die Situation ist für mich auch ziemlich schwierig. Es fällt dir vermutlich schwer, mir das zu glauben, aber es tut mir wirklich leid, wie das alles gelaufen ist. Ich wollte Lou nicht verletzen und dich genauso wenig. Im Rückblick hatte ich einfach keine Ahnung, wie ich mit der Sache umgehen sollte. Mit euch beiden.«

»Mir tut es auch leid«, meinte ich.

»Du bist kein schlechter Mensch, Marie, weißt du?«

Doch, bin ich, dachte ich.

Dann fügte er hinzu: »Ich würde dich gerne wiedersehen. Wenn du das auch willst. Irgendwann vielleicht, wenn Lou über die Sache hinweg ist oder wenn sie jemand Neuen gefunden hat.« »Okay«, antwortete ich. Lou würde bestimmt nicht so schnell über die Trennung hinwegkommen. Dass Alexis das zu denken schien, zeigte, wie sehr er ihre Gefühle für ihn unterschätzt hatte.

»Das ist alles, was du dazu sagst? Okay?«

»Ich ...« Was sollte ich denn sagen? Wir konnten uns nicht wiedersehen. »Es tut mir leid.«

Ich hörte Alexis' bitteres Lachen. Schließlich meinte er: »Ich muss morgen früh zur Arbeit raus.«

»Okay.«

»Gute Nacht.«

Es klickte in der Leitung und der viel zu laute Piepton erfüllte meine Ohren.

***

Von nun an prägten bizarre Traumbilder meine Nächte. Ich träumte von meinen Eltern, die in ihrem Garten ein Grab aushoben. Direkt hinter dem Apfelbaum. Auf den Boden geduckt wie eine Katze auf der Pirsch schlich ich mich an sie heran, doch bevor ich erkennen konnte, was oder wer in dem Grab lag, befand ich mich an einem weiten, menschenleeren Strand. Die Sonne brannte viel zu heiß herunter und versengte mir die Haut. In der Ferne machte ich eine junge Frau mit wehendem Haar und einem übergroßen Rucksack aus. Ich wusste sofort, dass es sich um Emma handelte, und fuchtelte manisch mit meinen Armen, während ich ihren Namen rief.

»Emma! Emma! Ich bin hier!«

Endlich drehte sie sich um. Lautes, unbeschwertes Lachen brach durch die Windböen. War es mein eigenes? Oder das von Emma? Nur eine Sache war komisch: Sie hatte Louisas Gesicht.

Derselbe Traum wiederholte sich drei Nächte lang und am Morgen war ich so müde, dass ich Mühe hatte, während der Arbeit wach zu bleiben. Sogar meine Kolleginnen bemerkten, dass irgendetwas mit mir nicht stimmte.

»Du bist noch schweigsamer als gewöhnlich«, stelle Herta am Ende der Arbeitswoche fest.

Meine Mauer war präsenter als in den Tagen zuvor, was vermutlich daran lag, dass das schlechte Gewissen mir im Nacken saß und dafür sorgte, dass alles, was ich hätte sagen können, sich falsch, verlogen oder feige anfühlte. Mir war in jeder verstreichenden Minute bewusst, dass ich Lou die Wahrheit sagen musste, aber die Tage vergingen, ohne dass ich es tat, und je mehr Zeit zwischen jetzt und dem Kuss lag, desto schwerer fiel es, alles richtigzustellen.

Zum Glück hatte Louisa eine anderweitige Ablenkung gefunden. Sie hatte sich in den Kopf gesetzt, Jana zum Sprechen zu bringen, saß stundenlang über Stapeln an Fachbüchern und telefonierte mit Therapeuten in der Umgebung. Der passende war noch nicht gefunden, denn bisher hatte keiner ihrem kritischen Verhör standgehalten. Was auch immer es war, Louisas Gegenwart oder einfach wieder zu Hause zu sein, es schien Jana zu helfen. Gestern waren die Meyers und Lou zusammen in die Altstadt gefahren, um ein Eis zu essen. Mango für Louisa, Zitrone für Jana.

»Ich habe sie bestellen lassen! Es sind nur zwei Wörter, aber immerhin.«

Diese kleinen Erfolge hielten Lou davon ab, zu sehr an Alexis zu denken, doch ihr Liebeskummer war immer noch spürbar.

Bis zum Anbruch des Wochenendes hatte ich einen Entschluss gefasst. Meine Vergangenheit hatte mir die Stimme geraubt, sie würde mir nicht auch noch meine Gegenwart wegnehmen. Ich sollte meine Albträume als Wegweiser betrachten: Warum nicht glauben, dass das Grab hinter dem Apfelbaum für all die Geheimnisse und meine Wut bestimmt war?

Am Ende der Woche, genauer am Samstag, fuhr ich ins Pflegeheim meiner Großmutter.

»Heute hat sie einen schlechten Tag«, warnte eine Pflegerin mich vor, bevor ich Omas Zimmer betrat.

»Hallo, Oma.«

Der Raum lag im Halbschatten, nur ein dünner Streifen Licht fiel durch einen Spalt zwischen den Vorhängen. Wahrscheinlich war länger nicht mehr gelüftet worden, denn es roch merkwürdig. Der Mief des Alters vermischt mit irgendeinem billigen Raumerfrischer. Meine Großmutter lag reglos im Bett, und erst dachte ich, sie würde schlafen, doch als ich die Vorhänge zur Seite schob und die Fenster öffnete, um ein bisschen frische Luft und Leben in das stickige Zimmer zu lassen, sah ich, dass sie wach war. Ihre Augen waren auf einen Punkt irgendwo hinter mir an der Wand gerichtet. Ich drehte mich um. Das alte Familienfoto. Sie selbst und Opa in jungen Jahren, beide in Tracht, und ihre zwei Kinder in Sonntagskleid und -anzug. Ein Stück eingefrorener Zeit in Schwarz-Weiß.

»Die Pflegerin sagte, dir geht es nicht so gut.«

»Ich trauere«, krächzte Oma heiser.

Ich lächelte schwach. »Ich auch.«

Mein Blick fiel auf den vertrockneten Strauß Veilchen auf dem Fensterbrett. Wie auf dem Grab meiner

Familie. Eines Tages, wenn es ihr besser ging, würde ich Oma fragen, von wem sie die bekommen hatte.

»Wieso trägst du kein Schwarz?«, fragte Oma. »Wenn man trauert, muss man Schwarz tragen.«

»Du hast recht. Ich habe es vergessen.«

»Ohne Hermann will ich nicht weiterleben.«

Mein Großvater war bereits vor meiner Geburt gestorben. Ich hatte gedacht, sie würde um Melanie trauern. Langsam stand ich auf, ging zum Bett und hauchte Oma einen Kuss auf die Wange. »Mein Beileid.«

Bald darauf war sie eingeschlafen. Ich blieb neben ihrem Bett sitzen, betrachtete, wie sich ihre Brust rhythmisch hob und senkte und wie ihre feingliedrigen Hände, unter deren Haut sich die Knochen abzeichneten, hin und wieder zuckten. Sie war so dünn geworden in letzter Zeit.

Ich wartete, bis es zwei Uhr wurde, dann betrat meine Mutter den Raum zum wöchentlichen Besuch, in der Hand einen Strauß Hortensien. Ich hatte sie sehen wollen, wenn auch auf neutralem Terrain.

»Marie!« Sie blieb ihm Türrahmen stehen, als wäre ich ein wildes Tier, das bei der kleinsten Bewegung davonlaufen könnte.

»Hallo, Mama.« In meinen Gedanken war sie wieder Mama. Nicht Tante Linda, meine Ziehmutter oder irgendein anderer Name. Verzeihen fiel so viel leichter, wenn man selbst Fehler begangen hatte.

»Hör zu, Marie, ich weiß, alle Entschuldigungen der Welt können nicht wiedergutmachen, was wir getan haben, aber —«

»Hör auf«, sagte ich, stand auf und nahm meine Mutter in den Arm. »Versprich mir nur, dass es von jetzt an keine Lügen mehr gibt.«

»Ja, natürlich!«

Ich spürte Feuchtigkeit an meiner Wange. Meine Mutter weinte lautlos.

Wenige Minuten später saßen Mama und ich im Kaffeehaus des Pflegeheims und plauderten. Schon komisch, wie schnell wir von einem Zustand der völligen Distanz in unsere alten Muster zurückfanden. Ich erzählte ihr von Janas Unfall, von meiner Arbeit und von Louisas Reise. Nur den Abend mit Alexis ließ ich unerwähnt. Mama redete vor allem von Papa.

»Ihm tut es genauso leid wie mir. Seit dem Tag, als wir dir alles gebeichtet haben, versenkt er sich noch mehr in seiner Arbeit als ohnehin schon.«

»Arbeitet er heute auch?«, wollte ich wissen.

»Ja. Er wollte eigentlich mitkommen. Weißt du, wir machen uns schon länger Sorgen um deine Großmutter. Aber dann kam ein Anruf und Schwupps, schon war er weg.« Sie lachte unglücklich. »Als könnte er die Probleme einfach wegarbeiten. Willst du ...«, Mama stockte, »willst du morgen wieder zum Sonntagsessen kommen?«

»Gerne.«

»Das ist schön. Papa wird sich auch freuen. Es war ziemlich hart für uns, nicht mit dir sprechen zu können.«

»Für mich war das Ganze auch hart«, sagte ich.

»Natürlich, das weiß ich. Ich meine nur ...« Ihr Blick wanderte umher, fast so wie bei Oma, wenn sie nach Hinweisen für ihre Antwort Ausschau hielt. Aber

Mama fand keine und wechselte das Thema. »Was ist mit Louisa? Möchte sie mitkommen?«

»Vielleicht. Ich werde sie fragen. Kann sein, dass sie morgen eher nicht möchte.«

Konnte sein, dass wir morgen gar keine Freunde mehr waren.

***

Auf dem Heimweg fühlte ich mich kein bisschen wie eine mutige Ulme. Höchstens wie eine Zitterpappel. Oder wie eine Seiltänzerin am Fuße einer senkrechten Leiter, die sie Sprosse für Sprosse näher zu ihrem großen Auftritt brachte. Einem Auftritt, dessen Ende sie mit zitternden Händen entgegenbangte, denn in Anbetracht des schwankenden Seils und der weit aufgerissenen Mäuler der Zuschauer war kein Applaus zu erwarten. Eher ein Absturz.

Lou war noch nicht zu Hause. Ich hoffte, sie würde bald kommen. Eine Stunde verging, während ich am Esstisch wartete, dann noch eine, und draußen wurde es langsam dunkel. Nur der Schein der Straßenlaternen erhellte das Wohnzimmer, weil ich es nicht über mich brachte, aufzustehen und das Licht anzumachen. Im Geiste legte ich mir zum millionsten Mal meine Worte zurecht.

Wenn man in fünfzehn Meter Höhe über ein Seil balancierte, das gerade einmal zehn Millimeter im Durchmesser maß, wollte jeder Schritt gut überlegt sein.

Endlich hörte ich Lou an der Haustür rumoren. Sie schaltete das Licht ein und erschrak, als sie mich am Tisch sitzen sah.

»Oh, Gott, Marie! Was machst du denn im Dunkeln?«

»Ich …«, setzte ich an, bevor mir die Stimme wegbrach.

»Was ist passiert?«, fragte Lou besorgt und ließ sich neben mir nieder.

Jetzt oder nie. Aber ich konnte nicht. Ich wusste, was passieren würde, wenn ich es aussprach.

»Atme tief durch, Marie. Was ist denn? Hat es mit deinen Eltern zu tun?«

»Ich habe mich mit ihnen vertragen«, brachte ich mit leiser Stimme hervor.

»Das ist doch wunderbar«, meinte Lou, sie klang verwirrt. »Dann gibt es also keinen Grund für Eiscreme?« Sie sah mir direkt in die Augen.

Noch nicht, dachte ich, *aber gleich.*

»Hat es mit den Artikeln zu tun?«, setzte sie nach.

»Welche Artikel?« *Komm schon, Marie, lass dich nicht ablenken. Sag es. Tritt aufs Seil, geh hinaus. Sag es. Sag es!*

»Dann weißt du es also noch nicht. Ich bin ehrlich gesagt unsicher, ob ich gute oder schlechte Nachrichten bringe. Jedenfalls passend, dass du schon sitzt«, sagte sie, hievte den Rucksack hoch und ließ ihn mit einem dumpfen *Klock* auf den Esstisch fallen. »Ich war heute den ganzen Tag in der Bibliothek und habe recherchiert. Du weißt ja, wie neugierig ich bin«, begann sie. Sie wirkte nun noch aufgeregter. Doch was immer sie mir zu erzählen hatte, es musste warten.

»Hör zu, Lou …«, begann ich erneut.

Aber sie plapperte weiter: »Der Unfall deiner Tante, ich meine deiner leiblichen Eltern und deiner Schwester, hat mich nicht mehr losgelassen. Da habe ich die alten Zeitungen durchsucht. Es hat ewig gedauert, bis ich auf die richtige Ausgabe gestoßen bin.« Mit diesen

Worten zog sie eine Klarsichtfolie aus ihrem Rucksack. »Da ist sie ja.«

Ich schloss die Augen, atmete tief durch. Ihre Worte hörte ich kaum. Trommelwirbel. Die Scheinwerfer waren auf die kleine Tänzerin gerichtet, die den ersten Schritt auf das dünne Seil wagte.

»Lou, es tut mir leid, dass ich es so lange für mich behalten habe, aber jetzt muss ich es dir sagen.« Endlich flossen die Worte wieder.

»Was? Haben deine Eltern dir alles erzählt?«

Wovon redete sie?

»Ich habe Alexis geküsst.«

Das Stahlseil schwankte bedenklich. Bald, kleine Seiltänzerin, wirst du fallen.

Lou hielt inne. Ein Schatten legte sich über ihr Gesicht. »Was hast du gesagt?«

»Ich habe Alexis geküsst«, wiederholte ich flüsternd.

»Das ist nicht dein Ernst.«

»Ich wünschte, es wäre nicht so.«

»Heute?«

»Nein.«

»Ist das passiert, bevor oder nachdem er sich von mir getrennt hat?«

Ich versuchte, den Kloß in meinem Hals herunterzuschlucken. *Davor*, dachte ich.

»Natürlich! Dieser Idiot! Darum war er die ganze Zeit davor so komisch.«

Das Seil riss. Ich konnte spüren, wie sich der Draht unter den Füßen der Tänzerin in Schwerelosigkeit verwandelte.

»Es war ein Fehler.«

»Ein Fehler? Du hast eine Affäre mit meinem Freund und es war ein Fehler?«, brüllte Lou beinahe.

Ich wollte erwidern, dass es keine Affäre war, doch sie ließ mir keine Zeit.

Sie biss sich auf die Lippen, schaute an die Decke, dann wieder zu mir. Als sie weitersprach, hatte ihre Stimme wieder normale Lautstärke angenommen. »Es heißt ja immer, Musiker betrügen einen sowieso. Aus welchem Grund auch immer dachte ich, Alexis sei anders. Vielleicht hätte ich es besser wissen müssen. Du bist schließlich auch Musikerin. Zu dumm, dass ich nie auf den Gedanken gekommen bin, das Klischee der Unehrlichkeit würde auch für Freundinnen gelten.«

»Lou, ich ... Es tut mir so leid.«

»Wie *schön* für dich. Mir tut's auch leid.«

»Wenn es irgendetwas gibt, das ich tun kann ...«

»Habt ihr miteinander geschlafen?«, unterbrach sie mich.

»Was? Nein!« Meine Stimme zitterte.

»Ich tue jetzt einfach so, als würde ich dir glauben. Also, ihr habt euch *nur* geküsst. Wann?«

»Nachdem ich am Grab war.«

»Nachdem du –« Sie brach ab, warf den Kopf zurück und stieß ein brummendes Schnauben aus. »Gott, was für ein Arschloch. Ich wette, du hast dich bereitwillig überreden lassen.«

»Er musste mich nicht überreden«, presste ich hervor. Wenn ich schon die Wahrheit beichtete, dann die ganze. »Ich habe ihn geküsst und dann ... Lou, es war meine Schuld. Ich wusste, dass ich einen Fehler mache, aber ich wollte nur alles vergessen ...«

Sie starrte mich an, als könnte sie nicht glauben, was für ein Mensch vor ihr saß.

»Es war nicht geplant. Es war falsch und dumm. Aber ich schwöre, dass nie zuvor etwas passiert ist.«

»Ach ja? Nie? In all den Stunden, die ihr zusammen komponiert habt, habt ihr kein einziges Mal geflirtet? Oder im Pub? Und das soll ich dir abkaufen? Ich bin so dumm, dass ich nie etwas geahnt habe. Kann ich dir überhaupt noch irgendetwas glauben?«, schnaubte sie.

Ich wollte zu weiteren Entschuldigungen ansetzen, aber Lou schnitt mir die Worte ab, indem sie die Klarsichtfolie vor mir auf den Tisch knallte.

»Weißt du was? Du hast mir so leidgetan wegen allem, was passiert ist. Aber das ist keine Freikarte! Du kannst nicht herumlaufen und andere Leute verletzen, Leute, die immer für dich da waren, nur weil es dir schlecht geht. Ich war deine beste Freundin, verdammt, und keine Puppe, mit der du spielen kannst, wenn du traurig bist, und die du in die Ecke wirfst, wenn du ein tolleres Spielzeug findest.« Sie drehte sich ruckartig um und stürmte nach draußen.

Die Haustür fiel krachend hinter ihr ins Schloss, ich blieb reglos sitzen. Das Hochseil war gerissen. Kein Applaus für die gefallene Seiltänzerin, das Publikum wandte ihr den Rücken zu. Sie blieb allein, verfangen im Sicherheitsnetz ihrer eigenen Schuld.

Nach endlosen Minuten nahm ich die Folie, die Lou mir mitgebracht hatte, und zog einen Ausdruck heraus. Es war die Kopie dreier Zeitungsberichte, die vom 28. April 2001 bis zum 17. Mai datiert waren. Keiner war länger als drei Absätze. Der erste berichtete vom Autounfall. Es hieß darin:

*Der Fahrer des Unfallwagens, eine minderjährige Insassin
sowie der Fahrer des kollidierenden PKWs verstarben am
Unfallort. Die Ehefrau des Unfallfahrers wurde ins Krankenhaus überführt. Über den Schweregrad ihrer Verletzungen liegen bislang keine Informationen vor.*

All das wusste ich bereits, doch bisher hatte es sich
eher wie ein Traum angefühlt. Wie ein düsteres, trauriges Märchen. Es in gedruckter Form zu lesen, war etwas vollkommen anderes. Die anderen beiden Artikel
waren ebenso kurz wie der erste, aber gespickt mit zu-
sätzlichen Informationen. Der zweite berichtete davon,
dass die minderjährige Insassin ein kleines Mädchen
gewesen war, und davon, dass Melanie derzeit notope-
riert wurde; ihr Zustand war so kritisch, dass kaum
Hoffnung bestand. Er enthielt außerdem Hintergrund-
daten zum Beruf meines Vaters und dem des Mannes
im anderen Wagen.

Der dritte Artikel war auf zweieinhalb Wochen später
datiert, und wenn mein Geständnis an Lou ein wacke-
liger Seiltanz gewesen war, so hatte dieser Artikel die
Wirkung eines Feuerspuckers, der voll Karacho in die
Manege ritt.

Auf dem Rücken eines Bären.

KAPITEL 17

Ich klingelte Sturm. Von drinnen war Dweenys aufgeregtes Bellen zu hören, schließlich ging das Licht an und ich hörte meine Mutter rufen: »Ja doch, ich komme schon.«

Als sie die Tür aufmachte und mich auf dem Absatz stehen sah, wirkte sie überrascht. »Marie?«

»Wo ist Papa?«

»Der sitzt im Wohnzimmer. Wir schauen gerade den Abendfilm. Marie, was ist denn los, ist etwas passiert? Es ist schon fast zehn. Du kommst doch sonst nie so spät.«

Ihre Frage ignorierend stürmte ich an ihr vorbei ins Wohnzimmer. Mein Vater saß im Pyjama auf dem Sofa.

»Marie!«, rief auch er. Freude zeichnete sich auf seinem Gesicht ab, verschwand jedoch einen Augenblick später.

Ich hielt ihm den Artikel vor das Gesicht. »Gerade heute hat Mama mir versprochen, es würde keine Lügen mehr geben. Was soll das dann?«

»Was meinst du damit?«, fragte meine Mutter von hinten.

»Melanie ist damals gar nicht gestorben. Sie hat den Unfall überlebt. Das steht alles hier drin«, platzte es aus mir heraus.

Wie mein Vater berichtet hatte, war Emma kurz nach dem Unfall ihren inneren Verletzungen erlegen. Melanie hatte jedoch gerettet werden können. Kurze Zeit später hatte sie noch im Krankenhaus versucht, sich umzubringen. Ob aus Schuldgefühl oder Trauer oder weil der Verlust sie wahnsinnig gemacht hatte, stand nicht in dem Artikel, vermutlich wusste das niemand.

Mamas Gesicht wurde kalkweiß. Sie nahm den Artikel an sich, drückte das Papier so fest, dass es in ihrer Hand zerknitterte, und setzte sich.

»Ihr werdet mir jetzt die ganze Wahrheit erzählen.« Ich bat sie nicht, ich stellte kein Ultimatum. Ich verdiente die ganze Wahrheit, jetzt und hier, und das wussten die beiden.

»Es stimmt«, meinte meine Mutter schließlich. »Was in diesem Artikel steht, stimmt. Melanie hat überlebt. Was für ein grausamer Scherz des Schicksals: die Mutter am Leben zu lassen, nachdem ihr Kind gestorben ist.«

Nur dass sie noch ein Kind hatte, das sehr wohl lebendig war. Mich. »Also hat sie versucht, sich zu töten?« Und hätte mich im Stich gelassen? Ich konnte mich nicht entscheiden, was schlimmer war. Zu wissen, dass die eigene Mutter entschieden hatte, sich umzubringen, oder dass sie es getan hatte, obwohl ich noch am Leben gewesen war. Meine Finger gruben sich in meine Oberschenkel. Ich wollte stark sein und wütend! Auf keinen Fall wollte ich weinen.

»Nachdem sie aufgewacht ist, nachdem wir ihr erzählt haben, was geschehen ist, da ist sie völlig zusammengebrochen«, erklärte Mama.

»Sie dachte, sie hätte als Mutter versagt«, meldete sich mein Vater zu Wort. »Dass der Unfall ihre Schuld sei, weil sie Patrick hat fahren lassen, obwohl sie wusste, dass er betrunken war. Sie sagte«, er schluckte, »sie sagte, sie sei nicht würdig, eine Mutter zu sein.«

»Und dann?«

Meine Mutter fuhr fort: »Sie nahm uns das Versprechen ab, uns um dich zu kümmern. Sie wusste, dass da Menschen sein würden, die dich lieben.«

Ob sie gewusst hatten, was Melanie vorhatte? Vielleicht war das der Grund, dass sie mir diesen Teil der Geschichte verschwiegen hatten. Weil sie sich schuldig fühlten.

»In dem Artikel stand, sie wurde gefunden, ehe sie ...« Der Rest meines Satzes versickerte.

Mama biss sich so fest auf die Unterlippe, dass diese weiß anlief, bevor sie sprach. »Eine Krankenschwester hat sie gefunden. Es war noch nicht zu spät. Obwohl, irgendwie war es das doch. Melanie hatte aufgegeben. Sie wollte nicht mehr, verstehst du? Die Ärzte stuften sie als suizidgefährdet ein und überwiesen sie auf die geschlossene Station. Wir fuhren regelmäßig hin, um sie zu besuchen, aber sie wollte niemanden sehen. Dich nahmen wir damals nie mit. Wir hielten es für keinen passenden Ort für ein Kind, vor allem, da du ohnehin schon recht mitgenommen warst. Vielleicht war das noch einer unserer vielen Fehler.« Sie schnaubte. »An dem Tag, an dem Melanie entlassen wurde, wollten Max und ich sie vom Krankenhaus abholen. Wir hatten geplant, sie bei uns aufzunehmen. Alleine konnte sie nicht leben, mit einem Kind zusammen schon gar nicht. Wie hätte sie sich um dich kümmern sollen? Das

Bett im Gästezimmer stand bereit. Aber sie sagte nur immer wieder, dass sie alles falsch gemacht hätte und dass sie nicht mitkommen könnte. Wir wollten ihre Entscheidung respektieren und beschlossen, dass sie fürs Erste bei Oma unterkommen sollte. Nach nur drei Tagen war sie plötzlich weg.«

Und kam nie wieder.

»Hat sie mich denn nach dem Unfall noch einmal besucht?«, fragte ich.

»Nein. Nur einmal hat sie dich gesehen. Im Krankenhaus, kurz nachdem sie aufgewacht ist. Wie gesagt, sie dachte, es könnte dir schaden«, erklärte Papa.

»Und dann ist sie einfach so abgehauen«, murmelte ich.

»Nicht einfach. Für sie war das alles sicher schwer. Am Tag nach ihrem Verschwinden rief sie bei uns an und bat uns noch einmal, uns um dich zu kümmern. Sie nahm uns das Versprechen ab, nicht nach ihr zu suchen.«

»Und das habt ihr gehalten?«

»Wir haben einen Fehler gemacht«, sagte meine Mutter.

»Was habt ihr getan?«

»Nichts«, meinte sie. »Das war ja der Fehler. Wir haben nichts getan.«

So schuldbewusst wie ihre Stimme klang, wollte man meinen, sie und mein Vater wären damals froh gewesen, Melanie los zu sein. Vielleicht war dem tatsächlich so. Zumindest hatte es vieles leichter gemacht, und ich war wie ein leeres Blatt Papier gewesen. Sie hatten ihre perfekte kleine Familie erschaffen und ihre Erinnerungen waren zu meinen geworden.

Mama fuhr fort: »Vor zwei Jahren engagierten dein Vater und ich einen Privatdetektiv, um Melanie zu finden. Du kannst mir glauben, wenn ich dir sage, dass uns die Frage, was aus ihr geworden ist, all die Jahre verfolgt hat.«

»Lebt sie noch?«

»Das wissen wir nicht. Melanies Spur verliert sich vor einigen Jahren.«

Verschollen. Dies war also das Ende meiner vergessenen Geschichte. Offene Enden hatte ich nie gemocht.

»Das stimmt nicht ganz«, wandte da mein Vater ein.

»Wie bitte?« Die Überraschung meiner Mutter wirkte echt.

»Der Detektiv hat Melanie ausfindig gemacht.«

»Aber du sagtest doch ...«

»Ich weiß, was ich gesagt habe. Es war gelogen.«

»Oh«, sagte Mama und »Oh« sagte ich, während wir ihn beide anstarrten. Mein Vater räusperte sich, bevor er zum zweiten Mal zu einem Monolog ansetzte, und auch dieser wirkte, als hätte er ihn in zahlreichen Stunden vor dem Spiegel auswendig gelernt.

Wie sich damals herausstellte, lebte Melanie in Italien unweit des Ortes, an dem sie und Papa als Kinder ihre Ferien verbracht hatten. Mein Vater war alleine losgefahren, um sie zu besuchen, im Gepäck das schlechte Gewissen und unzählige Zweifel. War Melanie noch seine kleine Schwester oder jemand ganz anderes? Und wie sah das Leben aus, das sie sich aufgebaut hatte, so weit weg von ihrer Familie und allem, was passiert war? Hatte sie einen neuen Mann? Kinder?

Bald sollte er herausfinden, dass es dieses neue Leben nur in seiner Vorstellung gab. Melanie hatte keinen Job, keine Beziehung, keine Freunde. Nur eine fünfundzwanzig Quadratmeter große Garçonnière mit einem winzigen Balkon ohne Blumen und ohne ein einziges Foto an der Wand.

»Es hat unglaublich wehgetan, sie so zu sehen. Allein, ohne Hoffnung, ohne irgendetwas. Wie konnte ich meine kleine Schwester dermaßen im Stich lassen? Ich wollte sie zu uns holen, auch wenn ich wusste, dass es alles verändern würde. Ich meine, was hätten wir dir sagen sollen? Aber Melanie nahm mir die Entscheidung ab. Sie ließ mich versprechen, dass ich weder dir noch sonst irgendjemandem von ihr erzählen würde. Sie sagte, es sei besser so, und ich redete mir ein, sie hätte recht.«

Trotzdem hatte er sie überredet, zurück mit ihm nach Österreich zu kommen. Er hatte ihr eine kleine Einzimmerwohnung besorgt, die nur fünf Fahrminuten mit dem Bus vom Friedhof entfernt lag, sodass sie Emmas Grab jederzeit besuchen konnte. Von diesem Tag an hatte er heimlich Kontakt zu seiner Schwester. Er führte sie zum Essen aus, auch wenn sie sich zu Beginn zierte. Er zeigte ihr Bilder von mir und erzählte ihr, was aus mir geworden war. »Sie ist sehr stolz auf dich«, meinte er jetzt.

Mein Vater wirkte viel kleiner als sonst, als ob die Schuld seine Substanz aufsaugen würde. Zum ersten Mal in meinem Leben sah ich ihn weinen.

Zwei Jahre, dachte ich. So lange lebte sie schon ganz in meiner Nähe.

»Ich habe versucht, Melanie aus ihrer Schwermütigkeit herauszuholen. Mit einem Hobby, einem Job, einem Haustier, wenn es sein muss, mit einem gottverdammten Hamster, aber das Wenige, was von meiner Schwester übrig geblieben ist, lässt sich für nichts begeistern. Es reicht ja kaum aus, sie morgens aus dem Bett zu treiben. Sie geht jeden Tag zum Grab und bringt frische Blumen für Emma. Das ist das Einzige, was sie tut«, endete er seine Beichte.

Die Veilchen auf dem Grab. Meine Eingeweide zogen sich beim Gedanken an sie zusammen. Ich war Melanie so nah gewesen. Wäre ich an diesem Tag etwas später auf den Friedhof gekommen oder hätte die Blumenvase schneller ausgesucht, hätte ich sie getroffen und mit ihr reden können. Mit meiner … leiblichen Mutter. Ob sie mich gesehen hatte?

»Du hast mir nie davon erzählt«, sagte meine Mutter ungläubig.

»Ich musste es Melanie versprechen. Niemand weiß davon.«

»Oma weiß es«, sagte ich und dachte an die vielen Male, in denen sie mich für ihre Tochter gehalten hatte, und daran, wie sie erklärt hatte, Melanie hätte sie besucht und ihr Blumen gebracht. Die ganze Zeit hatte ich ihr Gerede für altersbedingte Verwirrtheit gehalten. Melanies Besuche als Symptome ihrer Demenz. Dabei war ich blind für die Wahrheit gewesen: dass meine leibliche Mutter die ganze Zeit in greifbarer Nähe gewesen war.

»Sie hat ihr Blumen gebracht. Veilchen«, erklärte ich und erntete dafür zwei weitere »Ohs«.

»Hat sie dir je erzählt, was an jenem Abend im April passiert ist? Warum sie ohne mich losgefahren sind?«

»Schatz, du musst verstehen, dass dieser Unfall Melanie verändert hat. Er hat ihr alles genommen«, erklärte Papa.

»Also nein?«

»Nein, wir haben nie darüber gesprochen. Ein, zwei Mal habe ich versucht, sie zu fragen, aber ... ich hielt es für falsch, sie zu drängen.«

»Ich will sie besuchen«, verlangte ich.

Mein Vater wurde noch weißer, als er ohnehin schon war, aber das war mir egal. »Ich muss sie sehen. Versteht ihr das nicht?«

»Natürlich willst du das«, murmelte Mama mit tränenerstickter Stimme.

»Ich weiß nicht, ob das eine so gute Idee ist«, sagte Papa schließlich. »Melanie ist nicht das, was du dir vorstellst. Sie ist nicht mehr die fröhliche Frau aus deiner Erinnerung, die dir Lieder vorsingt. Sie ist ... nur noch *halb* da.«

»Halb ist besser, als gar nicht da zu sein.«

Er sah mich an und nickte schließlich.

Gut, ich würde sie treffen. Ich würde die Frau wiedersehen, die einst meine Mutter gewesen war und die mich verlassen hatte, und sie würde Licht in das dunkle Nichts meiner frühen Kindheitserinnerungen bringen.

***

»Lou?« Ich klopfte an ihre Zimmertür. Normalerweise stand diese immer offen, als wollte sie einen begrüßen, am Lou'schen Chaos teilzunehmen. Heute war sie geschlossen. Kein Wunder. Lou konnte bestimmt gut darauf verzichten, mich zu sehen.

Trotzdem versuchte ich es noch einmal. »Lou?«

Wieder erhielt ich keine Antwort.

Ich hatte kein Recht, sie mit meinen Problemen zu behelligen, das war mir klar. Doch an wen hätte ich mich sonst wenden sollen? So ließ ich mich vor ihrer Tür auf den Boden sinken.

»Du hattest recht, Lou. Mit dem, was du in den Zeitungsartikeln gefunden hast. Selbst als sie mir die Wahrheit gebeichtet haben, haben sie mich angelogen. Melanie ist am Leben.«

Wieder keine Reaktion. Ich legte den Kopf an die Tür und lauschte. Kein Laut war zu hören. Ich fragte mich, ob Lou mit angehaltenem Atem zuhörte oder ob sie sich mit Kopfhörern im Ohr von Musik berauschen ließ und gar nicht mitbekam, dass ich hier war. Ich hoffte, die erste Möglichkeit traf zu.

»Sie lebt, hörst du? Im selben Ort, in dem ich geboren wurde. Sie hat nie versucht, Kontakt mit mir aufzunehmen, obwohl sie so nahe wohnt. Papa hat sich die ganze Zeit mit ihr getroffen. Es war sein Geheimnis, seines und Melanies. Nicht mal Mama wusste davon. Es muss anstrengend sein, so viele Geheimnisse vor so vielen verschiedenen Leuten zu haben.« Ich redete zu viel, was mich beinahe stolz machte. Früher hätte Lou mich dafür aufgezogen, aber da hatte ich auch noch nicht alles kaputtgemacht. Was hätte ich dafür gegeben, wenn sie nur den Kopf aus der Tür stecken und mit mir sprechen würde. Sie könnte irgendwas sagen, mich sogar beschimpfen. Ganz egal. Ich hasste diese Funkstille.

»Jedenfalls werde ich sie bald treffen. Das hat Papa mir versprochen. Das heißt, eigentlich habe ich ihn dazu genötigt, es zu versprechen. Dabei weiß ich nicht einmal, ob ich sie treffen will. Was, wenn ich sie sehe und mir die Worte wegbleiben?« Ich wartete.

Mach die Tür auf! Oder ruf mir wenigstens durch die geschlossene Tür etwas zu! Bitte, Lou, bitte! Ich brauche dich. Du musst mir solange auf die Nerven gehen, bis ich vergesse, warum ich jemals daran gezweifelt habe, dass es eine gute Idee ist. Du musst sagen: »Klar triffst du sie, sie ist deine Mutter!« Wenn du es nicht sagst, woher weiß ich dann, dass ich es wirklich will?

Ich drückte die Türklinke nach unten, woraufhin die Tür nach innen aufschwang. Ob es ein gutes Zeichen war, dass nicht abgeschlossen war? Vor mir erstreckte sich Louisas Chaos. Ihre Fotowand, die Kleider, die über Bett, Sessel und Kommode hingen, ihr Schreibtisch, dessen Tischplatte unter Zettelbergen versank, und ein Regal mit dreimal so vielen kleinen Schätzen, Figuren und Krimskrams vom Flohmarkt wie Büchern.

Nur eins fehlte: Louisa.

***

Als mein Vater anrief, stellte sich die altbekannte Nervosität sofort ein. »Es geht um das Treffen mit Melanie«, sagte er.

Natürlich ging es darum, und ich erwartete, er würde versuchen, es mir auszureden. Doch stattdessen verkündete er, dass es bereits in zwei Tagen stattfinden würde. Viel eher als erwartet.

»Wir sollten es schnell hinter uns bringen«, waren seine wenig aufbauenden Worte.

Es war wohl keine große Überraschung, dass die Vorstellung mir Bauchschmerzen bereitete, meiner leiblichen Mutter gegenüberzustehen, vor allem da ich davon ausgehen musste, dass sie mich gar nicht treffen wollte. Jemand musste Lous Part übernehmen und mir versichern, dass es keinen Grund gab, nervös zu sein, dass ich nichts zu verlieren hatte und dass ich aufhören musste, ein Angsthase zu sein.

Doch die Liste der möglichen Kandidaten war in den letzten Tagen drastisch geschrumpft. Meine Eltern waren die Verursacher meiner Probleme, Louisa sprach kein Wort mehr mit mir, von Alexis musste ich mich fernhalten, Jana und Tobias kämpften mit ihren eigenen Problemen und David? Nach unserem letzten Treffen wohl kaum. Blieb noch Moritz, und wo könnte man sich seine Sorgen besser von der Seele reden als im Regenwald, umgeben von Natur und mit einer Tasse Cappuccino?

Als ich eintraf, hielt er gerade einer Frau mit Kinderwagen die Tür auf und zwinkerte ihr zu, der alte Charmeur.

»Ich wünsche Ihnen einen schönen Tag und freue mich stellvertretend für all die anderen Regenwald-Orang-Utans, dass Ihnen der Besuch im tiefen Dschungel gefallen hat«, scherzte er.

Dann wandte er sich mir zu. »Meine Lieblingskundin! Und das, obwohl du nie für deinen Kaffee bezahlst. Du solltest dich geschmeichelt fühlen.«

»Das tue ich. Schön, dich zu sehen. Wie geht es dir?«

»Blendend. Ich stecke mitten in den letzten Vorbereitungen für die Einjahresfeier. Du kommst wie gerufen! Ich habe neue Ideen für die Band. Immer hereinspaziert!«

»Danke«, sagte ich und wäre am liebsten wieder umgedreht, als ich die provisorische Bühne sah, auf der Alexis und seine Bandkollegen Mikrofonständer, Boxen und ihre Instrumente aufbauten.

»Für dich einen Cappuccino wie immer?«, fragte Moritz und winkte im selben Atemzug seiner Kellnerin. »Einen Cappuccino und einen Espresso, meine Liebe!«

»Alles klar.« Sie reckte den Daumen in die Höhe.

»Die Band ist hier«, sprach ich das Offensichtliche aus.

Hätte ich das gewusst, wäre ich zu Hause geblieben und hätte Hamster Alfred Adler die Überzeugungsarbeit leisten lassen.

»Die erste Probe. Aufregend!« Moritz strahlte übers ganze Gesicht.

»Hör mal«, begann ich, wobei ich auf der Suche nach einer Ausrede in meiner Tasche kramte. Am besten holte ich das Handy heraus und tat so, als hätte ich einen wichtigen Anruf erhalten. Oder eine SMS. *Tut mir so leid, aber ich muss ganz dringend weg, es ist ein Notfall.* Moritz würde natürlich wissen wollen, was passiert war. Er würde sich Sorgen machen und vielleicht sogar anbieten, mich zu fahren. Nein, keine gute Idee. Was hätte Lou in diesem Moment getan? Der Angriff nach vorne klang mehr nach ihrer Taktik, als wegzulaufen.

»Wow, die erste Probe«, wiederholte ich deshalb nur lahm.

»Ja! Und da wären wir schon beim Thema. Findest du nicht auch, die Band sollte passende Outfits tragen, um das Motto besser zu repräsentieren?«

»Das Regenwald-Motto?«

Meine Frage wurde in guter alter Moritz-Manier als Zustimmung interpretiert. »Genau! Ich wusste doch, dass dir die Idee gefällt!«

»Was sagt die Band dazu?«

Ich stellte mir vor, wie *The Great Anubis* in Orang-Utan-Kostümen über die Bühne hüpften. Nur Rich wäre anstatt eines Affen ein schillernder Papagei. Man müsste schließlich politisch korrekt sein und alle Parteifarben miteinbeziehen, nicht nur orange-braun, denn das könnte missverstanden werden.

In diesem Moment sah der Papagei mich und kam winkend an unseren Tisch. »Marie!«, rief Rich und beugte sich zu mir herab. Küsschen links, Küsschen rechts.

»Wie läuft die Probe?«, fragte ich.

»Hat noch nicht angefangen, aber es wird sicher fabelhaft laufen. Bis auf die Tatsache, dass uns dieser Irre hier knallgrüne Outfits aufs Auge drücken möchte.«

Dass der Irre mit am Tisch saß und alles mithörte, schien ihn nicht im Geringsten zu stören.

»*Die Farbe des Urwaldes*«, setzte Rich nach, und man musste ihm zugestehen, dass er Moritz’ Tonfall perfekt imitierte.

»Marie findet die Idee wunderbar«, verteidigte dieser sich.

»Ach ja?« Richs Augenbrauen wanderten in die Höhe.

»Ein bisschen Grün kann nicht schaden, oder?«

»Ja! Ein bisschen Grün kann nicht schaden«, echote Moritz meine Worte. »In der Tat wird ein bisschen Grün eurer Show die nötige Würze verleihen.«

»Dann wäre vielleicht eine andere Band, welche die nötige Würze schon mitbringt, angebracht?«, stichelte Rich.

Moritz hob beschwichtigend die Hände. »Na na, da wird aber jemand schnell beleidigt. Wie wäre es mit einem Friedens-Espresso?«

»Aufs Haus?«

»Was für eine Frage! Natürlich aufs Haus. Ihr seid meine Musiker.«

»Tja, ich würde härtere Getränke vorziehen, aber wenn's gratis ist.« Schon grinste Rich wieder. »Ich werde die Gelegenheit beim Schopf packen und dir währenddessen all die Gründe aufzählen, die gegen Grün sprechen. Grund Nummer eins: der Verlust jeglicher Authentizität.«

Die beiden begaben sich in Richtung Tresen, nicht ohne mich vorher einzuladen, mit ihnen einen Espresso zu trinken, was ich ablehnte. Mit Richs Redefluss hatte ich im Irish Pub bereits ausreichend Bekanntschaft gemacht und konnte gerne darauf verzichten, mir Grund Nummer zwei bis zweitausend anzuhören.

So hatte ich mir meinen Besuch im *Regenwald-Café* nicht vorgestellt. Anstatt mir meine Sorgen bei Moritz von der Seele zu reden, saß ich nun allein an meinem Tisch und nippte an meinem Cappuccino, während ich versuchte, die Bandprobe so gut es ging zu ignorieren. Vermutlich war es das Beste, mich auf den Heimweg zu machen. Da kam Alexis an meinen Tisch.

»Ich hatte nicht erwartet, dich so bald wiederzusehen«, sagte er.

»Ja«, antwortete ich. Wir sollten nicht miteinander sprechen. Wir sollten nicht einmal im selben Raum sein. Allein, die gleiche Luft wie Alexis zu atmen, fühlte sich wie ein Betrug an Louisa an.

»Wie geht es dir?«, fragte Alexis.

In seinem Tonfall suchte ich nach Spuren von Sarkasmus, doch er schien es ehrlich zu meinen. Wie sollte es mir schon gehen?

Beschissen.

»Ganz gut.«

»Wirklich?« Er setzte sich auf den Stuhl mir gegenüber.

»Mhm. Und dir?«

»Geht so.« Er zuckte die Schultern. »Ich wünschte, einige Dinge wären anders gelaufen. Daran denke ich oft. Aber ich weiß schon, falsches Thema. Du hast Lou also gebeichtet, was passiert ist?«

»Ähm. Ja.« War ich so leicht zu durchschauen?

»Lou hat es mir erzählt. Sie war gestern Abend bei mir.«

»Ach so.« Ob die beiden wieder zusammenkommen würden? Ich hatte kein Recht, eifersüchtig zu sein. Vielmehr sollte ich mich für sie freuen. Und trotzdem ...

»Hast du Lou erzählt, dass du betrunken warst und dein Urteilsvermögen vor lauter Trauer außer Gefecht gesetzt? Und dass ich dich hinterlistig verführt habe?«, fragte er.

»Was?«

»Hast du?«, hakte er noch einmal nach.

»Nein. Ich habe ihr die Wahrheit erzählt.« In der weder Alkohol noch Verwirrtheit meine Taten entschuldigten und in der ich ebenso viel Schuld trug wie Alexis.

»Dann ist sie wohl selbst darauf gekommen«, meinte Alexis.

Ich ließ die Cappuccino-Tasse sinken. »Wie meinst du das?«, fragte ich, dabei wusste ich ganz genau, wie er es meinte, und das bisschen, was Alexis nun erzählte, bestätigte meinen Verdacht. Vermutlich war es so abgelaufen: Nachdem sich Lou ausgeweint und in ihrer Wut ihr Kopfkissen verprügelt hatte, machte sie sich zu Alexis auf. Sie klingelte Sturm, irgendjemand öffnete ihr die Tür. Sie lief an demjenigen vorbei in Alexis' Zimmer und stellte ihn bei offener Tür zur Rede. Dass seine Mitbewohner alles mitbekamen, kümmerte sie keine Sekunde. Sie nannte Alexis einen Verräter und einen Lügner. »Warum hast du es mir nicht erzählt? Warst du zu feige?«, schrie sie. Sie warf ihm vor, meine Situation ausgenutzt zu haben. Schließlich war es mir an diesem Tag schlecht gegangen. Wahrscheinlich war ich aufgelöst gewesen, hatte nicht klar denken können. Es war nicht meine Schuld. Auf gar keinen Fall. Denn sie wollte, nein, sie konnte nicht glauben, dass ich sie so verletzen würde. Also hatte sie sich tausend Gründe ausgedacht, warum es allein seine Schuld sein musste.

Am liebsten hätte ich diese Vorstellung verdrängt. Lou, die mich selbst dann noch in Schutz nahm, wenn sie mich hasste, und Alexis, der ihren geballten Zorn allein abbekam. Aber genauso musste es abgelaufen sein.

»Lou wird sich wieder mit dir vertragen«, meinte Alexis.

»Das glaube ich kaum.«

»Natürlich. Sie kann genauso wenig ohne dich wie du ohne sie.« Dann wechselte er das Thema. »Unser Lied ist fast fertig. Ich sollte das wahrscheinlich nicht sagen, aber ich wünschte, wir hätten es gemeinsam fertigschreiben können.«

»Dein Lied«, korrigierte ich.

»Unseres. Darf ich ehrlich sein? Es ohne dich zu spielen, fühlt sich irgendwie falsch an.«

»Alexis, ich ... ich kann das jetzt nicht.«

»Wie auch immer. Wir werden ihn bei der Einjahresfeier spielen. Wirst du kommen?«, wechselte er erneut das Thema.

Ich wusste es noch nicht.

»Ich würde mich freuen.«

»Ich muss jetzt los.«

»Viel beschäftigt, hm?«

»Ich treffe morgen meine Mutter.« So, jetzt hatte ich es gesagt. Der falschen Person zwar, aber immerhin.

»Ihr habt euch also vertragen?«

»Meine leibliche Mutter«, korrigierte ich.

»Sagtest du nicht, sie sei tot?«

»Nur halb, wie sich herausgestellt hat.«

Nun sah er mich verwirrt an.

Zu gerne hätte ich mit ihm über alles geredet, aber ich wollte die Liste an Punkten, aufgrund derer Lou mich hassen könnte, nicht noch länger machen, also sagte ich bloß: »Ich muss jetzt gehen.«

»Schade. Wie gesagt, ich würde mich freuen, wenn du zur Feier kommst ... und wenn du etwas brauchst ... oder Lou ...«

»Ich komme klar. Trotzdem, danke.«

Es war Zeit, zu gehen. Dieses Mal wirklich.

***

Am selben Abend war ich mit David zum Essen verabredet. Es war ein spontanes Treffen, auf das er bei einem Anruf zwei Stunden zuvor bestanden hatte. »Es ist mir wichtig«, hatte er mit einer unausgesprochenen Dringlichkeit in der Stimme gemeint, also saß ich nun mit ihm in einem billigen Restaurant, zwei Teller Makkaroni zwischen uns. Die ersten Minuten vergingen mit förmlich wirkendem Small Talk. Viel zu förmlich. Wir waren uns als Freunde schon viel näher gewesen.

»Du wolltest mit mir über etwas sprechen?«, merkte ich schließlich an.

»J-Ja. St-st-stimmt es?«

»Das mit meinen Eltern?«, fragte ich spontan, weil es das Erste war, was mir in den Kopf kam. Ich hatte mit niemandem aus der Mittwochsrunde darüber gesprochen, doch vielleicht hatten Alexis oder Lou es ihm erzählt. Wer wusste schon, über wie viele Stationen diese Geschichte bereits gewandert war.

»Nein. N-n-nicht das. S-s-sondern dass du Alexis g-ge-geküsst hast.«

Meine Gabel blieb auf halbem Weg zu meinem Mund in der Luft hängen.

»Es-s stimmt also?«

»Woher weißt du davon?«

»Von T-t-tobias und er weiß es von Lou.«

»Sie trifft sich noch mit Jana?«, fragte ich, aber er gab mir keine Antwort.

David sah so geknickt aus, doch ich widerstand dem Impuls, meine Hand auf die seine zu legen.

»I-i-irgendwie habe ich mir schon s-sowas gedacht«, meinte er nach ein paar Minuten des Schweigens.

»Hör zu ...«, begann ich, aber er winkte ab. Ich hätte sowieso nicht gewusst, wie ich den Satz beenden sollte.

Den Rest des Essens verbrachten wir schweigend. Schließlich verabschiedete er sich mit einem Lächeln, das seine Augen nicht erreichte und beinahe schmerzhaft wirkte. Seine Schultern hingen nach unten, als er ging. Noch ein Mensch, den ich enttäuscht hatte.

KAPITEL 18

Wie sah jemand aus, der nur noch halb existierte? Das fragte ich mich, während die Welt in Form von Spaziergängern, Schaufenstern und zugezogenen Vorhängen vor dem Autofenster vorbeizog. In meiner Vorstellung wurde Melanie grau. Eine Nebenrolle in einem stummen Schwarz-Weiß-Film ohne Handlung.

»Sie weiß, dass wir kommen, oder?«, fragte ich zum hundertsten Mal.

»Ja, Schatz. Ich habe mit ihr darüber gesprochen«, antwortete Papa.

Mama war zu Hause geblieben. Sie hatte zwar mitkommen wollen, nur war mein Vater der Meinung, man könnte Melanie nicht überstrapazieren. Es sei so schon recht viel für sie. Wunderbare Aussichten für unser erstes Aufeinandertreffen.

Vor der Abfahrt hatte ich einen Brief mit folgendem Text unter Lous Tür durchgeschoben:

Lou,
ich weiß, du hasst mich – und du hast jeden Grund dazu.
Ich war ein Feigling, eine Lügnerin und noch Schlimmeres.
Am härtesten ist wohl, dass ich dir nicht die Freundin war,
die du verdient hast. Doch auch wenn ich weiß, wie schwer
das für dich ist, hoffe ich, dass du mir eines Tages verzeihen
wirst. Ich werde es jeden Morgen von Neuem hoffen, aus

dem einfachen Grund, dass ich mir ein Leben, in dem wir keine Freunde sind, nicht vorstellen kann.

Und noch etwas: Melanie ist am Leben. Meine Eltern haben alles zugegeben, nachdem ich sie mit deinen Zeitungsartikeln konfrontiert habe. Heute werden Papa und ich sie besuchen fahren. Ich habe Angst vor diesem Treffen, aber gleichzeitig weiß ich, dass ich es tun muss. Wie sonst sollte ich jemals mit meiner Vergangenheit abschließen?

Wahrscheinlich willst du das alles gar nicht hören. Oder vielleicht doch. In jedem Fall wollte ich es dich wissen lassen. Ich hoffe, eines Tages werden wir wieder mit einer Packung Eiscreme zusammensitzen und ich kann dir die ganze Geschichte erzählen.

Marie

Solange ich zurückdenken konnte, hatten wir uns alles erzählt. Es wäre mir falsch vorgekommen, eine so wichtige Fahrt anzutreten, ohne Lou wenigstens davon wissen zu lassen. Wie und ob sie überhaupt darauf reagierte, würde ich spätestens morgen erfahren, doch zuerst galt es das Treffen mit meiner leiblichen Mutter hinter mich zu bringen.

Papa sagte: »Erwarte nicht zu viel. Sie freut sich, dich zu sehen, aber ...«

Aber sie ist nur noch halb da.

»Ich verstehe.«

Er sorgte sich umsonst, denn ich erwartete tatsächlich keine überschwängliche Begrüßung, kein tränenreiches Wiedersehen, kein Mutter-Tochter-Gefühl. Um ehrlich zu sein, erwartete ich gar nichts. Ich fühlte mich ebenso grau, wie ich mir Melanie vorstellte. Und grau war auch der Betonklotz, in dem sie lebte. Fünf

Stockwerke mal sieben Balkone pro Etage, von denen manche mit Grünzeug, andere mit Gartenmöbeln dekoriert waren. Melanies Wohnung lag im dritten Stock. Der Fahrstuhl, mit dem wir hochfuhren, bot gerade einmal genug Platz für uns zwei.

Ich erkannte ihre Tür sofort. Es war die einzige, vor der weder Kinderschuhe noch eine Zierpflanze oder sonstige Dekoration standen. *Herzlich Willkommen* grüßte ein pausbäckiger Wichtel mit Herzchen in den dicken Armen von der Nachbarwohnung aus. Ich stellte mir vor, dass wir an die Wichtel-Tür klopften und von einer Dame mit Honigkuchenpferdgrinsen begrüßt wurden, die uns Kaffee und Gugelhupf servierte, wie es einst schon ihre Großmutter getan hatte, und mir wurde schlecht. Gugelhupf und Honigkuchenpferde würden wir bei Melanie vergeblich suchen.

Kaum dass mein Vater auf den Klingelknopf gedrückt hatte, wurde die Tür geöffnet. Melanie musste hinter der Tür auf unsere Ankunft gewartet haben. Wie lange sie dort wohl schon gestanden hatte? Ein paar Minuten? Oder Stunden?

Es fiel mir schwer, in ihr die junge, lachende Frau von den Fotos zu erkennen. Ihr blondes Haar war von grauen Strähnchen durchzogen, die Gesichtszüge waren von Falten verwischt und sie war viel dünner als auf den Bildern. Den größten Unterschied machten jedoch ihre Augen, denen das Funkeln fehlte und deren Blau, umrahmt von dunklen Ringen, wie eine dreckige Regenpfütze wirkte.

»Marie«, flüsterte sie, und ich antwortete: »Hallo.«

Ich hatte im Vorhinein darüber nachgedacht, was die richtigen Begrüßungsworte wären. Hallo, Mama? Hallo, Melanie? Beides klang falsch.

Sie streckte langsam die Hand aus, hielt aber auf halber Strecke inne, sodass ich das Zittern ihrer dünnen, von Adern durchzogenen Hände sah. Als ihre Fingerspitzen meine Wangen berührten, kribbelte es in meiner rechten Gesichtshälfte. Ich hatte geplant, sie auf Abstand zu halten, aber nun umarmte ich sie. Es fühlte sich einfach richtig an. Wie wenn jemand einen Satz begann und man genau wusste, mit welchen Worten er ihn beenden würde.

Melanie war eine Handbreit größer als ich, doch in meinen Armen fühlte sie sich winzig und zerbrechlich an. Lou hatte mir einmal erzählt, dass sie gedacht hatte, ich wäre ein Geist, bevor wir Freundinnen geworden waren. Plötzlich machte diese absurde Idee Sinn. Und wenn schon selbst kein Geist, so war ich vielleicht die Tochter eines solchen.

Als wir uns voneinander lösten, warf Melanie mir ein zittriges Lächeln zu. Papa legte ihr die Hand auf den Rücken.

»Schön«, murmelte er. »Sehr schön.«

So standen wir da. Bruder, Schwester und Tochter, jeder mit seiner ganz persönlichen unsichtbaren Mauer. Melanie fand ihre Stimme zuerst wieder. »Wollt ihr Tee? Ich habe Tee.«

»Gerne.«

Sie nickte einen Tick zu schnell, bevor sie sich umdrehte und zur Anrichte eilte. »Ich habe Kräutertee oder Früchtetee. Pfefferminz, Kamille, Blutorange,

Waldfrüchte. Grünen Tee oder schwarzen Morgentee.«
Sie sprach zur Wand, anstatt zu uns.

Ob sie sich vorher überlegt hatte, worüber sie sich mit uns unterhalten würde? Ich hatte das selbst oft genug getan. Wenn man Angst vor der Stille hatte, überlegte man sich am besten Gesprächsthemen und lernte sie auswendig. Was mochte es bedeuten, wenn Teesorten das Einzige waren, das einem einfiel?

»Ich hätte gerne grünen Tee, danke. Du, Marie?«, fragte Papa.

»Für mich auch.«

Während Melanie den Wasserkocher befüllte, hatte ich erstmals Zeit, mich umzusehen. Die Wohnung bestand aus zwei Räumen, eine Tür neben dem Eingang führte vermutlich in das Badezimmer, eine zweite stand offen und gab den Blick auf ein winziges Zimmer mit Bett und einem leeren Nachtkästchen frei. An der Kommode hing ein schwarzer Mantel als einziges Kleidungsstück. Helle Rechtecke an den weißen Wänden markierten die Stellen, an denen einst Bilder gehangen hatten. Nun waren ebendiese Rechtecke die einzige Dekoration. In einer Ecke stand eine ausklappbare Couch, daneben eine Vase ohne Blumen. Ansonsten gab es einen alten, kastenförmigen Fernseher und einen kleinen Tisch mit drei Stühlen. Ich fragte mich, wofür sie drei Stück brauchte. Einen für sich, einen für Papa, der ein-, manchmal zweimal die Woche vorbeischaute, der dritte in Erwartung etwaiger Besucher, die ja doch nie kamen.

Da verstand ich die Sache mit dem halben Menschen: Ohne Vergangenheit oder Zukunft und wenn die Gegenwart aus einer kleinen Zweizimmerwohnung mit weißen Wänden und einem Stuhl zu viel bestand, war *halb* eine sehr wohlwollende Beschreibung für das, was übrig blieb.

Der Tee war fertig. Die Tassen und Untertassen klapperten gegeneinander, als Melanie sie abstellte.

»Danke«, sagten Papa und ich unisono.

Bevor sie sich setzte, holte Melanie einen Stapel Fotos aus einer Schublade und legte sie auf den Tisch. Jedes einzelne zeigte mich. Ich bei der Einschulung mit einer Regenbogenfisch-Schultüte. Ich beim Spielen mit Dweeny, als er noch ein Welpe gewesen war und in Papas Hände gepasst hatte. Ich beim Ski fahren. Beim Klavierspielen. Beim Schulabschluss. Mit Louisa zusammen am Strand. Ebenfalls mit Lou bei der Einweihung unserer Wohnung.

»Die hat Max mir gebracht«, sagte Melanie.

»Aha. Schön.«

»Ich bin sehr stolz auf dich.«

»Danke.« Unter dem Tisch tanzten meine Finger auf den Oberschenkeln wie auf den Tasten eines Pianos.

»Er hat erzählt, du arbeitest in der Bibliothek.«

»Ja, genau.« Ich erzählte ein wenig von meiner Arbeit und davon, dass ich mit meiner besten Freundin in einer Wohngemeinschaft lebte. Meine Worte kamen mir leer vor.

»Was machst du so?«, fragte ich schließlich.

»Ich? Oh, ich bin hier.«

Mein Vater versuchte die anschließende Stille mit klischeehaften Floskeln zu füllen. Wie schön es wäre, dass wir uns wiedergefunden hätten, meinte er, und: »Linda würde sich freuen, wenn wir alle zusammen ein Familienessen machen könnten.«

Das war eine Lüge, da war ich mir sicher. Als pflichtbewusste Frau hatte Mama ihre Schwägerin sicher zum Essen eingeladen. Vielleicht dachte sie, Melanie in ihre Familie zu integrieren, wäre Teil ihrer Buße. Freuen tat sie sich bestimmt nicht.

»Wieso bist du gekommen?« Melanies Frage kam unvermittelt. Sie war meine leibliche Mutter. Wie hätte ich *nicht* kommen sollen?

»Ich wollte dich kennenlernen«, sagte ich, obwohl das nur ein Teil der Wahrheit war.

Ich wollte mit allem abschließen, wäre eine weit bessere Antwort gewesen.

»Du willst wissen, was in der Unfallnacht passiert ist«, stellte sie fest.

Im ersten Moment wollte ich verneinen. Dieses Thema hatte ich fürs Erste eigentlich unberührt lassen wollen. Zu früh. Doch wenn ich ehrlich war, ja, dann brannte ich wirklich darauf, es zu erfahren. Und Melanie war allzu bereit, mir diesen Wunsch zu erfüllen.

***

27. April 2001

Es war einer dieser seltenen Tage, an denen alles perfekt schien. Aus der Küche strömte der Duft nach Bratensoße, der Tisch war gedeckt, die Mädchen waren glücklich. Emma hatte eine besonders gute Note von der Schule mit nach Hause gebracht und gerade saß sie zusammen mit Marie am Küchentisch und sie bastelten eine Blumenwiese aus buntem Pappmaschee. Außerdem hatte Melanies Bruder Max heute Nachmittag angerufen und sie eingeladen, die Ferien mit ihm und seiner Frau in Italien zu verbringen. Die zwei hatten ein Haus am Strand gemietet und gefragt, ob Melanie und die Mädchen sie begleiten wollten. Vielleicht auch Patrick, wenn sie ihn überzeugen könnte, sich von der Arbeit freizunehmen. Es würde ein schöner Sommer werden.

»Schau, Mama!«, rief Marie, während sie bedächtig Glitzer auf ein Blütenblatt streute. Neben ihr war Emma halb über den Tisch gebeugt, die Zunge zwischen die Lippen geklemmt, und malte Bienen und Käfer auf ihre Wiese.

»Wunderschön!«, lobte Melanie, bevor sie ihre Lippen leuchtend rot nachzog.

Sie trug ein rotes Sommerkleid, das sie erst letzte Woche gekauft hatte. Eigentlich war es noch nicht warm genug dafür, aber was zählte das schon an einem solchen Tag? Während sie ihr Spiegelbild betrachtete, dachte sie an früher. Kleine Fältchen zeichneten sich rund um ihre Augen und Mundwinkel ab, eine etwas tiefere Sorgenfalte zierte die Stirn. Sie war nie eine Schönheit gewesen, zumindest hatte sie das aus den Avancen der jungen Männer in ihrem Dorf geschlossen, denn die hatten immer ihren Freundinnen mit dauergewelltem Haar, wehenden Röcken und dem herzlichen Lachen den Hof gemacht.

Doch Patrick war anders. Er hatte sie schön genannt, und zum ersten Mal in ihrem Leben hatte sie das Gefühl, dass jemand es ernst mit ihr meinte. Einige Ehejahre und zwei kleine Mädchen später war die Euphorie der ersten Verliebtheit verblasst, und Patrick wurde von seiner Arbeit vereinnahmt. Er arbeitete im Büro einer großen Firma, die Autoteile herstellte. Sein Job war sehr wichtig, sofern man Patricks Worten glaubte. Melanie hatte nie ganz verstanden, was er eigentlich machte. Doch auch das war unwichtig. Er brachte Geld nach Hause, sie sorgte für den Haushalt und die Mädchen – und dann gab es diese besonderen Tage, an denen sie sich wieder jung fühlte, an denen alles plötzlich perfekt zu sein schien. So wie heute.

Doch eine halbe Stunde später war Patrick immer noch nicht zu Hause und Melanie griff zum Telefon.

»Was ist denn?«, meldete sich seine Stimme. Er klang gereizt.

»Kommst du bald nach Hause? Ich habe gekocht.«

»Ich bin bei der Arbeit.«

»Die Mädchen freuen sich auf dich. Sie basteln dir eine Blumenwiese.«

»Wartet mit dem Essen nicht auf mich, kann später werden.« Er machte Überstunden.

Melanie seufzte. Er machte immer Überstunden. »Na gut.«

Bei ihrer Hochzeit hatte ihr Vater gemeint, sie könne sich glücklich schätzen, einen so fleißigen Mann zu haben. »Fleiß zeugt von gutem Charakter. Mit einem Traumtänzer als Mann würdest du auf Dauer zu einer verbitterten Frau werden.« Traumtänzer, das waren in den Augen des Vaters Künstler, Lehrer, Akademiker. Leute, die auf Reisen gingen. Leute, die zu Hause blieben, um mehr Zeit mit ihren Kindern zu verbringen. Leute, die Bücher lasen oder ins Kino gingen. Oder Sport trieben. Eigentlich alle, die nicht rund um die Uhr arbeiteten. Aber Patrick war kein Traumtänzer.

»Schau mal, Mama, die Wiese ist fertig!«, rief Emma, und Melanie zwang sich ein schales Lächeln ab.

»Wie schön! Und all die Käfer.«

Emma nickte heftig. »Ja und Bienen und schau hier, das ist ein Grashüpfer.«

Der Grashüpfer und seine Freunde von der Blumenwiese fanden einen Ehrenplatz am Kühlschrank, von wo sie Melanie und den Mädchen beim Abendessen zuschauten. Die kleine Marie warf ihnen immer wieder verstohlene Blicke zu.

Als es schließlich an der Zeit war, sich bettfertig zu machen, war Patrick immer noch nicht da.

»Erzählst du uns eine Gutenachtgeschichte?«, bettelte Emma. Dabei hatte Melanie ihnen noch nie eine Geschichte erzählt. Sie war einfach nicht gut darin. Geschichten waren Patricks Aufgabe, der er in letzter Zeit viel zu selten nachkam.

»Erzählt ihr doch mir eine Geschichte, wie wäre das?«

Die Mädchen gaben nickend ihr Einverständnis und Emma ersann eine Geschichte, in der sie und Marie Prinzessinnen in einem riesigen Schloss waren.

Noch ehe sie geendet hatte, hörte Melanie das Poltern von Sohlen auf Parkett – Patrick war endlich zu Hause! Sie gab beiden Mädchen einen Kuss, schaltete das Nachtlicht mit den vielen Sternen ein und schloss die Tür leise hinter sich, bevor sie in die Küche ging. Patrick saß bereits am Küchentisch und hatte sich eine doppelte Portion Braten mit Soße auf seinen Teller geladen. Vor ihm stand ein Glas Bier. Nicht sein erstes an diesem Abend, wie Melanie feststellte, als sie sich vornüberbeugte, um ihn zur Begrüßung zu küssen, und seine Fahne roch. Wer konnte es ihm verdenken? Bei all der Arbeit.

Ihr neues Kleid bemerkte er gar nicht. Doch auch davon würde sie sich nicht die Stimmung verderben lassen. Nicht heute. Also legte sie ihre Lieblingsschallplatte auf, die von den *Beatles*, bevor sie sich zu Patrick an den Tisch setzte.

»Hattest du einen stressigen Tag?«, fragte sie.

»Wie üblich.« Er schnitt sich ein dickes Stück Fleisch ab und steckte es sich in den Mund.

»Die Mädchen und ich hatten einen schönen Abend. Sie haben dir etwas gebastelt.«

»Hübsch. Danke«, entgegnete Patrick, dabei hatte er die Blumenwiese kaum angesehen, und nahm einen Schluck aus seinem Glas.

»Max hat heute angerufen«, fuhr Melanie fort. »Er und Linda haben ein Strandhaus in Italien gemietet.«

Keine Reaktion.

»Sie fragen, ob wir sie begleiten möchten.«

»Warum das denn?«

»Ich stelle es mir schön vor. Ferien zusammen mit der ganzen Familie. Als wir das letzte Mal zusammen in Urlaub gefahren sind, war es auch wunderbar.«

»Ich muss arbeiten.«

»Kannst du dir nicht freinehmen? Max und Linda hätten uns wirklich gerne dabei«, setzte Melanie nach.

»Meine Arbeit ist wichtig«, sagte er in einem Ton, der keine Widerrede zuließ.

Er hätte genauso gut sagen können, dass ihre Familie, die Mädchen, sie selbst, nicht wichtig waren. Melanie schaute ihm stumm beim Essen zu.

»Lecker«, meinte er irgendwann, und sie fragte sich, ob dieses Wort die einzige versöhnliche Geste war, die sie heute bekommen würde, und ob sie sich damit abfinden sollte. *Lecker.*

In diesem Moment stürmte Emma in die Küche, in der Hand ihren Aufsatz, für den sie eine Eins bekommen hatte. »Papa!«, rief sie und sprang ihm an der Seite hoch. »Schau mal, schau!«

Doch Patrick wischte sie nur weg wie eine lästige Fliege. »Solltest du nicht im Bett sein?«

Sein vorwurfsvoller Blick galt Melanie. Diese hätte sich am liebsten verteidigt. *Ich habe sie doch ins Bett gebracht! Außerdem ist sie auch deine Tochter!*

»Ja, aber Papa! Ich habe eine voll gute Note für den Aufsatz bekommen. Du musst ihn lesen!«

Widerwillig nahm er das Stück Papier, legte es beiseite und sagte: »Gut gemacht. Ich bin stolz auf dich.«

Wieso hatte er sich nicht die Mühe machen können, wenigstens für ein paar Sekunden so zu tun, als würde er Emmas Aufsatz lesen? Nun machte die Kleine einen Schmollmund, tiefe Furchen erschienen auf der gerunzelten Kinderstirn.

»Du hast ihn dir gar nicht angeschaut.«

»Doch, habe ich.«

»Nein, hast du nicht! Er ist echt gut, Papa. Du musst den lesen. Und hast du schon unsere Blumenwiese gesehen?«

»Melanie«, grollte Patrick.

Melanie verstand. Sie nahm Emmas kleine Hand und geleitete sie auf den Gang. »Na komm, es ist wirklich Zeit fürs Bett. Papa wird sich deinen Aufsatz durchlesen, sobald er mit dem Essen fertig ist. Versprochen.«

»Nie hat Papa Zeit für mich!« Emma begann zu weinen, was sich bald zu lautstarkem Schluchzen gesteigert hatte.

»Papa ist einfach nur müde von seiner Arbeit, das musst du verstehen.«

Aber Emma verstand nicht. Stattdessen schluchzte sie immer lauter, Tränen rannen wie Sturzbäche über ihre Wangen. Oh nein! Patrick würde Melanie die Schuld dafür geben.

»Emma, hör auf! Du bist ein Kind und Kinder müssen still sein«, fauchte sie.

In diesem Moment schoss Patrick aus der Küche. »Was ist hier schon wieder los?«, sagte er. Nein, er sagte es nicht. Er brüllte fast. »Ich arbeite den ganzen verdammten langen Tag, ich reiße mir den Arsch auf, nur für euch und dann komme ich nach Hause und es gibt so ein Gebrüll!«

Melanie hätte ihn gerne zurechtgewiesen, ihm gesagt, dass *er* es war, der brüllte, und er in Gegenwart der Kinder auf Schimpfwörter verzichten sollte. Aber sie hatte gelernt, wann es besser war, den Mund zu halten.

Warum nur war Emma so laut, so schwierig? Und als sie noch lauter wurde, ihr kleiner Körper mittlerweile geschüttelt, weil sie vor lauter Weinen keine Luft mehr bekam, packte Patrick sie hart am Arm und riss sie weg von ihrer Mutter in Richtung Kinderzimmer.

»Geh da rein. Geh schlafen! Sofort!«

»Ich will aber nicht!«, schluchzte Emma.

Da drückte Patrick sie mit einer Hand hart an die Wand und riss die andere wie zum Schlag in die Höhe. Die Stille kam zu plötzlich. Wie wenn man inmitten eines Gewitters stand und der Regen, Donner und Blitz ohne Vorwarnung endeten. Emmas Mund klappte auf, ihre Augen waren riesengroß, und als sei er aus einem Traum erwacht, ließ Patrick sie auf der Stelle los. Er sah verwirrt aus.

»Schon gut, alles ist gut«, meinte Melanie. »Emma, geh jetzt.«

Es war ein Wunder, dass Emma tatsächlich gehorchte. Rückwärts schlich sie in ihr Zimmer. Patrick und Melanie gingen zurück in die Küche.

»Sie ist immer so vorlaut. Ich kann damit nicht umgehen«, sagte er und klang dabei schuldbewusst.

So war das immer. Patrick arbeitete zu viel, geriet zu schnell in Rage, vor allem wenn er seine Ruhe wollte, und bereute es später. Dann überschüttete er seine Mädchen mit Liebe und Küssen. Er war der beste Vater der Welt. Aber eben immer erst hinterher.

Nach dem Essen würde er sich ins Zimmer seiner Töchter schleichen. Er würde Emma aufwecken, falls sie nicht ohnehin noch wach war, ihr sagen, dass er ihren Aufsatz gelesen hatte und beeindruckt davon war. Dann würde er ihre Blumenwiese loben. Er würde ihr versprechen, dass er sich gleich morgen eine Geschichte mit ihrem Grashüpfer in der Hauptrolle ausdenken würde, und ihr einen Gutenachtkuss auf die Stirn geben.

Aber es kam anders.

»Mama«, hörte sie eine helle, leise Stimme. Es war Marie, die im Pyjama in der Küche stand und sich die Augen rieb. »Emma ist weg.«

Melanie sprang auf, rannte ins Zimmer der Mädchen und tatsächlich, Emmas Bett war leer.

Nein! Das durfte nicht sein. Bestimmt hatte sie sich irgendwo versteckt.

Melanie rannte zurück ins Wohnzimmer, rief Emmas Namen, schaute hinter die Couch. Keine Emma dort. Keine Emma unter dem Tisch. Keine Emma hinter dem Vorhang. Kein rosa Mantel in der Diele.

»Patrick!« Panik klang aus Melanies Stimme. »Patrick, sie ist weg.«

Er zögerte keine Sekunde. »Ich gehe sie suchen. Bleib du bei Marie.«

Aber wie konnte sie hier warten, während ihre Tochter draußen auf der Straße war, ganz allein im Dunkeln?

»Weißt du, wohin Emma gegangen ist?«, fragte sie, ihre Stimme eine Oktave zu hoch.

»Nein, Mama.«

»Wann ist sie gegangen?«

»Nicht lange.«

»Was heißt nicht lange?«, schrie Melanie.

Marie begann zu weinen.

»Oh, Schatz. Es ist nicht deine Schuld. Mach dir keine Sorgen. Papa wird Emma finden.«

»Wird er sie anschreien?« Maries Tränen kamen lautlos, ihre Stimme klang klein und zittrig. Noch kleiner als sonst.

»Er wird froh sein, sie wiederzuhaben. Geh ins Bett, Marie. Es wird alles gut.«

Melanie riss ihre Jacke vom Haken und rannte nach unten. Sie hörte Patrick nach Emma rufen und lief in seine Richtung. Erst als ihre Füße den kalten Asphalt berührten, bemerkte sie, dass sie vergessen hatte,

Schuhe anzuziehen. Die Zeit, in der sie nach Emma riefen, fühlte sich wie eine Ewigkeit an. Was, wenn sie Emma nicht fanden? Was, wenn sie vor ein Auto gelaufen war? Oder in die Hände von Leuten, denen man nach Einbruch der Dunkelheit besser aus dem Weg ging? Melanie zwang sich, diese Gedanken auszublenden, nur an den nächsten Augenblick, den nächsten Schritt zu denken.

Einatmen. »Emma!«

Ausatmen. Einen Schritt vor den anderen.

Einatmen. Da raschelte etwas! Oh, nur eine Taube.

Ausatmen. »Emma?«

Einatmen.

Ausatmen.

Einatmen.

Patricks Stimme: »O Gott!«

Melanies Herz gefror. »Was? Was ist passiert?« Melanie rannte los.

Da sah sie, dass Patrick auf die Knie gesunken war. In den Armen hielt er Emma und streichelte ihr über den Kopf. Als Melanie näher kam, hörte sie Emmas Weinen und auch, dass Patrick ihr tausend Entschuldigungen ins Ohr flüsterte.

»Ich habe dich lieb«, sagte er. Und: »Wenn du wegläufst, wer erzählt mir dann von der Blumenwiese?«

Melanie sank auf die Knie. Jetzt war alles gut.

»Wisst ihr, was wir machen?«, fragte Patrick. »Wir fahren zur Eisdiele! Was haltet ihr davon? Zwei Kugeln für alle, ach was, drei Kugeln!«

Die Eisdiele in ihrer Nachbarschaft hatte bereits geschlossen, doch das machte nichts, wie Patrick verkündete, dann müssten sie eben in die Stadt fahren. Die wäre nur zehn Minuten Autofahrt entfernt und die Eisauswahl wäre sowieso größer.

Auf dem Weg zum Auto rezitierte Emma ihren kurzen Aufsatz, den sie ihrer Mutter so oft vorgelesen hatte, dass sie ihn nun auswendig konnte. Dann erzählte sie von Springi, dem flinken Grashüpfer, ihrer gebastelten Blumenwiese, und Patrick erdachte für ihn ein Lied. Es bestand aus vier Zeilen, die sich mehr schlecht als recht reimten und einer einfachen Kindermelodie folgten. Doch das war egal. Denn als sie im Auto saßen und Emma und er das Lied gemeinsam in voller Lautstärke schmetterten, waren die Tränen von vorhin vergessen. Ebenso Patricks Geschrei. Er war gut darin, sie vergessen zu lassen.

»Springi, der kleine Hüpferling
springt durch die Blumenwiese.
Von Rot zu Blau, von Blatt zu Blatt
ist er ein grüner Riese!«

Emma sang anstatt des Wortes ›Riese‹ »Grashüpfer« – denn immerhin war Springi klitzeklein und Riesen waren schlecht im Hüpfen.

Für diesen kurzen Moment fühlte Melanie Glück. Sie hatte doch gewusst, dass es ein besonderer Abend werden würde! In dieser Stimmung ließ Patrick in Bezug auf die Ferien in Italien vielleicht mit sich reden.

Plötzlich fühlte sie einen Ruck, als das Auto ins Rutschen kam. Lautes Hupen und Patrick, der »Verdammt!« schrie, platzten durch die Luft. Emma war mitten in einer Strophe verstummt. *Was passiert hier?,* dachte Melanie, als sie von gleißendem Licht geblendet wurde.

Erst da fiel ihr ein, dass sie die kleine Marie zu Hause vergessen hatte.

Es gab noch einen Ruck, viel heftiger diesmal. Dann war da nichts mehr.

***

Sie hatten mich vergessen.

Ich hätte in diesem Auto gesessen, wenn meine Mutter daran gedacht hätte, dass sie nicht nur eine, sondern zwei Töchter hatte. Ich hätte mich auf das Eis gefreut und mit Emma das Grashüpfer-Lied gesungen. Vielleicht hätte auch ich gefühlt, dass es ein besonderer Abend war.

Wenn sie mich mitgenommen hätten.

Es wäre das Letzte gewesen, was ich gefühlt oder gedacht hätte. Ich wäre mit dem Rest meiner Familie gestorben. Eine Zeile in der Lokalzeitung und mein Name auf dem Grabstein wären das Einzige, was von mir geblieben wäre. Ich hätte Lou nie kennengelernt oder Alexis. Hätte nie in der Bibliothek gearbeitet, nie einen Hund gehabt, wäre nie Teil der Mittwochsrunde gewesen.

Ob jemand eine Sonnenblume für mich aufs Grab gelegt hätte?

Nach dieser Nacht war ich verstummt. Ob es die Angst war, allein zu Hause zu warten, ohne zu wissen, wann und ob überhaupt meine Familie zurückkommen würde? Eines Tages würde ich mich vielleicht an diesen Abend erinnern. Meine Stimme zu verlieren, erschien mir ein fairer Preis für mein Leben zu sein.

Es war ein merkwürdiger Gedanke: dass ich nur aus einem einzigen Grund noch am Leben war. Weil meine Mutter mich in all ihrem Glück vergessen hatte.

***

29. April 2001

Als Melanie zu sich kam, war ihre Welt auf die Größe eines Krankenhausbetts mit dazugehörigem Nachtkästchen geschrumpft. Alles tat weh. Selbst die einfachsten Bewegungen, wie den Kopf zu heben, sendeten stechenden Schmerz durch ihren Körper.

Melanies Bruder und seine Frau Linda brachten ihr einen Strauß bunter Blumen aus dem Krankenhaus-Laden, deren Geruch Melanie zum Würgen brachte. Danach kam ihre Mutter, die bei Melanies Anblick nach Luft rang, ihr wie einem verwundeten Kätzchen über die Stirn strich und schnell wieder ging. Sonst kam niemand.

»Wo ist mein Mann?«, fragte Melanie. »Wo ist Patrick und wo sind unsere Mädchen?«

Man erzählte ihr, dass sie einen Unfall gehabt hatten. Einen Autounfall oder »eine Kollision«, wie sich der Oberarzt ausdrückte, denn ihr Wagen war frontal mit einem anderen zusammengestoßen.

Was hat das andere Auto auf unserer Fahrbahn gemacht?, dachte Melanie noch, bevor sie die Worte des Arztes begriff. Nicht der andere Wagen war auf der falschen Seite gefahren, sondern ihrer.

»Es war ein heftiger Zusammenstoß«, erklärte der Oberarzt, bevor er irgendetwas von »kollabierten Lungen« sagte und Fachbegriffe benutzte, die Melanie nie zuvor gehört hatte. Doch das interessierte sie jetzt nicht. Vielmehr wollte sie wissen, was mit ihrer Familie passiert war.

»Sie hatten Glück, dass wir Ihre Blutungen stoppen konnten«, meinte der Arzt da und ließ sich neben ihr auf einem Stuhl nieder. Kam es ihr nur so vor oder hatte auch er plötzlich diesen Verwundetes-Kätzchen-Blick?

Da begriff sie, dass Patrick und Emma tot waren.

Zwei Tage später – zumindest sagte Max, es seien zwei Tage, für Melanie spielte die Zeit in dem Krankenhausbett, das sie nie verließ, keine Rolle – brachten Max und Linda die kleine Marie mit.

»Sieh mal, da ist Mama«, sagte Max.

Marie sagte gar nichts. Sie sah ihre Mutter nur aus großen Augen an.

Marie hatte sich verändert. Melanies sanfte, kleine Tochter, die immer so folgsam und umgänglich gewesen war, ihrer Mutter um so vieles ähnlicher als Emma. Sie hatte sich in einen Geist verwandelt. Einen lautlosen, großäugigen Geist, und hätte Linda dem Mädchen nicht dieses lächerliche zitronengelbe Kleid angezogen, wäre sie mit der Wand verschmolzen.

So oft hatte Melanie der Kleinen eingeschärft, sie müsse still sein. Doch so hatte sie das nicht gemeint. Maries Lautlosigkeit war geradezu beängstigend. Und es war allein Melanies Schuld.

»Ich kann nicht«, flüsterte sie, bevor sie sich im Bett umdrehte und schlafend stellte.

Sie ertrug Maries Anblick nicht, ihr kleines Gesicht, das aussah wie das ihrer Schwester, und ihr Schweigen, in dem Melanie all die Vorwürfe hörte, die niemand auszusprechen wagte. Sie war eine schwache Frau, schon immer gewesen. So schwach, dass sie ihre kleine Familie nicht hatte beschützen können. Wie sollte jemand wie sie Marie helfen? Denn Hilfe, das war offensichtlich, brauchte das Mädchen.

Von da an weigerte sie sich, Marie zu sehen. Sie musste sich aus dem Leben ihrer Tochter fernhalten, sonst würde sie am Ende noch mehr kaputtmachen, und es wäre das Beste, wenn die Kleine sie bald vergaß. Als sie Linda und Max darum bat, sich um Marie zu kümmern, wusste sie, dass die beiden Ja sagen würden. Die Familie, die sie sich immer gewünscht hatten, war endlich greifbar, und Melanie war kein Teil davon. Sie wäre nur ein Störfaktor.

Max bot ihr an, bei ihnen zu wohnen, aber Melanie lehnte ab. Ohne ihre Mädchen und Patrick erschien ihr diese Welt leer, ihre Familie war weg und Melanie wollte nicht allein zurückbleiben. An dem Tag, an dem sie entlassen werden sollte, nahm sie eine Klinge und drückte sie tief in das Fleisch ihres Handgelenks. Das Blut sprudelte nur so aus ihr heraus. Aber bevor es zu Ende ging, bevor der letzte Rest traurigen Lebens aus ihren Adern geflossen war, stand eine Pflegerin in der Tür. Selbst für den Tod war sie zu schwach.

Anstatt allem zu entkommen, wurde sie in die Psychiatrie gesperrt. Ein trauriger Ort, der viel Zeit für noch traurigere Gedanken bot. Melanie verstand bald, warum sie nicht hatte sterben können. Weil sie es nicht verdient hatte, dieses schnelle, beinahe schmerzlose Ende. Sie musste büßen. Also blieb sie am Leben.

Nur, hierbleiben, bei Marie und Max, eine Bürde für ihre Familie sein, alles noch schlimmer machen, das konnte sie auch nicht. Nach ihrer Entlassung bestand ihr Abschied aus einem Telefonanruf. »Versprecht mir, dass ihr Marie nie von mir erzählt«, sagte sie und auch bei dieser Bitte wusste sie, dass Max und Linda sie einhalten würden. Dafür würde Linda sorgen.

In der ersten Zeit lebte sie in einer kleinen Wohnung zur Miete. Ihre Tage bestanden überwiegend aus Schlaf. Morgens blieb sie lange liegen, weil der bloße Gedanke, das Bett zu verlassen, sie anstrengte. Die Tage liefen ineinander über, bis sie sich weder an den Wochentag erinnern konnte noch daran, wie viel Zeit seit dem Unfall vergangen war. Doch das war okay. Denn zu schlafen bedeutete, nicht daran denken zu müssen, was man verloren hatte, und manchmal sah sie in ihren Träumen Emma und Marie, die auf einer bunten Blumenwiese spielten.

Eines Tages beschloss sie, nach Italien zu gehen. Wohin, das wusste sie erst nicht. Irgendwo ans Meer. In ein Haus wie das, in dem sie beinahe mit Max, Linda und den Mädchen – oh, die Mädchen! – ihren Sommer verbracht hätte. Melanie hatte dieses merkwürdige Gefühl, dass in Italien alles besser wäre. Der Aufenthalt dort würde ihr helfen, wieder sie selbst zu werden.

Aber natürlich änderte Italien kaum etwas. Es hieß nur in einem anderen Land zu schlafen, in dem die Leute Italienisch sprachen, abends länger wach blieben und das Meer so nahe lag, dass sie jeden Tag dorthin spazieren konnte. Insofern wurde ihr Leben tatsächlich besser. Von der Größe einer Einzimmerwohnung wuchs es zu einem ganzen Strandabschnitt und das war doch eine Menge. Sie hätte ewig so weiter dümpeln können, zumindest so lange, bis Patricks Ersparnisse aufgebraucht waren. Hätte nicht eines Tages ihr Bruder Max vor ihr gestanden. Er brachte Geschichten und Fotos von ihrer Tochter Marie und erzählte, dass diese wieder angefangen hatte, zu sprechen.

»Wenn Marie es überwinden kann, kannst du es auch«, sagte er und bestand darauf, dass sie ihn begleitete. »Keine Widerrede! Wir sind eine Familie und müssen füreinander da sein. Ich kann dich hier nicht allein lassen.«

Also war sie ihm gefolgt. Was hätte sie auch sonst tun sollen? Und sie war zurückgekehrt an den Ort, an dem sie einst glücklich gewesen war – als Mutter, als Ehefrau, als Schwester – und an dem sie schließlich alles verloren hatte.

Seitdem wartete sie.

Darauf, dass sie eines Tages aufwachen würde.

***

»Ich hätte dich nicht beschützen können«, endete Melanie.

Du hättest es zumindest versuchen können, hätte ich gerne geantwortet, verkniff es mir aber.

»Ich bereue es jeden Tag. Nicht nur die Nacht des Unfalls, sondern dass ich so schwach war. Ich hätte mich nicht aufgeben dürfen.«

Nein, hättest du nicht. Dich nicht. Mich nicht. Emma nicht.

Aber was brachte es, sich jetzt darüber aufzuregen? Das blasse bisschen Leben, das von Melanie übrig geblieben war, hatte genug Buße getan, um ihre Fehler hundertmal wettzumachen. Nur dass es für Emma trotzdem zu spät war.

Ich legte meine Hand auf die ihre, die kurz zurückzuckte, dann aber liegen blieb. »Du konntest nichts dafür.«

»Doch. Schlimmer noch, ich habe dich im Stich gelassen.«

»Ich verzeihe dir. Hörst du? Und ich gebe dir nicht die Schuld«, sagte ich, denn in Anbetracht all der Lügen, auf denen mein Leben errichtet war, was für einen Unterschied machte da eine weitere? Vor allem dann, wenn sie Melanie half, zu heilen, und ein bisschen mehr Leben in ihr Leben zu lassen.

Und wer wusste es schon, vielleicht würde meine Lüge eines Tages wahr werden und ich würde es tatsächlich so meinen, wenn ich sagte, dass ich ihr verzieh.

***

Ich hatte gehofft, dass Lou am Esstisch sitzend auf mich warten würde, eine Packung Eiscreme und zwei Löffel vor sich, gespannt zu hören, was ich zu erzählen hatte. Doch als ich am Abend zu Hause ankam, lag das Wohnzimmer in Dunkelheit. Ein Lichtstreifen unter Lous Tür signalisierte, dass sie da war, doch die Tür war geschlossen. Was hatte ich erwartet? Dass meine paar

Zeilen dahingekritzelter Entschuldigung alles wiedergutmachen würden?

Ich ging in mein Zimmer, wo ich mich auf den Klavierhocker sinken ließ. Mit geschlossenen Augen wanderten meine Finger über die Klaviatur – sie fanden die Anfangsakkorde von *Blackbird* auch blind. Seit meinem letzten Flashback und dem Zusammenbruch in Alexis' Armen hatte ich mich gefürchtet, die vertraute Melodie zu hören, war sie doch mit unzähligen Emotionen beladen. Mit einer Einsamkeit, so umfassend, wie ich sie nie zuvor gekannt hatte. Mit der Wut auf meine Eltern und auf mich selbst. Mit dem Warten auf neue Erinnerungsschübe, der Trauer um Emma und ihre zu kurzen sieben Jahre, aber auch mit der Schuld, die ich auf mich geladen hatte. Heute fühlte sich das Lied vor allem nach Abschied an.

Ehe ich die Melodie zu Ende gespielt hatte, wurde meine Zimmertür aufgerissen. Lou stand im Rahmen, meinen zerknüllten Brief in der hoch erhobenen Hand.

»Ernsthaft? Dachtest du, du schreibst mir einen Brief und alles kommt wieder in Ordnung?«

Ich schluckte. »Nein.«

»Gut, ich verzeihe dir nämlich nicht.«

»Ich verstehe das«, flüsterte ich und machte Anstalten, mich zu erheben, woraufhin Lou zurückwich. Ihre Körperhaltung war eindeutig: *Komm mir bloß nicht zu nahe.* Also blieb ich sitzen.

»Ich finde es übrigens mies von dir, mich zu manipulieren.«

»Das mache ich doch gar nicht.«

»Ach nein?« Sie verdrehte die Augen und schnaubte. »Was ist mit dem zweiten Teil deines Briefs? Kannst du guten Gewissens behaupten, dass du mir das nicht bloß geschrieben hast, weil du wusstest, dass meine Neugierde mich förmlich zwingen würde, nachzufragen?«

Ich musste zugeben, ich hatte tatsächlich gehofft, dass Lous unbändige Neugierde sie einen Schritt auf mich zugehen lassen würde. Aber das war nicht der Hauptgrund gewesen, ihr von meinem Vorhaben zu erzählen, und selbst wenn, wäre es wirklich so verwerflich? Wenn man verzweifelt war, griff man nun mal zu allen Mitteln.

Einige zähe Sekunden lang starrte Lou mich bloß an. Dann: »Du warst also bei Melanie?«

»Ja. Es war ... okay. Sie hat mir erzählt, was damals passiert ist. An dem Tag, an dem Emma starb, meine ich. Möchtest du ... möchtest du es hören?«

»Wenn du's mir erzählen willst. Aber du sollst wissen, dass ich trotzdem noch stinksauer auf dich bin, und Mitleid wird daran nichts ändern.« Ihre Stimme klang viel wärmer und weicher als ihre Worte.

»Möchtest du dich setzen? Es ist eine lange Geschichte«, fragte ich. Eine Geschichte mit vielen Details und ich wusste, dass Lou, auch wenn sie zu wütend war, um es zuzugeben, darauf brannte, alles zu erfahren.

»Danke. Aber ich stehe hier ganz gut«, erwiderte sie.

»Okay.«

Also berichtete ich von Melanies einsamer Wohnung, von der Wand mit den hellen Quadraten und dem einen Stuhl zu viel. Schließlich erzählte ich Melanies Geschichte und auch meine. Wie ein scheinbar perfekter Tag sich ins Gegenteil verkehrt hatte, wie Melanie mich vergessen und dadurch unwissentlich gerettet hatte, und wie sie später in einen Dornröschenschlaf gefallen war, aus dem sie bis heute nicht hatte aufwachen können. Ich sang Lou sogar das Lied von Springi, dem Grashüpfer, vor.

Nachdem ich geendet hatte, schaute sie mich lange an. Ob das der verwundete Kätzchen-Blick war, den Melanie beschrieben hatte?

»Wie geht es dir damit?«, fragte Lou.

»Besser als erwartet. Ich bin froh, dass ich endlich die ganze Wahrheit kenne. Es fällt mir schwer, Melanies Handlungen zu verstehen und auch die von meinen Eltern. Wären all diese Lügen wirklich nötig gewesen? Aber ich habe mir selbst ganz gut bewiesen, dass wir alle manchmal Sachen tun, die falsch sind.«

Sie ignorierte meinen letzten Satz. »Und wie geht es weiter? Willst du Kontakt zu Melanie halten?«

»Ich denke schon.«

»Gut«, meinte Lou nickend. »Dann habe ich wohl alles gehört.«

Sie drehte sich um, machte zwei Schritte und stockte. »Im Kühlschrank steht übrigens eine Packung Mangoeis. Nur für den Fall. Hätte schließlich sein können, dass du völlig aufgelöst bist.« Dann entsann sie sich, dass sie mir noch immer nicht verziehen hatte, denn in etwas schärferem Ton fügte sie hinzu: »Aber du musst das Eis allein essen. Ich habe keine Lust, noch länger mit dir in einem Raum zu sein.« Sie knallte die Tür so schwungvoll hinter sich zu, dass der Boden vibrierte.

Ich lächelte in mich hinein. Mangoeis, wenn auch allein. Wir waren auf einem guten Weg. Auch wenn es unmöglich erschien, nun hatte ich Gewissheit: Lou würde mir verzeihen.

EPILOG

3 Wochen später

Es war der Tag der großen Einjahresfeier im *Regenwald-Café*. Über dem Eingang flatterte ein Banner, das mit tiefgrüner Farbe verkündete: 365 Tage!

365 Tage *Regenwald-Café*, in denen wir, die Mittwochsrunde, uns rund fünfzig Mal an unserem Stammplatz versammelt hatten, um uns bei einer Tasse des besten Cappuccinos der Stadt die Sorgen von der Seele zu reden. Vor diesen 365 Tagen war in meinem Leben noch alles anders gewesen.

Moritz begrüßte Lou und mich mit einer festen Umarmung, bei der uns beiden die Luft wegblieb. »Kommt rein! Die anderen sind schon da.«

Im Zentrum des Cafés stand die fünfstöckige Torte, auf die Moritz sich so gefreut hatte. Daneben David, der Komplimente für sein Meisterwerk entgegennahm. Als er mich sah, hob er die Hand, schaute dann aber schnell wieder weg. Wir hatten uns wortlos darauf geeinigt, so zu tun, als hätte es den Vorfall am Berghang nie gegeben, und dieses stumme Einverständnis erstreckte sich auch auf die anderen Mitglieder der Mittwochsrunde, die zwar bemerkt haben mussten, dass David und ich plötzlich jeglichen Augenkontakt vermieden, dies jedoch höflich ignorierten.

Auch Sara und Tobias waren zusammen mit ihrer Tochter Jana da.

»Hallo, Marie. Hallo, Lou«, begrüßte diese uns zaghaft.

»Hast du toll gemacht«, flüsterte ich Jana ins Ohr und warf Sara einen anerkennenden Blick zu.

»In der Schule redet sie immer noch nicht. Nur hier.«

»Was ein großer Fortschritt ist«, meinte Lou. »Nicht mehr lange und ihre Lehrer werden sich die alte, ruhige Jana zurückwünschen.«

»Hoffentlich«, entgegnete Sara selig.

Lou knuffte mich in die Seite, und das war das Beste an diesem Abend. Dass wir zum ersten Mal wieder als Freundinnen ausgingen. Ich hatte mich noch unzählige Male entschuldigt, doch Lou hatte mich trotzdem zwei Wochen schmoren lassen, bevor sie mich eines Abends mit einer Packung Eiscreme und einem Film über zwei zerstrittene beste Freundinnen erwartet hatte.

»Ich sollte dir eigentlich nicht verzeihen«, hatte sie gesagt. »Aber ohne dich ist mein Leben viel zu langweilig.«

So einfach war das. Wie es sich für wiedergewonnene Freunde gehörte, hatten wir uns gegenseitig auf den neuesten Stand gebracht. Dass Lou einen Therapeuten für Jana gefunden und sie mit ihr Sprach-Puppentheater gespielt hatte, hatte ich bereits in der Mittwochsrunde erfahren, lauschte aber trotzdem jedem einzelnen Wort. Später redeten wir stundenlang über Melanie und ihr halbes Leben. Darüber, dass Linda und Max sie tatsächlich eingeladen hatten und wir ein merkwürdiges Familienessen hinter uns gebracht hatten, bei dem Linda verzweifelt versucht hatte, ein Gespräch am Laufen zu halten.

Seitdem hatte ich noch zweimal mit Melanie telefoniert. Ich wollte den Kontakt zu ihr halten, mehr von ihr erfahren, sie kennenlernen, aber noch blockte sie ab. Es würde wohl mehr Zeit brauchen. Lou hatte mir eingeschärft, dass Melanie dringend professionelle Hilfe brauchte, aber diese weigerte sich und es erschien mir falsch, sie zu zwingen.

»Alles okay?«, fragte Lou und berührte mich am Arm.

»Ja. Ich war nur in Gedanken.«

»Komm, suchen wir uns einen Tisch. Das Konzert beginnt gleich.«

Ich fragte mich, wie sie so gelassen mit der Situation und vor allem mit der Anwesenheit einer bestimmten Person umgehen konnte. *The Great Anubis* hatten ihre Instrumente bereits aufgebaut. Sie trugen grüne Hemden – natürlich! Moritz setzte sich immer durch. Ich sah Alexis, der mit Rich flüsterte, und sein Anblick machte mich nervös. Louisa tat so, als wäre ihr seine Anwesenheit vollständig entgangen.

Nach unserer Versöhnung hatten wir noch genau einmal über Alexis gesprochen.

»Magst du Alexis wirklich?«, hatte Lou gefragt.

»Ja. Sehr sogar. Aber du bist mir wichtiger.«

»Hm, ich habe irgendwie schon geahnt, dass du dich zu ihm hingezogen fühlst. Denkst du noch oft an ihn?«

Das tat ich. Die ganze Zeit sogar. Aber ich hatte mir verboten, ihn anzurufen oder sonst wie mit ihm in Kontakt zu treten, und bisher hielt ich mich daran. Zu Lou hatte ich gesagt: »Manchmal, ja.«

»Ich auch. Manchmal denke ich auch daran, was gewesen wäre, wenn ihr beide zusammengekommen wärt.«

Und die Art, wie sie es sagte, ohne jeden Groll, ließ mich hoffen, dass die Vorstellung von mir und Alexis als Paar irgendwann in der Zukunft für sie nicht mehr das Ende unserer Freundschaft bedeuten würde. Doch für den Moment war ich froh gewesen, das Thema Alexis begraben zu können. Ich vermisste ihn viel mehr, als ich mir eingestehen wollte, doch das Vertrauen zwischen Lou und mir, das früher selbstverständlich gewesen war, war zerbrochen. Nun musste ich alles tun, um es wiederherzustellen.

Da sprang Moritz auf die Bühne, schnappte sich das Mikrofon und räusperte sich. »Der erste Geburtstag ist schon etwas Besonderes! Ich weiß noch genau, wie ich als junger Bursche von diesem Café geträumt habe, wie ich es eröffnet habe, wie zum ersten Mal Gäste durch diese Tür kamen. Seitdem ist schon ein ganzes Jahr vergangen. Tage wie diese sind es, an denen man zurückblickt auf alles, was war, auf all die Veränderung – und ein alter Herr wie ich wird dabei ganz sentimental«, verkündete er, und tatsächlich wurden seine Augen glasig. »Aber ich will euch nicht länger langweilen. Genießt den Abend mit mir! Und jetzt ist es Zeit für ein bisschen Musik.«

Die Musiker standen bereit. Alexis nahm das Mikrofon. »Danke, Moritz. Für uns ist heute auch ein besonderer Abend. Wir stellen zum ersten Mal ein eigenes Lied vor.«

Alle klatschten und Moritz nickte stolz, als wäre das allein sein Verdienst.

»Das Lied ist für dich«, sagte Alexis dann und obwohl er keinen Namen nannte, wurde es in meiner Brust warm. »Ich hoffe, es wird euch gefallen. Unser erster eigener Song und für mich ein ganz besonderes Lied. Es heißt: *The Hummingbird-Song*.«

The Hummingbird-Song. Das Kolibri-Lied.

Die Melodie war anders als diejenige, die Alexis und ich miteinander komponiert hatten. Eine sanfte und zugleich fröhliche Tonfolge, die mich an Frühling erinnerte. An das schlagende Herz unseres Apfelbaums. An das Flüstern des Blätterdachs, die Farben einer Blumenwiese und das Gefühl, bis in den Himmel zu schaukeln. Es war ein Lied über einen kleinen Vogel, der nicht sang und doch der beste Sänger der Welt war.

Ein Lied über mich.

Mein Lied.

DANKSAGUNG

Wie immer, wenn das *Abenteuer Schreiben* beendet ist, ist es an der Zeit, den Menschen Danke zu sagen, ohne deren Hilfe das Buch nie hätte entstehen können.

Ein großes Dankeschön geht an meine Familie und meine Freunde, meine Kollegen und chaotischen Mitbewohner, die mich über die Jahre unterstützt und – vor allem – inspiriert haben. Manchmal fliegen die Ideen einem zu, ein andermal sammelt man sie vom Boden auf, und in beiden Fällen spielen das wahre Leben und die Menschen darin eine nicht unbedeutsame Rolle. Ohne euch hätten weder Maries Geschichte noch eine meiner anderen Ideen es aufs Papier geschafft, und ich bin wahnsinnig glücklich über die wunderbaren Erinnerungen, die ich mit euch sammeln, und die schönen Momente, die ich mit euch teilen darf!

Danke vor allem an meine Eltern dafür, dass ihr mich während meiner »Schreib-Hochphasen« nicht nur ertragen, sondern immer ermutigt habt, meinen Träumen zu folgen, und an meine ganze Familie für eure Liebe, eure Unterstützung und weil ich weiß, dass ich immer auf euch zählen kann!

Vielen Dank an Mau für die stundenlangen Gespräche über Geschichten und das Schreiben an sich. Egal, ob ich aufgeregt über eine neue Manuskript-Idee bin, mich Zweifel plagen oder ich an meiner hundertsten

Liste mit Schreib-Zielen sitze, du hast immer ein offenes Ohr für mich und ermutigst mich, weiterzuschreiben und an mich selbst zu glauben.

Ein riesiges Dankeschön geht an das Team von Digital Publishers dafür, dass sich *Der Klang meiner Träume* durch euch von einem Dokument auf meinem PC in ein richtiges Buch verwandeln durfte, und für die wunderbare Zusammenarbeit. Danke an Alex und Stephanie für die tolle Projektorganisation und dafür, dass ihr bei meinen Fragen immer schnell zur Stelle wart! Danke an meine Lektorin Janina für dein detailliertes und sensibles Feedback und dafür, dass du mir geholfen hast, das Beste aus der Geschichte herauszuholen.

Zu guter Letzt geht ein großes Dankeschön auch an zwei Personen, die mich bereits in der Anfangs- Phase des Manuskripts begleitet haben. Danke an meine Probeleser Katharina und Philipp, die mit mir Logiklücken aufgedeckt und mir mit vielen Tipps und Feedback geholfen haben, aus der Rohfassung dieses Manuskripts eine runde Geschichte zu zaubern.